시의 첫 줄은 신들이 준다

제1권

강세환 산문집

시의 첫 줄은 신들이 준다

제1권

예서

서문을 대신하여

　이 산문집도 시가 오듯이 왔다. 이런저런 생각하기도 전에 몸은 이미 이 산문집을 받아들이고 있었다. 지난 1월 말부터 꼬박 두어 달, 그야말로 이 산문집에서 벗어날 수 없었다. 모든 일상이 바뀌었고 모든 일정이 이 산문집 중심으로 돌아갔다. 하루 종일 이 산문집에 매달려 타이핑할 때도 있었지만 그냥 씌여질 때가 더 많았던 것 같다. 그럴 땐 그저 착하고 여린 타이피스트가 된 것 같았다. 때로는 꿈을 꾸는 것 같았고 또 어느 벽면 앞에선 침묵하듯 면벽하는 것만 같았다. 그저 부질없는 독백이 되었고 어쩌면 메아리만 되돌아왔을 뿐이다. 그리고 시를 둘러싼 관습적 인식 혹은 고정관념으로부터 벗어나려고 애썼지만 오히려 그 틀에 더 갇혀버린 꼴이 된 것은 아닌지 돌아볼 따름이다.

이 일종의 자전적 산문집은 시에 대한 끝없는 사유(思惟)의 기록이겠지만 잠꼬대 같은 것이리라. 딱히 산문이랄 것도 없이 그저 시에 대한 덧없는 사유와 단상과 고뇌와 방황만 난무할 뿐이다. 그렇다고 또 앞뒤 맥락도 없다. 돌아보면 오직 시에 대한 일방적인 고백과 너절한 입장만 난무할 따름이다. 시가 그렇듯이 이 산문집도 어디서 어떻게 실패할지 짐작할 순 없지만 이미 염두에 두고 있는 것도 사실이다. 시는 패배하는 것이다. 문학도 패배하는 것이다. 그리고 또 고뇌하고 끝없이 떠도는 것이다. 좀 슬프지만 패배도 방황도 고뇌도 끝이 없다는 것이다. 그래도 그 끝을 끝까지 가겠다는 것이 시의 길이다. 시의 끝은 또 그 끝 어디쯤 있을 것이다.

그나마 시에 대한 생각을 두서없이 털어놓을 수 있었던 것은 이 산문집의 형식 때문이었다. 아무 형식도 없는 형식이었지만 이 형식 덕분에 시에 대해 발언할 수 있었고 때론 어딘가 항변할 수도 있었다. 어느 누가 이 산문집을 이해하고 독해할는지 모르겠지만 무엇보다 먼저 내 가슴 언저리에서 충분히 천천히 소요(逍遙)하였을 것이다. 그리고 이 산문집은 시에 대한 대안도 아니고 시론도 아니고 그 어떤 이론도 아니다. 문학은 또 그런 것을 넘어 그 너머 있을 것이다. 그렇다고 이런 사유나 영감이 모두 다 내 아이디어만으로 촉발된 것도 아니다. 이 산문집 쓰는 동 안 거실 책꽂이 깊은 곳에 꽂아두었던 책을 꺼내볼 수 있 었고 어느 구절은 그대로 인용한 적도 많다. 때론 오래된 기억만 의지한 채, 아마도 본의 아니게 오독한 것도 있을 것이다. 아무튼 특히 이승훈 『시론』, 김준오 『시론』, 오규 원 『현대시작법』, 김수영 「시여 침을 뱉어라」, 『김춘수 사 색 사화집』, 노자 『도덕경』 등을 참고했다는 것도 여기에 미리 적어두어야 할 것 같다.

그리고 또 많은 시를 인용했다는 것도 이 책머리에서 말해야 할 것 같다. 시는 대체로 수록된 시집에서 찾아 옮 겼지만 일부는 인터넷을 이용하다 보니 원문과 다를 것 같아 불안하기도 하다. 또 그 시에 대한 집중적인 비평이 아니기 때문에 어떤 해석을 더 개진할 수도 없었다. 그 외 현각 스님 인터뷰나 이 산문집에 등장하는 각종 관련 자 료도 인터넷에 의지할 수밖에 없었다.

이 산문집은 또 어떤 목적이나 일정도 없이 떠난 '무전 여행' 같은 배낭여행이었다. 그저 매일같이 눈앞에 마주치 는 당면한 삶 같은, 시에 관한 끝없는 잡념과 생각의 흐름과 불안한 감정을 이런 형식을 빌려 일일이 타이핑한 것이다. 그러므로 이 산문집은 '독자를 위한 것도 세상을 위한 것도 아닌 단지 시 쓰는 자 즉, 그 1인을 위한 보잘것없는 독백'에 불과할 것이다.

  끝으로 등에 등짐을 내려놓고 사는 게 아니라 아예 하나 더 얹어놓고 사는 것 같았다. 그렇게 또 글을 쓰는 것 같았다. 시에 대한 환상조차 다 무너진 시절을 살아내고 있지만 시 없이는 하루하루 살아지지도 않는 삶이다. 그리고 노트북 앞에서 시에 대한 선문답 같은 자문자답도 또 그에 따른 이 일련의 기록도 멈추지 않을 것이다. (이 산문집의 제목은 유종호의 『문학이란 무엇인가』에서 폴 발레리의 말을 자의적으로 인용했다는 것도 밝혀둔다.)

2022년 12월
강세환

차례

9

제1부
시의 길을 묻지 마라

1.

오직 시를 위한 일종의 필리버스터가 될 것이다. 시에 관한 사유(思惟)가 마치 독백처럼 끊임없이 이어질 것이다. 독자도 없는 빈 객석을 향해 혼자 발언하고 때론 혼자 시를 낭독해야 할 것이다. 아주 지루하고 긴 여정이 될 것이다. 이 산문집을 시작할 때가 아마도 긴 겨울밤이었다. 겨울밤 또한 이 산문집의 배경이며 배경음악이 되었을 것이다.

시는 인생도 아니며 인생론도 아니다. 시는 더구나 시인은 인생 따위에 사로잡힐 까닭이 전혀 없는 출가자와 같은 처지일 것이다. 그러나 시는 또 인생에 관한 것이며 심지어 인생론이라 믿고 살았다. 그렇게 또 관념이 되었고 신념이 되었었다. 그러나 시는 그냥 시일 따름이다. 시는 시 이외 그 무엇도 아니고 그 무엇을 의지하거나 대변하는 것도 아니다. 시를 붙들고 시의 길을 묻지 마라.

2.

그러나 시도 결국 사회적인 것이다. 시를 쓰면서 참 오랫동안 사회라는 것과 마주쳤다. 좀 미친 짓 같았지만 사회를 변혁시키기 위해 정신적으로나마 그 줄 끝에라도 서야 한다고 생각했다, 그런 노선을 따르고 지지했다. 하여 시는 제일 앞에 서서 머리띠를 두르고 결사대가 되어야 한다고 생각했다. 그러나 시는 사회적인 것도 아니고 더구나 선봉장도 결사대도 아니었다. 시는 넓은 의미에서 그저 순수한 아티스트의 한 영역일 뿐이다. 그러나 또 돌아서서 생각하면 시는 사회적인 문제에 대해 외면하면 안 된다고 생각했었다. 그게 꼭 시의 길이 아닐 수도 있다는 생각을 했지만 늘 한국 사회의 당면한 현안 문제에 대해서도 한눈팔 수 없었다. 뒤에서 누군가 씹는 소리가 들렸지만 돌아보면 그들도 침묵을 두려워하고 있었다. 암튼 시만 고집할 수 없는 국면이 많았다. 그만큼 시도 불가피하게 사회적인 국면과 대면할 때가 많았다. 특히 가령, 시적인 사람을 만날 땐 차마 돌아설 수가 없었다.

"시를 쓴다는 것은 내가 사회를 살아가는 데 있어서 가장 의지할 수 있는 마지막 것이었다. 나는 지도자도 아니며 정치가도 아닌 것을 잘 알면서 사회와 싸웠다."(박인환)

위의 박인환의 글을 문청시절에 읽고 책갈피에 깊이 넣어두었던 것 같다. 출처도 늘 헷갈리면서 왜 그의 말에 그렇게 오랫동안 꽂혀 있었는지 알 수 없다. 김규동 선생 작고하기 몇 해 전, 버스 옆 자리에 앉아서 들었던 박인환의 에피소드가 생생하다. 박인환이 좀 더 오래 살았다면 한국 문단이 확 달라졌을 것이라는 말도 기억난다. 박인환과 김수영에 대해 시종일관 따뜻한 우정을 표하던 선생의 인품도 새삼 뚜렷하게 기억난다.

3.

시의 이름을 다른 이름으로 부르지 마라. 누구든 제 이름을 놔두고 아무리 다정하게 다른 이름을 부른다고 돌아보겠는가. 지나가는 개도 제 이름을 알고 있다. 그러나 이제는 시의 이름조차 부르지 마라. 시의 이름을 기억하지도 마라. 시를 그저 지나가는 길냥이처럼 보라. 과거 한때 빛나는 이름을 갖고 있었지만 시도 그 빛나는 이름을 까맣게 잊었노라.

가령, 시의 이름이 눈물이냐 꽃이냐 구름이냐 기쁨이냐 나무냐 들판이냐 아름다움이냐 부끄러움이냐 낭만이냐 자유냐 추억이냐 치유냐 슬픔이냐 고통이냐 분노냐 치열함이냐 저항이냐 순결이냐 소중함이냐 현실이냐 초현실이냐 묘사냐 비유냐 격언이냐 잠언이냐 은유냐 상징이냐 과거냐 허구냐 환상이냐 역사냐 사회냐 순수냐 참여냐 침

묵이냐 낯섦이냐 심상이냐 풍자냐 설움이냐 해학이냐 전
망이냐 절망이냐 희망이냐 회한이냐 자학이냐 자기혐오
냐 자기 검열이냐… 심지어 시 앞에서 한순간도 물러서지
않던 삶이라는 것도….

시가 삶이라는 외투를 걸친 것은 맞지만 삶이라는 외
투를 항상 뒤집어쓰고 살 순 없지 않은가. 이렇게 말해놓
고도 뒤에선 또 삶이라는 외투를 머리끝까지 뒤집어쓰고
밤낮으로 시 앞에 엎드려 있을 것이다. 아아, 시를 떠날 수
도 없고, 삶을 떠날 수도 없는 것 아닌가.

4.

시인의 자존심은 어떤 것일까. 아무리 무명이라 해도 함
부로 시인의 이름을 팔지 않는 것. 또 아무데서나 시를 팔
지 않는 것! 끝까지 갈 것! 또 시나 시인의 운명처럼 그냥
또 패배하는 것! 그 패배를 받아들이는 것! 패배를 두려워
하지 않는 것! 외로움도 괴로움도 두려워하지 않는 것! 끝
까지 고뇌하는 자! 끝까지 방황하는 자! 시적인 것을 결코
외면하지 않는 자!

5.

시도 정직함이라는 게 있다. 김수영의 시를 읽으면 시에 있어서 정직함이라는 게 무엇인지 단박에 알 수 있다. 이와 관련된 시의 일부를 게재했다가 지면 관계상 생략하고자 한다. 암튼 한국 시는 김수영 앞에서 언제나 2%가 부족하다. 한국 시가 아직도 김수영에 도달하지 못한 지점도 거기쯤 있고 또 추월하지 못한 지점도 거기쯤일 것이다. 그런 점에서 김수영은 현역 시인이다. 그만 하자. 네. 아무데서나 시를 불쑥 꺼내놓거나 소개하거나, 너무 쉽게 아무데서나 설명하거나 해설하는 것도 한 번쯤 심사숙고해야 한다. 네. 그리고 또 그의 정직함과 솔직함에 대해 거듭 숙고하라.

6.

시는 소재도 아니고 주제도 아니고 이미지도 아니다. 시는 내용도 아니고 형식도 아니다. 거칠게 말하면 시는 언어도 아니다. 어쩌면 시는 언어 밖에서 서성이는 풀죽은 언어의 그림자일 것이다. 시는 속이 꽉 찬 만두가 아니라 앙꼬 없는 찐빵에 가깝다. 시는 소재나 주제를 드러낼 필요도 없고, 때때로 소재나 주제를 아예 없애도 된다. 시는 음식도 아니고 금은보화도 아니다. 시는 실없고 또 한심한, 아주 딱한 물건이다. 시는 완성된 것이 아니다. 완성된 시는 없다고 해야 맞다. 내가 시를 쓴 것은 맞다. 그러나 나 혼자서 시를 쓴 것도 아니다. 이 산문집도 마찬가지다.

7.

시를 한 번 배반하고 싶다. 딱 한 번 배신 때리고 싶다. 한 번도 실행하지 못했지만 뭔가 꿈틀거린다. 너무 엄숙하고 너무 진지하고 너무 복잡하게 살았다. (인생도 시도 사랑도 세상만사도 과거도 현재도 너무 복잡하게 생각하지 말자.) 어쩌면 어떤 틀을 벗어나지 못했고 어떤 틀을 버리지 못했다. 어떤 틀에 갇혀 살았다. 썩지도 못했고 썩어빠진 채 살지도 못했다. 삶을 탕진하지도 못했고 삶을 배반하지도 못했다. 그렇다고 삶에 도달한 것도 아니고 시에 도달한 것도 아니다. 이것도 저것도 아니다. 그 빈자리에 삶이 있고 시가 있을 것이다.

시가 시인을 닮았고 시인이 시를 닮았을까. 시와 삶이 서로 배신 때리지 않도록 서로 주시하며 살았을 것이다. 그러나 배신도 좀 하고, 시와 삶이 좀 어긋나게 내버려두고 싶다. 이런 것이야말로 즐거움이고 아름다움이고 깨달음이고 해방감이고 황홀함이고 또 시의 세계가 아니겠는

가. 시는 어딘가 조금씩 어긋나는 것이다. 시는 도덕을 추구하고 신념을 지키는 정절의 장르가 아니다. '시인은 역사가가 아니라 허구를 다루는 자'라는 문학평론가 유종호의 말을 새삼 돌아보게 된다.

8.

시도 부지런히 읽어야 하겠지만 소설도 부지런히 읽어야 한다. 부족한 것은 술이나 독서가 아니라 픽션이다.

9.

안방 화장실에서 〈아침이슬〉을 불렀다. 층간 소음 때문에 나직하게 불렀다. 〈아침이슬〉을 이렇게 나직하게 부를 수도 있었다. 목이 터져라 불렀던 노래가 어느덧 늙어 버린 것 같다. 어쩌면 이 노래는 본래 나지막한 것이었을까. 목소리 높인다고 귀를 기울이는 것도 아니다. 일단 무반주 라이브로 휴대폰에 녹음해두었다. 시든, 노래든, 다 자기 목소리가 있다. 아무도 없는 산중에서 제 목소리로 한 번 쭈욱 내지르고 싶다. 하드록 비스무리하게 불러보고 싶다. 그러나 지금은 깊은 밤이고 김민기 버전으로 한 번 더 부르고 싶다.

"태양은 묘지 위에 붉게 떠오르고/ 한낮에 찌는 더위는 나의 시련일지라/ 나 이제 가노라 저 거친 광야에/ 서러움 모두 버리고 나 이제 가노라"(〈아침이슬〉 부분)

10.

시는 어떤 수단이나 도구를 배제한 것이다. 동의한다. 시는 어떤 의미나 대상을 멀리 한다. 동의한다. 물론 시의 언어도 그러할 것이다. 수긍한다. 그러나 어느 시인의 초기 시보다 후기 시를 보면 어떤 도구나 수단 혹은 의미나 대상이 가끔 드러날 때가 있다. 물론 시의 언어도 그러하다. 이를 테면 시가 끝까지 비대상일 것도 없고 또 끝까지 무의미할 것도 아니다.

시인은 군이 화두 하나만 들고 있어야 할 까닭이 없다. 하여 시는 물론이거니와 시인의 포지션도 다양하고 복잡할 수밖에 없다. 한국 시에서 종종 거론되는 대상이나 비대상 혹은 의미나 무의미라는 것도 이질적이면서 동시에 동질적인 것일지 모른다. 어쩌면 피아를 구분해야 할 대결 구도가 아닐 수도 있다. 이 산문집도 어떤 수단이나 도구를 배제한 것일까.

『벽암록』의 한 구절은 그 어떤 판단도 끼어들 틈이 없다. 그냥 또 눈(雪)을 퍼다 우물을 메우는 일이다. 참 무모하고 허황된 결의라고 하지 않을 수 없다.

11.

시는 어떤 판단의 결과가 아니다. 가령, 시는 어떤 사물을 관찰한 '사물 하나' 혹은 '사물 둘'이 되는 것이다. 그러나 어떤 시는 판단인 것도 같고 어떤 시는 관찰인 것도 같다. 얼핏 보면 한국 시의 양대 산맥과도 같다. 단순한 안목 같지만 이런 흑백 논리와 이분법이 한국 시와 한국 사회를 오랫동안 지배한 것 같다. 그래도 예컨대 어느 진영에 가입하지 않고 외따로 뚝 떨어져 시를 썼다면 그도 오랫동안 아웃사이더였을 것이다. 아무나 아웃사이더가 되는 게 아니다. 무엇보다 고독한 자존심을 내심 갖추고 있어야 한다. 아웃사이더를 마이너리그로 폄훼한다면 그 또한 저급한 안목이거나 인식일 것이다. 시에선 안목도 중요하지만 인식 또한 매우 중요하다.

그러나 좋은 시는 언제나 그렇듯이 그 모든 것을, 이 모든 것을 다 뛰어넘는 곳에 있다. 모든 것에 마음을 열어놓아야 모든 것에 마음을 얻을 수 있으리라. 좋은 시는 답답하지도 않고 갑갑하지도 않다. 시는 또 어떤 경우에도 읍소하지 않는다. 그런 것도 시의 자존심이리라. 읍소하지 마라. 시여! 어떤 소통과 이해를 얻으려고 몸을 낮추지 마라. 그것 또한 시의 도리가 아니다.

12.

'아무것도 바라지 않는 삶이 수행자의 삶'이라고 현각(玄覺) 스님이 말했듯이, 아무것도 바라지 않는 것이 또 시라고 할 수 있다. 시가 바라는 것은 없다. 시인이 바라는 것도 없다. 시의 삶도 시인의 삶도 딱히 내세울 것이 없다. 어쩌면 시나 시인이나 그들이 굳이 누릴 삶이 이 지상엔 없다. 시도 시인도 홀로 남은 저 겨울나무 같은 것이다. 현각 스님의 말을 한 번 더 들어보자. "나는 집도 없고 옷도 없고 의료보험도 없다." 시가 어디에 있어야 하는지, 시인이 어디에 있어야 하는지 짐작하게 한다. 물론 시는 선(禪)도 아니고 시인은 수행자도 아니다. 다만 아무것도 바라지 말고 아무것도 쳐다보지 말고 오직 시만 쳐다보고 살자. 그리고 시를 너무 무겁게 하지도 말자. 시를 너무 가볍게 하지 말자. 시를 너무 우습게 하지 말자. 시를 너무 어둡게 하지 말자. 더구나 시를 아무도 읽지 않는 지하철 스크린도어 같은 데 붙여놓지 말자. 시가 비록 갈 데

없다 해도 그런 곳에 가지는 않을 것이다. 시가 어떤 대상을 희화화할 순 있어도, 시를 희화화의 대상으로 삼을 순 없다. 여기 눈에 띄는 시론이 있다.

"시는 SNS가 아니고, 기쁨과 치유가 아니고, 아무 때나 아무 곳에서나 누구나 읽어도 되는 쉽고 편리하고 아름다운 것이 아니다."(장석원)

13.

시만 침묵 속에 싹트는 게 아니다. 사랑도 침묵 속에 싹트고 기도도 침묵 속에 싹튼다. 어떤 큰 가르침도 침묵 속에 싹튼다. (不言之敎) 이 일련의 횡설수설 같은 산문도 결국 긴 침묵 속에 싹틀 것이다. 1980년 5월 비상계엄 시국에 쓴 산문도 침묵으로 시작하였다. 겨우 제목만 한 줄 남아 있다. 계엄 당국의 사전 검열을 뚫고 어느 대학신문에 게재되었던 것이다. 「우리들의 침묵은 결코 굴복이 아니다」. 그러나 안타깝게도 결국 침묵하였고 굴복하였을 것이다. 침묵은 비겁함보다, 굴복은 수치보다 더 오랫동안 이어졌다. 침묵이 길어지면 길어질수록 그것은 침묵이 아니라는 것도 그때 알았다.

개구즉착(開口即錯). 지금은 동안거 중이다. 속가에서 동안거 한 철 지내고 싶다. 어느 종교를 말할 것도 없이 수도자의 품격은 침묵의 크기로 가늠할 수 있다. 여백도 침묵의 영역이라고 할 수 있다. 시도 침묵의 크기로 말할 수 있을까.

14.

『파우스트』까지 들먹이지 않아도 높은 데로 이끄는 힘은 때때로 '여성적인 것'이다. 물론 다른 언어이지만 유약한 것이 결국 강한 것을 이긴다. (柔弱勝剛强)

한평생 강한 것과 싸워 본 자는 알 것이다. 한평생 강한 것과 부딪쳐 패배한 자는 알 것이다. 그러나 끝내 강한 자는 알 수 없으리라. 약자와 싸워 이긴 자도 알 수 없으리라. 약자는 강자를 알아도 강자는 약자를 알 수 없다. 시의 화자는 강자가 아니라 약자의 편이다. 그러나 시의 화자가 꼭 '여성적인 것'은 아니다. 시의 화자가 잠시 자리를 비운, 그런 시를 읽고 싶을 때도 있다. 가만, 시에서 시의 화자가 잠시 자리를 비웠다는 것은 또 무슨 뜻? 삶을 견디고 있는가? 시를 견디고 있는가?

15.

시는 삶의 간절한 기록일까. 시는 삶의 간절한 기록일 뿐일까. 물론 삶이 배지 않은 시가 어디 있으며 삶이 배지 않은 예술이 또 어디 있을까. 다시 시는 삶의 기록이며 삶의 다큐일 것이다. 만약 시가 삶에 관한 것이 아니라면 시는 또 어디서 오는 걸까. 그대는 시가 오는 길을 아는가. 그리고 시는 시인의 삶인가. 시인의 삶은 곧 시인가. 시는 단지 삶의 간절한 기록일 뿐일까. 다시 그 삶은 현실인가 환상인가. 허구인가 허상인가. 그 삶이라는 것은 또 무엇일까. 삶은 또 어디서 오는 걸까. 그 삶을 형상화하는 게, 시일까. 삶도 없고 기록도 없고 시인도 없는 저 허심탄회한 그 허구야말로 시가 되는 게 아닐까. 아닐까.

혹시 시는 꽃에서 오는 것 아닐까. 시는 머릿속에서 가슴속에서 오는 것 아닐까. 시는 그대 손끝에서 발끝에서 오는 것 아닐까. 시는 그냥 언어끼리 어울리는, 남들은 전혀 모르는 언어와의 관계 아니었을까. 시는 자기 자신의 삶을 형상화한 것일까. 시가 단순해진 걸까. 시가 초라해진 걸까. 시가 왜소해진 걸까. 시가 의기소침해진 걸까. 시가 다시 어둡고 작은 방에 갇힌 걸까. 시가 옥탑 방에 숨어 버린 걸까. 시가 시인의 마음속에 숨어 버린 걸까. 시는 다시 대상을 잃어버렸을까. 시는 타자가 된 걸까. 어떤 추상이 되고 말았다는 걸까. 어떤 의미 운운하지 말라는 걸까. 어떤 이데올로기 끝에 줄서지 말고 남의 줄에 서지 말고 차라리 독립하라는 걸까. 독자 노선 하라는 걸까. 문단도 문단 동향도 쳐다보지 말고 문청 때처럼 외롭게 살라는 걸까. 또 방황하라는 걸까.

16.

시의 생각은 뭘까. 깨달음을 주는 걸까. 즐거움을 주는 걸까. 그냥 아무것도 주는 것이 없는 걸까. 정말 아무것도 주는 게 없는 걸까. 시의 생각은 도대체 뭘까. 시는 존재론일까. 아니면 현실론일까. 그것도 아니면 시는 그 자체가 이미 어떤 존재이며 현실이 된 걸까. 아니면 시도 시의 생각을 알고 있을까. 소위 시의 즐거움과 깨달음은 시를 위한 것일까. 독자를 위한 것일까. 삶을 위한 것일까. 세상을 위한 것일까. 시를 위한 것일까. 시는 본래 즐거움도 깨달음도 없는 것 아닐까. 시의 본래 진면목은 뭘까. 혹시 시는 모든 것이 다 사라지고 오직 '쓰는 행위'만 겨우 남은, 뀌다놓은 보릿자루 같은 거 아닐까. 시가 무엇을 창조했다거나 무엇을 파괴했다는 것은 다 과거의 영화(榮華)나 유물이 된 것일까. 시가 다시 어떤 유물이 되거나 영화가 되지는 않을 것이다. 우울할 것도 아니고 낙담할 것도 아니다. 시는 단물이 빠진 채 껍데기만 남은 걸까. 이제 시는 더 이상 어떤 대상에 대한 성찰이나 통찰도 아닐까. 과연 어디까지 시라고 할 수 있을까. 시에 대한 이런 생각조차 다 낡은 시대의 유물이 되었을까. 이제 더 이상 아무도 시를 생각하지 않는다는 걸까. 시와 삶의 선명한 경계조차 사라진, 깨달음도 즐거움도 몽땅 사라진, 이제 무슨 생각을 더 하겠다는 것일까. 그런저런 경계를 확 무너뜨린 시가 어디 없을까. 여기서 이승훈 시를 읽어보자. 이 시를 읽으면 무엇을 무너뜨리고 무엇을 일으켜 세웠는지 알 수 있다. 마음 아픈 시도 있지만 마음 힘들게 하는 시도 있다. 몸을 힘들게 하는 시도 있다. 가급적 깊은 밤에 나직하게 읽어야 할 시도 있다.

"술에 취해 택시에서 내리다 넘어졌다. 어둔 밤 아파트 앞 길바닥. 택시 기사 말고는 아무도 본 사람이 없기 때문에 아무렇지 않은 척 일어나 집으로 왔다."(「늦은 밤」 전문)

17.

시가 사라진 이 시국에 이런 발언들이 무슨 소용이 있을까. 마치 농경시대나 산업사회가 사라진 마당에, 어떤 고전적인 가치를 내밀 수도 없는, 구시대적 개념과 사유는 이제 더 이상 발붙일 곳이 없는, 영혼이니 정신이니 그런 것 다 사라진, 이런 시절에 무슨 말이 더 필요할까. 시도 아예 발붙일 곳이 없어졌다. 시도 1인 가구가 되었을 것이다. 시도 독거노인이 되었을 것이다. 시야말로 혼자 하는 장르가 되었을 것이다. 아무도 모르게 뒷방 신세가 되었거나 아예 독방 신세가 되었을 것이다.

이제 시를 무너뜨려야 할 때가 되었다. 그리고 그 무엇으로부터 독립하고 또 자유로워야 할 것이다. 시는 다 버리고 비로소 자유를 얻어야 할 것이다. 백(百)을 버리면 백을 얻는다는데 시라고 그런 걸 모르겠는가. 그러나 시는 백을 버리고 그 얻을 수 있는 백조차 다 잃어야 비로소 얻을 수 있는 것이다. 시의 자유나 독립도 그런 것이다. 시의 영혼이나 정신이 있다면 또 그런 것이리라. 그렇다면 시의 영혼이나 정신이 사막 한 가운데 있지 않을까. 사막에 가야 하나 광장에 또 가야 하나.

18.

　김이듬 시집 『히스테리아』에서 어떤 시는 기억에 남아 있다. 그런 시를 만날 때면 마음이 놓인다. 시의 영혼이나 정신이 다 사라지지 않은 것 같다. 과거 아메리카 인디언 쥬니족의 어느 부락에 들른 것 같다. 마치 나뭇가지가 눈송이에 뚝뚝 부러지는 1월 그 어느 날 저녁 무렵 같다. 시가 쏟아질 것 같고 술이 땡길 것 같다. 오래 전에 읽었지만 시 한 줄에 꽂힌 적도 있다. 시 한 줄 때문에 시의 맥락을 놓칠 때도 있다. 그게 또 시를 읽는 매력일 것이다. 시 한 줄의 복병을 어디서 만날지 아무도 모른다. 인문학은 시 한 줄이라도 스스로 읽어보고 스스로 생각하고 어떻게든 독립적인 사유를 말하는 것이다. 결국 기존의 어떤 체계와 잠시 어긋나는 것이다.

　"나는 감정 갈보, 시인이라고 소개할 때면 창녀라고 자백하는 기분이다 조상 중에 자신을 파는 사람은 없었다 '너처럼 나쁜 피가 없었다'고 아버지는 말씀하셨다/ 펜을 불끈 쥔 채 부르르 떨었다/ 나는 지금 지방축제가 한창인 달밤에 늙은 천기(賤技)가 되어 양손에 칼을 들고 춤추는 것 같다"(「시골 창녀」 부분)

19.

시는 **감수성**이다. 시에서 감수성은 시의 밑천인 셈이다. 감수성은 시의 다른 이름이기도 하지만 시인의 다른 이름이기도 하다. 가령 시에 있어서 은유조차도 감수성에 의해 발생하고 발현되는 것이다. 감수성에 관해선 타 장르도 시 앞에서 조심스러울 수밖에 없다. 시의 시작은 감수성이며 시의 도착도 감수성인 셈이다. 그러나 단순한 감수성만으론 시가 될 순 없다. 그래서 소위 '통합된 감수성'이라는 말도 생긴 것이다. 그 감수성은 다시 시적 상상력과 시인의 경험을 받아들이면서 몸집을 키우며 시를 키워냈을 것이다. 감수성 하나만으론 시의 깃발을 휘날릴 수 없는 것이다. 시의 깃발엔 감수성뿐만 아니라 이를 테면 감성과 지성과 논리와 추상과 사상과 철학과 시대와 이성과 상징 그리고 무엇보다 삶에 대한 고뇌와 방황이 스며 있을 것이다. 시는 그런 것들을 마음속에 두고, 마음속으로 부단히 겪어내는 과정일 것이다. 그럼에도 불구하고 감수성도 밑빠진 독일 것이다.

20.

시는 어딘가 낯설고 뭔가 조금 다르다는 것 아닌가. 특히 조금 다르다는 것은 기성의 지배 체제에 쉽게 동의하지 않는 비판적 태도와 입장 아닌가. 그리고 섬세한 감수성과 직관 때문에 남들과 조금 다르게 사유(思惟)하고 또 그런 안목으로 살아간다는 것 아닌가. 또 그런 사유나 안목은 결국 고뇌하고 방황하게 되는 것 아닌가. 그러다 보면 때때로 스스로 고립되거나 고립무원을 자처할 수밖에 없는 것 아닌가. 그런 것도 시인의 자존심이며 존재 이유가 아닐까. 근데 이렇게 사는 시인이 있을까. 이를 테면 문청 때처럼 그 뜨거운 실패를 반복하는 시인이 있을까. (그럼에도 불구하고, 시인은 일반인의 삶과 다른 것인가. 시인의 사유체계는 일반인의 사유체계와 다르다는 것인가. 그렇다, 그 무엇보다 패배를 자처하기 때문이다. 또 시인의 삶은 시를 쓰는 삶이다. 24시간 내내 시를 쓰는 시인이 있는가. 없다. 그러나 시인은 24시간 내내 시를 쓰는 것 아닌가. 맞다. 시를 쓰지 않고도 시인의 삶을 살아낼 수 있는가. 없다. 시인은 시를 쓰는 것만이 삶을 사는 것 아닌가. 그렇다. 시인들은 살기 위해 시를 쓰고, 시를 쓰기 위해 살아가는 것 아닌가. 그렇다. 그럼에도 불구하고 또 시인의 삶은 일반인의 삶과 다르지 않다. 시인은 시인의 삶을 살고 일반인은 일반인의 삶을 사는 것이다.) 아님 낮에는 『논어』를 읽고 밤에는 『도덕경』을 읽었다는 조선시대 어느 선비들처럼 어쩌면 이중적인 삶인가. 그것도 아니면

이 세상에 고정된 틀과 가치와 제도와 기준과 권력에 적응하지 못하고 적응하지 않으려고 자꾸만 튕겨져 나가는 것일까. 물론 어느 위대한 시인이라도 또 아무리 거대한 시 한 편이 있다 해도 그런 것들을 다 무너뜨리지 못할 것이다. 그러나 그런 것들과 끝내 타협하지 않거나 끝내 승복하지 않을 때, 시가 태어나고 시인이 태어나리라. 시는 그러한 장벽을 무너뜨리려다가 그러한 장벽 앞에서 무참히 무너지는 것이리라. 시의 격전장에서 끝을 향해 혹은 극을 향해 달려갔던 수많은 패배가 결국 또 시가 되었을 것이다. 좀 다른 말이지만 시의 세계에도 이른바 시적인 아나키스트들이 존재했을까. 아나키스트 같은 시인은 누구였을까. 체 게바라를 닮은 시인은 누구였을까. 동서고금을 막론하고 기성의 그 지배 체제를 뒤집어엎으려고 했던 시인은 누구였을까. 더 많은 생각을 하기 전에 우선, 백기완 선생의 시 몇 줄부터 읽고 나서 찾아보자. 「임을 위한 행진곡」의 원작인 것도 이미 알려진 일이다.

"사랑도 명예도 이름도 남김없이/ 한평생 나가자던 뜨거운 맹세/ 싸움은 용감했어도 깃발은 찢겨져/ 세월은 흘러가도/ 굽이치는 강물은 안다.// 벗이여, 새날이 올 때까지 흔들리지 말라./ 갈대마저 일어나 소리치는 끝없는 함성/ 일어나라 일어나라/ 소리치는 피맺힌 함성/ 앞서서 나가니/ 산 자여 따르라 산 자여 따르라"(「뫼비나리: 젊은 남녀의 춤꾼에게 띄우는」 부분)

21.

아주 오래 전 김준오『시론』앞부분에 있던 시의 상식 같은 것 하나 옮겨보자. 이를 테면 이 세계와 인생을 인식하는 두 가지 유형이 있다. 하나는 '있는 그대로의 인생'을 인식하는 일상적 진실과 다른 또 하나는 '있어야 하는 인생'의 당위적 진실 혹은 이상적 진실이라는 게 있다. 이렇듯 일상적 진실과 당위적 진실의 차이를 또렷하게 비교해놓았다. 시에서 일상과 당위는 대립항일 수밖에 없다. 물론 비대칭일 수밖에 없겠지만 그들도 외나무다리에서 만날 때가 있으리라. 그 둘은 결코 타협할 수 없는 것일까.

(혹시 독자들 몰래 어느 뒷골목 포차에 앉아 소주잔을 나누고 있을지도 모를 일이다. 무대 뒤에서는 호형호제하는 것 아닐까. 두 개 다 가질 수 없으면 하나를 버려야 하겠는가. 그것도 아니면 두 개 다 버려야 하겠는가. 아니면 둘이서 하나씩 주고받아야 하는가. 아니면 일상은 일상을 버리고, 당위는 당위를 버려야 하는가.)

그러나 이젠 누가 나서서 이런 말을 힘주어 말하지 않는다. 시도 변하고 세상도 변하고 심지어 시론도 변했다. 자세히 따져보면 서양의 초현실주의 이후 어떤 문예사조도 나타나지 않았다는 극단적인 해석도 한 번쯤 참고할 만하다. 그렇다면 이제 시는 다 각자 자기 장르가 되었고, 다 각자 자기 문예사조가 되었다. 시는 철저히 주관적인 것이 되었고 개인적인 것이 되었다. 이를테면 시를 지배하는 사조 같은 것도 없어졌고 문학적 이념 같은 것도 없어졌다. 이른바 시적 일상도 없고 시적 당위도 없는 각자 도생의 삶과 각자 도생의 시만 남았다. 각자 자기 노선의 시를 가졌고 각자 자기 시의 시론을 갖게 되었다. 얼마나 좋은 세상인가. 그러나 또 얼마나 끔찍하고 두려운 세상인가. 시를 좀 읽어야 할 사람들이 시를 쓰는 세상이 되었다. 얼마나 좋은 세상인가. 그러나 또 얼마나 끔찍하고 무서운 세상인가. 그러나 세상은 또 그렇게 흘러간다. 시인도 결국 평범한 부류가 되었다. 그렇게 또 흘러만 간다.

22.

　국민 마라토너 이봉주 인터뷰(경향신문, 2022. 1. 25)에서 유독 기억에 남는 것이 있었다. "마라톤은 완주다". 그렇다. 가히 마라톤 41회 공식대회 기록 완주자의 일갈다웠다. 그 인터뷰에서 하나 더 말하면 "내 페이스대로 끝까지 뛰는 것에 집중한다". 그렇지 않은가. 마라톤이든 인생이든 독고다이처럼 '내 페이스'로 '끝까지' 가는 것이다. 시도 마찬가지 아닌가. 시인도 피니셔일 것이다. 마라톤을 완주하지 않는다면 마라톤이 아니듯이 시도 완주하지 않는다면 시가 아닐 것이다. 시도 완주하는 종목일 것이다. 시는 완주했을 때 비로소 완성되는 것 아닌가. 김소월처럼 33세까지 완주하여 그의 시 세계를 완성한 시인도 있고, 27세까지 완주하고 나서 그의 시 세계를 완성한 윤동주도 있을 것이다. 중요한 것은 완주했다는 공식 기록이다. 시든 마라톤이든 완주의 장르라고 할 수 있다. 인생도 완주의 장르이다. (다만 완주하지 못했다고 억울해 할 것도 없다. 그가 뛴 것까지가 완주일 것이고 그가 쓴 것까지가 또한 완주일 것이다. 물론 완주가 모든 것의 기준일 수는 없다. 시든 마라톤이든 인생이든 직장이든 최선을 다해 완주하면 된다. 완주의 기록자는 다름 아닌 그 자신일 것이다. 그리고 그 어떤 기준이란 것도 없어졌다.)

23.

'내용 없는 아름다움'은 시사하는 바가 크다. 김종삼 시 「북치는 소년」 첫 구절이지만 그 울림이 저릿저릿하다. 시 한 구절이지만 어느 시론을 뛰어넘으며 어느 경전의 한 구절과도 바꿀 수 없을 만큼 여운이 길다. 시의 영토에 있어서 이 한 구절은 어느 화두처럼 어느 시론처럼 염두에 두어야 할 것이다. 그렇지 않은가. 시는 내용이 없다. 시는 아름다운 형식이다. 무엇을 더 바랄 수 있을까. 무엇을 더 말할 수 있을 것인가.

시의 길도 여기 있다. 시의 내용도 여기 있고 시의 형식도 여기에 들어 있다. 비록 시론으로 쓴 구절이 아니지만 그 무엇과 바꿀 수도 없다. 굳이 누구의 말을 들먹이지 않아도 시의 내용이 형식보다 더 크게 드러나면 시의 형식은 위축될 수밖에 없다. 시의 형식이 위축되면 시의 형식보다 시가 먼저 위축되고 만다. 시의 내용은 시의 형식을 위축시키는 것이 아니라 시 자체를 위축시키고 만다. 이런 걸 다 알면서도 시의 형식보다 시의 내용을 앞에다 내세울 때가 많았다. 간혹 이 산문집도 그럴 것이다. 몰라서 못하는 것도 있지만 알면서 못하는 것도 있다. 내용은 줄이고 형식은 살리면서 가자.

이 산문집은 서정시와 마찬가지로 고백적이며 자전적이다. 시에 대한 자전적인 고백록이며 동시에, 시에 대한 막연한 명상과 사유(思惟)를 기록한 것이다. 그렇다고 '예술은 길고 인생은 짧다' 같은 히포크라테스의 아포리즘 같은 것은 아니다. 어떤 오해도 하지 말고 어떤 이해도 하지 마시라. 독자도 없는 시절에 시를 쓰는 심경이 다 그런 것 아니겠소. 허허. 시의 시대는 결코 오지 않을 것이다. 좌우지간 정색하지 않기를.

24.

시도 여유 있는 사람처럼 유머가 있으면 좋겠다. 시도 여유 있는 사람처럼 웃음이 있으면 좋겠다. 말하자면 시가 좀 예능 같아도 괜찮겠다. 시가 꼭 9시 뉴스나 〈100분 토론〉 같은 코너가 되어야 하겠나. 시도 이를 테면 웃음과 여유가 묻어나면 좋겠다. 고만한 아픔과 고만한 슬픔도 묻어 있었으면 좋겠다. 너무 진지하지 말자.

시가 좀 더 가벼워도 괜찮겠다. 시가 무슨 소릴 하는지 몰라도 괜찮겠다. 시가 그냥 키득키득거려도 괜찮겠다. 시가 예능처럼 무겁지도 않고 복잡하지도 않았으면 좋겠다. 시가 유튜브처럼 재미있고 조금 우스워도 괜찮겠다. 그동안 시는 너무 엄격하고 진지하고 교훈적이었다. 한 마디로 딱 잘라서 말한다면 꼰대 시였다. 한 번쯤 꼭 돌아보아야 할 지점이 거기쯤 있을 것이다.

25.

시 한 편에 미니 에피소드 하나 슬쩍 끼워두면 어떨까. 에피소드 필요 없고, 에피소드 들어가면 시에서 벗어나는 것인가. 시도 뼈대만 있으면 될 것인가. 그러나 시도 에피소드 하나쯤 배경처럼 두고 있으면 어떨까. 에피소드 하나쯤 있으면 정색한 공적 문서 같은 시보다 훨씬 더 부드럽지 않을까. 초미니 에피소드 하나쯤 시의 옆구리에 찔러두면 어떨까. 또 시는 승자의 몫이 아니라 패자의 몫이라는 것도 하나 찔러두면 좋을 것 같다.

시든 사람이든 인생이든 목소리든 남을 대하는 태도든 가급적 정색하지 말고 부드러워야 한다. 아무리 급해도 언제 어디서든 정색하지 마라. 공적 업무 영역도 아닌데 굳이 정색할 필요가 있겠는가. (專氣致柔)

그것이 소재가 되었든 그것이 리듬이 되었든 그것이 또 체험이 되었든 그것이 또 삶에 관한 빛나는 통찰이 되었든지 간에 단출한 백댄서 같은 에피소드 하나 두면 어떨까. 그러나 알고 보면 시는 그 자체가 이미 하나의 에피소드 아닐까. 그리고 또 비록 에피소드라고 할지라도 유리잔처럼 조심스럽게 다뤄야 한다. 시는 이미 유리잔 같은 에피소드를 내장하고 있는 것 아닐까. 시의 내공이란 그런 게 아닐까. 다만, 시에다 뭘 덧칠해서 좋을 게 없다. 시는 장르의 특성상 소식주의자와 가까울 것이다.

26.

시도 공동체를 향한 메시지가 있어야 하지 않을까. 아니다. 아니다. 그렇지 않다. 시는 그 어떤 것보다 매우 개인적이며 주관적이다. 시는 본래 공동체와 관련된 것이 하나도 없을 것이다. 시인들을 보아도 대충 짐작할 수 있는 일이다. 시인들이 공적인 것을 꺼리는 걸 보아도 알 수 있다. 정말 그렇지 않은가. 시인이 무슨 공무원도 아니고 시가 무슨 공적 결재 서류도 아니지 않은가. 국민들이 주는 녹을 받아먹는 것도 아니고 공공의 안녕과 질서를 위해 불철주야 고심해야 하는 고위 공직자도 아니지 않은가. 시인은 매우 주관적이고 개인적인 성향이 강하다. 시도 마땅히 그러하리라. 그런 것도 시와 시인에게 주어진 소관 업무 중 하나일 것이다. 다만 한국 시에서는 종종 공동체와 관련된 까다로운 조항이 하나 있다. 굳이 공동체를 위해 어떤 메시지를 들고 분연히 떨쳐 일어나지 않았다 해도 공동체의 가치와 정면으로 배치되는 것에 대해선 집요하게 추적하고 있다. 특히, 일제강점기라든가 1970년대 80년대 민주화 운동 시기라든가⋯ 조심스럽지만 공동체가 어려울 때 시인도 어렵게 살아야 하지 않은가. (공동체가 어렵지 않아도 시인은 언제나 어렵게 살아야 하지 않은가.) 문청시절 읽었던 '국가불행 시인행'은 남의 얘기가 아니라 바로 시와 시인의 얘기가 아니었을까. 어쩌면 이런 것도 이제는 다 라떼가 되었는가. 지금은 누굴 붙잡고 그런 얘길 해야 할지도 모르겠다. 혼밥 하고 혼술 하고 혼삶 하는 이 혼족 라이프 시대에 무얼 하겠는가.

그러나 저 1980년대 내내 옥중에서 살았던 김남주가 외치듯 쓴 많은 시는 우리를 침묵으로부터 깨어나게 하였고 또 어떤 침묵으로부터 분명히 깨어났을 것이다. 출옥 직후 술집 탑골 앞에서 시인 김남주를 뵙던 장면은 필자의 인생 샷이 되고도 남았을 것이다. 그 후 '황석영문학제'(주최, 황석영 석방대책위원회)가 열렸던 수운회관에서의 만남도 생생한 샷이 되었다.

"함께 가자 우리 이 길을/ 셋이라면 더욱 좋고 둘이라도 함께 가자/ (…중략…) / 산 넘고 물 건너 언젠가는 가야 할 길 시련의 길 하얀 길/ 가로질러 들판 누군가는 이르러야 할 길/ 해방의 길 통일의 길 가시밭길 하얀 길"(「함께 가자 우리 이 길을」 부분)

27.

시도 시대적인 것과 관련이 많다. 꼭 역사주의 비평 관점이 아니더라도 시도 그 시대의 시대적인 산물일 것이다. 시도 또 그 시대와 겪은, 작고 큰 결과물이다. 예컨대 시대와의 불편한 관계 속에서 겪은 각종 필화(筆禍)사건도 있을 수 있다. 한국문학사에서 빼놓을 수 없는 필화의 역사가 도처에 또렷이 남아 있다. 한국 시는 직간접적으로 필화의 역사를 겪으며 성장했다고 말할 수 있다. 필화는 당사자뿐만 아니라 당대 작가들도 내적 트라우마를 함께 겪을 수밖에 없었을 것이다. 어떤 필화든 필화는 결코 단한 사람만 겨냥하지 않는다. 시나 시인은 파고(波高) 높은 시대 앞에서 늘 무기력하였지만 시나 시인은 그렇게 무력하거나 무기력하지만 않았다. 한국문학사를 한 번 돌아보면 알 수 있으리라.

먼저 1970년 김지하 담시 『오적(五賊)』 반공법 위반 필화 사건과 1981년 5월 한수산 장편소설 『욕망의 거리』와 관련 되었던 박정만을 언급하지 않을 수 없다. (그리고 박정만 과 관련된 이윤기의 소설 「전설과 진실」을 빼놓을 수 없을 것이다.) 그 외에도 1975년 양성우 「겨울공화국」, 1977년 「노예수첩」 긴급조치 9호 위반 필화사건도 있었다.

28.

어떤 웃음을 그러니까 잠시 빙그레 웃게 하는 시가 있을 까. 탁 떠오르지 않으면 포기하는 게 맞다. 시는 논문처럼 찾아보고 참고 문헌을 뒤적거리는 게 아니다. 그래서 시 는 기억에 의지하는 편이 많다. 기억이 없으면 사라지는 것이다. 시는 유독 기억을 먹고 자란다.

기억은 또 뗏목과 같은 것이다. 강을 건너면 뗏목은 버 리는 게 맞듯이 시가 되면 기억은 또 간 곳도 온 곳도 없 다. 그렇다고 시는 기억을 기억하지 않는다. 시는 그런 일 로 돌아보지 않는다. 왜냐하면 시는 쓰는 것보다 종종 그 냥 씌여질 때가 많기 때문이다.

웃음을 주는 시가 탁 떠오른다. 그 일부분만 인용하고

자 한다. 저작권 운운할까 봐 제목만 남겨야 할 것 같다. 시 해설도 아니고 본격 리뷰도 아닌데 겨우 몇 줄만 옮겨 놓는다. 아니다 검색하면 다 뜰 테니까 제목만 남겨두자. 제목도 남겨놓지 말고 가자. 시인 이름도 남겨두지 말고 가자. 시 일부와 시인의 이름까지 찾아서 독자들의 입에 넣어주지 않아도 괜찮다. 시가 지나치게 친절한 것도 문제다. 시인이 너무 친절한 것도 문제 아닌가. (信言不美 美言不信)

포털에서 시를 검색하면 시가 툭툭 튀어나오는 것도 문제 아닌가. 어떨 땐 검색하면 시가 주루룩주루룩 흘러나온다. 속옷이 다 비치는 것 같아 민망스러울 때가 많다. 시가 무슨 자판기도 아니고 ATM 기계도 아닌데 시가 아무렇게나 얼굴을 내밀고 나오는 것도 문제 아닌가. 누군가 수돗물 그냥 틀어놓고 간 것 같아 안쓰럽다. 시가 아무렇지도 않게 너무 돌아다니는 것 같다. 시가 할 일이 아닌 것 같다. 시도 배추밭 확 갈아엎을 줄 알아야 한다. 시는 결코 대중적이거나 대중문화가 될 수 없다.

29.

　시는 직유보다 은유의 손을 잡아야 하는가. 시인도 독
자도 어느 누구도 눈치 채지 못하게 아주 큰 은유로 가야
하는가. 비유조차 이 세상에 없는 것을 비유해야 하지 않
을까. 아니면 환유로 가야 할까. 아니면 삶도 인간도 없는,
대상도 의미도 없이 가야 할까. 이 세상에 단 하나뿐인 은
유의 시를 써야 하는가. 어제의 시를 버리고 오늘의 시를
써야 하는가. 오늘 시와 전혀 다른 새로운 시를 쓰고 오늘
의 시와 또 전혀 다르게, 다른 시를 써야 하는가. 아니면
어제 쓴 시를 또 써야 하는가.

　다른 말이지만 한국 정치도 한국 교육도 어제의 정치와
어제의 교육을 버리고 오늘의 정치와 오늘의 교육을 해야
하지 않을까. 또 오늘의 정치와 오늘의 교육과 다른 새로
운 정치와 새로운 교육을 하고 오늘의 정치와 오늘의 교육
과 또 전혀 다르게, 다른 정치와 다른 교육을 해야 하는
것인가. 아니면 어제의 정치와 어제의 교육을 또 반복하
는 것이 정치라는 것인가 교육이라는 것인가.

　다시 읽어본다. "시를 쓴다거나 이해하는 데는 이 관습
적 인식으로부터 벗어나는 일이 무엇보다 우선한다", "고

정관념 또는 관습적 측면이 어디에서 연유하는지 파악해 두면 훨씬 쉽게 그곳으로부터 빠져나올 수 있다"(오규원, 『현대시작법』). 시가 무엇보다 고정관념이나 관습적 인식들과의 지난한 싸움이란 것을 알 수 있다. 싸움이라고 해도 허망한 패배만 남겠지만 그래도 시는 마치 기득권 논리와 같은 저 관습적 인식과 끝까지 싸워야 한다.

30.

시도 악마의 손을 잡을 때가 있을까. 시를 위해서라면 적의 손을 잡을 때도 있을까. 시를 위해서라면 못할 게 없을까. 시를 얻으려면 정말 못할 것도 없을까. 시인은 악마를 닮은 천사일까. 시인은 천사를 닮은 악마일까. 아니면 시인은 아무것도 닮지 않은 것일까. 천사도 아니고 악마도 아닐까. 천사도 없고 악마도 없는 걸까. 아니다, 천사도 있어야 하고 악마도 있어야 하는 거 아닐까.

31.

한국 시의 전성기는 7080 시대였을 것이다. 한국 시의 주역들과 주 독자층도 7080 세대였을 것이다. 한국 시의 정점은 7080 시대에 다 찍었을 것이다. 가끔 7080 시대 가요를 들을 때마다 느껴지는 직감도 그렇다. 그러나 직감은 불처럼 위험하다. 그러나 직감은 또 재미있는 영화처럼 즐겁다. 물론 직감도 감이고 근거 없는 느낌적 느낌이라고 할 수 있다. 암튼 좀 과장해서 말하면 한국 시는 7080 때 다 쓴 것 같고 한국 노래는 7080 때 다 부른 것만 같다. 7080 그 시대는 다시 돌아오지 않을 것이다. 한국 시의 전성기는 다시 돌아오지 않는다. 한국 시의 주역들과 주 독자층도 다시 돌아오지 않는다. 그들이 돌아온다 해도 그들이 돌아오기 전에, 이미 시의 주역들도 전성기도 주 독자층도 시대도 세대도 싹 다 모조리 교체되고 말았다. 심지어 카페의 의자도 테이블도 다 바뀌었고 카페의 주 고객층도 싹 다 바뀌었다. 바뀌지 않은 것은 하나도 없다. 시도 노래도 영화도 카페도 구멍가게도 패션도 헤어스타일도 싹 다 바뀌었다. 7080 시대 주역 혹은 시인들 혹은 그 세대는 이제 각자 자기들만의 뒷방에서 조용히 늙어지는 게 맞다. 그럼에도 불구하고 한국 시의 또 실낱같은 희망은 7080 세대일 것이다.

7080 세대 중에서 아직 미처 뒷방 콕 하지 않고 뒷방에서 돋보기 들고 한국 시를 들여다보고 있다면 그들이야말로 한국 시의 아름답고 막강한 현역 서포터즈라고 불러야 할 것이다. 그들이야말로 7080 세대의 자존심일 것이다.

그들이야말로 마치 좋은 일을 많이 하고도 보답을 기대하지 않는 평범한, 훌륭한 레전드일 것이다. 그들이야말로 어떤 훈장도 어떤 계급장도 믿지 않을 것이다. 그들의 생활 철학이야말로 훈장이며 계급장일 것이다. 그들이야말로 많이 속았고 그들이야말로 많이 방황하였을 것이다, 많은 꿈도 꾸었을 테고 그 많은 꿈을 또 무너뜨렸을 것이다. 어떤 수사나 어떤 수식이 더 필요할까.

외람된 말이겠지만 7080 액티브 시니어 그들이야말로 산업화의 역군이었고 동시에 민주화의 동지들이었을 것이다. 물론 민주화나 산업화를 어느 한 세대 혹은 어느 한 집단에서 다 독점할 순 없다. 한 번 더 덧붙인다면 아무리 작은 전리품이라 해도 어느 장수 혼자 다 독점할 순 없는 법이다. 저 몽골 초원의 어느 위대한 칸은 전시 중 취득한 전리품에 관한 분배도 그런 것이었으리라. (아! 잠시 논점을 이탈한 것 같다.)

32.

저 1980년대 시의 시대 그 시인들은 어디서 무엇을 하고 있을까. 시를 쓰고 있을까. 시를 읽고 있을까. 아니면 시를 떠났을까. 저 1980년대 시의 시대 그 시인들 중에서 아직도 시를 떠나지 않은 혹은 시를 떠나지 못한 시인들은 어디서 무엇을 하고 있을까. 아 시를 떠나지 않았으니까 그들은 아직도 시 곁에 있다는 것일까. 그들을 어디서 만날 수 있을까. 라이브 카페에 가면 볼 수 있을까. 어둑한 동네 골목 서점에 가면 볼 수 있을까. 헌책방에 가면 볼 수 있을까. 아주 가끔 계간지에서나 볼 수 있을까. 어느 신춘문예 심사평에서 볼 수 있을까. 페이스북에서 볼 수 있을까. 그들을 어디서 볼 수 있을까. 그들은 시를 떠난 것 아닐까. 혹시 시가 그들을 떠난 것 아닐까. 그들도 시도 동시에 다 떠나간 것 아닐까. 시의 시대는 그렇게 되고 말았다는 걸까. 시의 시대도 결국 꿈이었다는 것일까. 그렇다는 걸까.

33.

시는 혼자 하는 것! 시는 어떤 업종보다 혼자 하는 것! 요리도 혼자 하고 서핑도 혼자 하고 여행도 혼자 하고 마라톤도 혼자 하는 것. 뭔가 혼자 쭈욱 하는 것을 보면 그 곁에 시가 있다. 시는 혼자 가다서다 하는 것. 하루 종일 집에 혼자 처박혀 있을 때 시가 되는 것 아닌가. 혼자 늦은 산책길에 나설 줄 알면 그 또한 시 아닌가. 독방만 한, 빈방을 혼자 왔다 갔다 하다 보면 그 또한 시가 되는 것 아닌가. 혼자 술 마시고 혼자 담배 피우고 혼자 밥 먹고 혼자서 춤추고 혼자 노래 부르고 혼자 저녁노을 바라볼 때, 이미 시가 된 것 아닌가. 어떤 일을 혼자서 오랫동안 수행하다 보면 그것도 시 아닌가. 다만, 끝까지 수행하였을 때 말이다. 그리고 또 반드시 외로움을 수반해야 한다. 시는 외롭게 혼자 하는 것이다. 좀 엉뚱한 말이지만 또 아무도 쳐다보지 않았겠지만 직접 입회원서 작성하여 가입한 작가회의를 어떻게 그만 둘 수 있겠는가.

34.

시적 자아만 간신히 남겨놓고 많은 것을 버려야 한다. 시인도 버리고 시적 소재도 배경도 버리고 주제도 주제 파악도 버려야 한다. 시적 세계도 시적 대상에 대한 인식도 버리고 시적 자아만 남겨놓아야 한다. 예컨대 리얼리즘이든 모더니즘이든 포스트모더니즘이든 시적 자아만 홀로 두고 다 버리고 사라져야 한다. 다시, 시적 자아도 시만 남겨두고 조용히 떠나야 한다. 앞뒤 다 버리고 극적으로 시만 오롯이 남겨두어야 한다. 시적 자아는 물론이거니와 그 오롯이 남은 시조차 다 버려야 할 순간도 다가온 것 같다. AI가 시적 자아를 대신한다고 해도 AI도 그 자리를 비우고 떠나야 한다. 거듭 말하지만 시는 시의 자리조차 깨끗하게 치워놓고 떠나야 하리라. 시의 자리는 언제나 비우고 또 비워야 하는, 텅 빈 자리이다. 그럼에도 불구하고 다 버리고 떠나야 할 그 시의 자리에 시적 자아든 시인 자신이든 AI든 어떤 내면 풍경 하나만 전력투구해 놓고 또 떠나야 할 것이다. 그런 것도 시의 운명이고 시인의 운명이라고 한다면 너무 빗나간 것일까.

35.

시의 독립을 말할 때가 되었다. 시야말로 독립적인 장르가 아닌가. 비록 만약 어떤 진영에 속해 있다 해도 시는 그 진영을 초월하여 독립적이어야 한다. 시는 또 독립해야 한다. 시는 그 어떤 것으로부터 독립해야 한다. 시는 어떤 기성 출판사로부터 독립하고 어떤 기획 시선으로부터 독립하고 어떤 진영 논리로부터 독립하고 그 어떤 정치권력으로부터 독립해야 하고 어느 문학상으로부터 독립해야 하고 어느 동창회나 향우회로부터 독립해야 하고 지인들로부터 독립해야 한다. 시인도 마찬가지다. 비록 만약 어떤 진영에 속해 있다 해도 시인은 독립적이어야 한다. 시인도 독립해야 한다. 시인도 그 어떤 것으로부터 독립해야 한다. 시인도 어떤 출판사로부터 독립하고 어떤 기획 시선으로부터 독립하고 어떤 진영 논리로부터 독립하고 그 어

떤 정치권력으로부터 독립해야 하고 어느 문학상으로부
터 독립해야 하고 어느 동창회나 향우회로부터 독립해야
하고 지인들로부터 독립해야 한다. 시도 시인도 독립적일
때 가장 빛나는 것이다. 시도 시인도 독립적일 때 더 독립
적일 것이다. 시의 독립이든 시인의 독립이든 우선 당장
외로움보다 괴로움에 더 시달릴 것이다. 시나 시인이나 괴
로움으로부터 독립할 순 없다. 그러나 시나 시인이나 다
오래 전부터 외로움과 괴로움을 양손에 움켜쥐고 살지 않
았던가. 외롭든 괴롭든 더 늦기 전에 시는 독립해야 하고
또 자립해야 한다. 시인도 독립해야 하고 또 어떻게 하든
자립해야 한다. 그들은 곧 독립정부의 수장(首長)이기 때
문이다.

36.
『카프카의 아포리즘』이 출간되었다. 문지 트위터에서 읽
었다.

"많은 책은 자신의 성 안에 있는 낯선 방들을 여는 열쇠 같
은 역할을 한다."(「오스카 폴락에게 보낸 편지」 부분)

시 한 편이 또는 시 한 구절이 마음속의 낯선 마음을

여는 열쇠 같을 때가 있지 않았던가. 시 한 편으로 또 시 한 구절로 무엇을 하겠느냐 하겠지만 마음속의 낯선 마음이 열리는 경험을 직접 겪어본 자는 수긍할 것이다. 그럴 때마다 시는 눈으로 읽는 것이 아니고 마음으로 심독하는 것 같다. 그리고 몸이 먼저 알아챌 것이다.

그러나 시를 마음으로 읽고 마음속에 담아두는 시대는 오래 전에 지나간 것 같다. 지금은 시를 대충 넘기면서 대충 훑어보면 다 읽어버린 시대가 되었다. 시를 읽기에도 시를 쓰기에도 너무나 좋은 세상이다. 서운하겠지만 시도 독자의 손을 떠났고, 독자도 시의 손을 떠났다. 그렇게 말해야 좀 더 솔직할 것 같다. 물론 시의 역할이 위에서 말한 것처럼 꼭 그런 열쇠는 아니더라도 또 다른 마음이 열리는, 낯선 마음이 생기는 순간을 덜컥덜컥 맞닥뜨려보았을 것이다. 카프카에 관해선 적당한 자리에서 한 번 더 언급할 것이다. 아니면 아예 카프카의 저 아포리즘 텍스트를 갖다놓고 한 두어 쪽 할애할 수도 있다. 이제 교과서 밖에서 맨 처음 필자의 마음속의 낯선 마음을 여는 열쇠 같은 시 한 편을 꼽는다면 아마도 김수영의 아래 시였을 것이다. (뒤의 '하략' 부분은 독자의 몫으로 남겨두고자 한다. 시간이 된다면 꼭 한 번 통독하길 바라마지 않는다. 김수영이 한국문학사에 그어놓은 한 획이 보일 것이다.)

"전통은 아무리 더러운 전통이라도 좋다 나는 광화문/ 네
거리에서 시구문의 진창을 연상하고 인환(寅煥)네/ 처갓집 옆
의 지금은 매립한 개울에서 아낙네들이/ 양잿물 솥에 불을 지
피며 빨래하던 시절을 생각하고/ 이 우울한 시대를 패러다이
스처럼 생각한다/ 버드 비숍 여사를 안 뒤부터는 썩어빠진 대
한민국이/ 괴롭지 않다 오히려 황송하다 역사는 아무리/ 더
러운 역사라도 좋다/ 진창은 아무리 더러운 진창이라도 좋
다/ 나에게 놋주발보다도 더 쨍쨍 울리는 추억이/ 있는 한 인
간은 영원하고 사랑도 그렇다/ (하략)"(「거대한 뿌리」 부분)

37.

트위터에 무라카미 하루끼의 아주 짧은 글이 눈에 띌
때가 있다. 먼저 그 작가도 좌우명이라는 게 있는가 보다.
암튼 그의 좌우명은 첫째 건강이었고 둘째는 재능이었다.
그가 아침마다 몇 킬로미터씩 조깅한다는 소문을 들은
바 있었는데 그것도 그 좌우명의 일환인가 보다.

퇴직 이후 필자도 루틴 같은 것이 있다면 바로 조깅 비
슷한 것이다. 어떤 준비도 없이 그냥 걷다 뛰다 하지만 몇

개월째 하다 보니 몸에 밴 것 같다. 이런 것이 일종의 유산소 운동이란 것도 한참 지난 뒤에 알았다. 성격도 산책보다 그쪽이 더 잘 맞는 것 같아 틈날 때마다 이어가고 있다. 그렇다고 이 종목 말고 더 할 것도 없다.

38.

과거 직장 일이었지만 직장 밖에서도 좀 힘들고 복잡할 때가 있었다. 힘들고 복잡한 일 앞에서 쉽게 털어내지 못하고 쩔쩔맬 때가 많았다. 그러던 어느 날 바로 옆에서 누군가 전광석화처럼 한 마디 툭 던졌다. "시 이외 다 간과(看過)해라."(루실라) 그 순간 무엇을 해야 하고, 그 순간 무엇을 어떻게 해야 하는지 단박에 알아차렸다. 그렇다. 시만 남겨두고 시 이외 다 간과해야 하는 것을 미처 몰랐다. 그렇다. 지금 여기서 시 아닌 것 앞에서 쩔쩔매고 있었다. 그렇다. 시 아닌 것 앞에서 더 이상 머물지 말라! 시 아닌 것 앞에서 당장 몸을 피할 순 없어도 마음이라도 이미 간과하였으므로 시원하고 또 통쾌하였으리라.

시가 무엇 하나 구원하지 못할 때가 많다. 그래도 그럴 때마다 시는 생의 출구였으며 또한 생의 입구였을 것이다. 어쩌면 그럴 때마다 시의 출구 앞에 서 있었고 또 시의 입구 앞에 서 있었던 것이리라. 물론 시 아닌 것도, 시 이외 간과한 것도, 시가 된 적이 있다. 그렇지 않은가. 시가 된 것이라고 다 시였던 것도 아닐 것이다. 가끔 시 아닌 것 앞에서 미처 간과하지 못하고 시를 중얼거릴 때도 있었다. 시 아닌 것 앞에서, 미처 간과하지 못한 것 앞에서 뭔가를 붙잡고 기다릴 때도 있었다. 미처 헤아리지 못한 연인 같을 때도 있었다. 이제는 시 앞에 마주 앉아 있을 때가 많다. 이제는 시만 쳐다볼 때가 많다. 마치 전업 주부 같을 때가 있다. 여보~

39.

시는 뭘 가르치는 것이 아니다. 무슨 잠언(箴言)이나 격언도 아니다. 더구나 도덕이나 교훈 따위도 아니다. 촌철살인(寸鐵殺人)도 아니고 사자성어도 아니다. 어떤 사태에 대한 모범 답안도 아니고 상소문도 아니고 청와대 국민청원도 아니다. 시는 혹시나 했다가 역시나 하는 게 맞다. 지금은 사육신의 시대도 생육신의 시대도 아니다. 시를 탓할 것도 아니고 시인을 탓할 일도 아니다. 그런 세월의 강을 시가 건너가고 시인이 건너가고 독자가 건너가고 있는 것이다. 그 세월의 강을 다 건너가면 시도 없고 시인도 없고 독자도 없을 것만 같다.

40.

　인생을 어떻게 볼 것인가. 고상하게 볼 것인가. 우습게 볼 것인가. 숭고하게 볼 것인가. 신앙처럼 떠받들 것인가. 삼강오륜 같은 매뉴얼을 펼쳐놓을 것인가. 우리는 정말 살아가는 것인가. 우리는 단지 살아지는 것 아닌가. 인생을 어떻게 생각할 것인가. 시를 어떻게 볼 것인가. 인생에는 정말 무엇이 들어 있는 걸까. 시에는 정말 무엇이 들어 있는 걸까. 아무것도, 아무것도 없는 걸까. 숭산(崇山) 스님처럼 '오직 모를 뿐!'일까. 아니면 인생은 인생을 되묻고 시는 또 시를 되묻는 것인가. 다만 호기심도 잃지 말고 설렘도 떨림도 잃지 마라. 아니면 노트북 키보드에 양손을 올려놓고 사정없이 또 사정없이 두드리는 것인가. 시는 그냥 손끝으로 미친 듯이 미친 듯이 두드리는 것인가. 시는 손끝에서 오는가. 시는 삶에서 오는가. 시는 오는 것도 없고 가는 것도 없는가. 나도 없고 너도 없는가. 나는 누구인가 너는 또 누구인가. 옳은 것도 없고 그른 것도 없는가. 도(道)도 없고 길도 없는가. 용기도 치기도 분노도 사라졌는가. 도도 사라졌고 길도 사라졌는가. 오늘도 시 앞에 고개 떨어뜨린 채, 시 쓰는 자만 남아 있는 것인가. 결국 그들만 남았는가.

41.

　인생을 탁 잘라서 어떻게 말하기도 어려운데 하물며 죽음을 또 어떻게 볼 것인가. 삶의 즐거움을 즐겨야 하는가. 아니면 **죽음**을 받아들이고 죽음의 철학을 배워야 하는가. 삶의 기쁨을 느껴야 하는가. 죽음의 두려움을 미리 알아두어야 하는가. 삶의 기쁨에 죽음의 암울한 그림자를 굳이 드리워야 할 것인가. 삶의 기쁨으로 죽음을 물리쳐야 할 것인가. 삶을 노래할 것인가. 죽음을 노래할 것인가. 죽음의 철학을 기억해야 하는가. 죽음은 죽음을 당도했을 때 받아들이고, 인생은 매 순간 삶의 기쁨을 기쁘게 받아들여야 하는가. 삶의 순간인가 아니면 죽음의 순간인가. 시의 순간인가, 아니면 인생의 순간인가. 삶을 즐겨야 할 것인가. 죽음의 교훈을 배워야 할 것인가. 시를 써야 하는가. 사랑을 해야 하는가. 철학을 해야 하는가. 어떻게 살 것인가. 또 어떻게 죽을 것인가. 삶을 먼저 살아야 할 것인가. 죽음을 먼저 깨달아야 할 것인가. 삶을 가로질러야 하는가. 죽음을 가로질러야 하는가. 시를 어떻게 쓸 것인가. 시를 어떻게 읽을 것인가. 시를 어떻게 말할 것인가. 시를 어떻게 바라볼 것인가. 시를 어떻게 가르칠 것인가. 시도 어떻게 가르칠 수 있는 것인가. 시는 무엇인가. 인생은 무엇인가. 죽음은 무엇인가. 세상은 무엇인가. 국가는 무엇인가. 나랏돈을 어떻게 쓰고 있는가. 나는 누구인가. 너는 누구인가. 시인은 누구인가. 나는 지금 어디에 있는가. 당신은 지금 어디에 있는가. 당신은 인생을 사는가. 죽음을 사는가. 다시, 사랑에 빠질 것인가. 죽음에 빠질 것인가. 시에 빠질 것인가. 물에 빠질 것인가. 도박에 빠질 것인가. 술독에 빠질 것인가. 여행에 빠질 것인가. 조깅에 빠질 것인가. 독서에 빠질 것인가. 고양이한테 빠질 것인가. 강아지한테 빠질 것인가. 커피에 빠질 것인가. 게임의 바다에 빠질 것인가. 겨울 바다에 빠질 것인가. 침묵에 빠질 것인가. 환상에 빠질 것인가. 아님 개펄에 빠질 것인가. 하! 노트북 책상 벽면에 붙여놓은 『금강경』 한 구절을 홀로 독송한다. "범소유상 개시허망 약견제상비상 즉견여래 (凡所有相 皆是虛妄 若見諸相非相 則見如來)."

42.

　베토벤 피아노 협주곡 〈황제〉를 우연히 만나면 아무것도 할 수 없다. 뭔가 참을 수 없는 그 무엇이 꿈틀거린다. 그 무엇은 또 무엇일까. 슬픔일까 설렘일까 사랑일까 즐거움일까. 가슴을 툭 치는 게 뭘까. 비단 2악장이 아니더라도 3악장이 아니더라도 아무것도 할 수 없다. 그래도 오늘은 오늘의 산문을 써야 하고, 오늘은 오늘의 시를 써야 한다. 앞으로 이 산문집의 배경과 배경음악이 어떻게 흘러갈지 자못 궁금하다. 어디서 어떻게 배경과 배경음악을 만날지 모를 일이다. 이 산문집도 뭘 정해놓고 하는 것이 아니다. 시도 언제 어디서 어떻게 만날지 모를 일이다. 이렇게 〈황제〉를 만나듯이 그냥 에프엠 라디오에서 흘러나오는 대로 만나는 것처럼 말이다. 고마운 일이다. 손열음 아니어도 좋고 줄리어스 카첸 아니어도 좋고 마우리치오 폴리니 아니어도 좋다. 베토벤만 있으면 된다.

앞으로 이 산문집의 유일한 도반은 아마도 에프엠일 것이다. 에프엠도 그저 한 두어 개 정해놓으면 족하다. 어떻게 보면 일련의 행위가 참 단조롭고 소박하다. 좌우지간 배경음악은 그때그때 만날 때마다 언급할 것이다. 그리고 이 산문집의 배경이 되는 참고문헌은 산문집 말미에 영화 엔딩 크레딧처럼 소개할 것이다. 세상엔 공짜가 없다. 아무리 작은 것이라도 받았으면 받았다고 문자라도 찍어줘야 한다. 그러나 준 것은 줬다고 일일이 기억할 필요가 없다. 문단에서 주고받은 시집은 시위를 떠난 화살 같은 것이리라. 딱히 주인이 없느니라.

43.

이승훈 선생에 의하면 '상징'에선 심상 자체가 아니고 반드시 심상이 구현하는 관념(idea)에 악센트가 놓인다고 하였다. 시가 상징을 도모하는 장르라는 걸 그야말로 상징적으로 힘주어 말하고 있다. 시야말로 단순한 심상만으로 배를 불릴 수 없다. 아무리 훌륭한 묘사라 해도 묘사 그 자체만으로 시가 되진 않을 것이다. 어떤 심상도 어떤 묘사도 어떤 상징도 그 구현하는 관념이 들어 있을 것이다. 심상이나 묘사나 상징의 이마에 반짝이는 관념 딱지가 붙어 있다는 것이다. 굳이 시인이 말하지 않았다 해도 이미 그 이마에 빛나는 악센트가 있을 것이다. 시가 심상이면서 상징이면서 또 관념이 되는 순간일 것이다. 잠깐, 한 편의 영화도 결국 심상이면서 묘사이면서 상징이면서 또 어떤 관념이 되는 것 아닌가.

시만 편애하지 말고 영화도 하고 클래식도 하고 연극도 하고 오페라도 하고 뮤지컬도 하고 재즈도 하고 하프마라톤도 하고 맛집도 찻집도 좀 해야 하지 않을까. 친구도 만나고 낯선 곳도 가고 자전거도 타고 백마도 타고 스킨스쿠버도 하고 서핑도 해야 하지 않을까. 골프도 하고 카지노도 하고 옛 제자가 살고 있는 브라질도 자카르타도 가고 또 주문진도 가고 동해도 가자. 술만 좀 멀리 하자. 시는 상상력의 소산이 아니라 상징 능력의 소산이라는 생각도 든다.

44.

그림을 잘 모르지만 어느새 구상(具象)보다 비구상(非具象)으로 옮겨간 것 같다. 늙어가는 것도 결국 구상에서 비구상으로 이동하는 거 아닐까. 직접 그림을 그리거나 전문적인 감상자가 아니기 때문에 그 이동 과정이나 변화 과정을 알 수 없지만 구상에서 비구상으로 약간 이동한 것은 분명하다. 어쩌면 구상이나 비구상의 영역이 아니라 시각적인 변화가 아닐까. 시력의 문제는 아닐까. 시력의 변화가 구상에서 비구상으로 이동한 것 아닌가. 어떤 취향이나 감각의 변화가 아니라 단지 시력의 문제일 수도 있다는 생각이다. 그런데 시선을 시 쪽으로 돌려놓으면 어떨까. 궁금하다. 필자의 시선도 구상보다 비구상으로 옮겨갔을까. 시를 향한 필자의 시선은 구상일까 비구상일까. 구상에서 비구상으로 조금 이동했을까. 시의 영역에선 구상 혹은 비구상을 말할 수 없는 걸까. 좀 거칠게 말한다면 시는 애초부터 비구상의 영역이었을까. 언어 자체가 이미 비구상이기 때문에 그렇게 말하는 게 맞지 않을까. 나무든 tree든 그것은 이미 비구상의 세계 아닌가. 그것도 이미 다 픽션 아닌가. 추상의 세계 아니었던가. 그렇다면 시는 처음부터 비구상 아니었던가. 비록 다큐라 해도 예술의 영역에 발을 들여놓는 순간 이미 구상에서 비구상의 세계로 진입한 것 아닌가. 비단 구상의 세계에 있다 해도 그 자리가 곧 비구상의 자리 아닐까. 그것도 아니라면 구상이니 비구상이니 또 따로 떼어놓을 필요가 있을까. 어쩌면 구상과 비구상의 혼음 같은 것이 결국 예술의 세계 아니겠는가.

45.

시를 쓰는 것이 시인의 삶이고 시인의 일상 아닌가. 삶의 전부가 시였다가 삶의 일부가 시였다가 어느덧 다시 시는 삶의 전부가 되었다. 이 산문집도 결국 시의 영역일 것이다. 형식만 잠시 일탈한 것이지 시의 영역일 것이다. 형식도 군이 말하자면 시의 영역일 것이다. 시의 형식이란 또 무엇인가. 간혹 시를 읽거나 쓰다 보면 한 줄 쓰고 또 행갈이 하라고 누가 말했는지 궁금할 때가 있다. 한 줄 쓰고 한 줄 띄우면 그것이 또 시의 형식인가. 이 산문집의 일련번호도 결국 형식이 되었다는 것인가.

굿을 하는 것이 무당의 삶이고 무당의 일상 아닌가. 무당은 굿을 하고 가수는 노래를 부른다. 굿은 무당의 삶의 전부일 것이고 노래는 가수의 삶의 전부일 것이다. 시를 쓰는 것도 시인의 일이고 시인의 삶이다. 그리고 시는 시인의 삶의 일부가 아니라 오히려 시인의 삶의 전부가 될 것이다. 시 아닌 시인의 삶은 또 무엇인가. 정말 아무것도 없는 것 아닌가.

너무 큰 소리로 말하지 말자. 시는 목소리 큰 사람들의 업종이 아니다. 목소리가 크다면 이 업종보다 정계나 재계 쪽이 나을 것이다. 그러나 정계나 재계 쪽에서도 목소리가 큰 사람보다 목소리 작은 사람이 더 유망할지 모를 일이다. 시는 말할 수 있는 것조차 때때로 침묵하는, 침묵의 장르에 가깝다. 시는 침묵일까. 시는 발언일까. 다시, 무당은 굿을 하고 가수는 노래를 부르고 시인은 시를 쓴다. 겨울은 춥고 여름은 덥다. 꽃이 피고 꽃이 졌다.

46.

시도 과거나 기억에 의존할 때가 있다. 조심스럽지만 조심해야 할 부분은 과거나 기억에 의존하는 순간 자칫 내용에 기울어질 수 있다는 것이다. 시가 내용에 기울어지는 것은 언제나 조심해야 할 부분이다. 가령, 서사시라 해도 내용을 조심해야 한다. 좀 어렵지만 과거나 기억이란 것도 시의 영역에선 매우 창조적이어야 한다. 시도 종종 기억이나 과거를 의존하겠지만 가령 밀가루를 통째로 입 안에 털어 넣지는 않을 것이다. 밀가루 반죽을 했다 해도 반죽을 먹지는 않을 것이다. 수제비나 칼국수로 끓여먹거나 능력이 된다면 빵으로 만들어 먹을 것이다. 빵이 되어야 시가 되는 순간이다. 춘천 공지천변 〈도서출판 봄내〉라는 책 표지 포맷 입간판 세워놓은 제빵소가 있다. 이층에서 창밖을 내다본 적도 있다.

그러나 시가 과거든 기억이든 또 밀가루 같은 날것을 툭툭 털어 넣을 때가 있다. 날것 그대로 시가 되는 순간이 있다. 왜냐하면 시가 밀가루는 아니겠지만 날것일 때가 많기 때문이다. 잠깐, 이 업계에선 밀가루를 날것이라고 말하진 않는다. 날것이 시가 되는 순간엔, 날것이 아니라 시가 되는 것이다.

또 시 이외 더 내세울 것도 없을 때, 시가 되고 시인이 되는 것 아닌가. 어쩔 수 없이 또 숙맥이 되는 순간이 왔다. 시는 말 잘 듣고 반듯한 모범생과 거리가 멀고, 국가기

관에 종사하는 공직자와 거리가 멀다. 그보다 시는 언더
그라운드에 가깝다. 시는 길 아닌 길로 나선 자의 몫이다.
고속도로를 버리고 국도를 버리고 네비에도 없는 길을 갈
때, 시가 눈앞에 나타날 것이다.

47.

시는 결코 공손하지 않고 딱히 긍정적인 사유(思惟)와
관련된 것도 아니다. 시뿐만 아니라 어디서든 긍정적인 사
유는 생동감이 없다. 시가 생동감이 없다는 것은 매우 치
명적이다. 좋은 시가 아니라는 뜻이다. 오히려 부정적인 사
유가 시를 춤추게 한다. 비유가 좀 불편하겠지만 시는 반
체제적인 태도에 기인할 때도 있다.

시인은 도덕군자가 아니다. 시인은 매우 성실하고 모범
적인 샐러리맨도 아니다. 시인은 굳이 위인도 아니고 귀인
도 아니다. 명예가 있는 것도 아니고 재산이 많은 것도 아
니다. 자본의 논리에도 시장의 논리에도 권력의 논리에도
맞지 않는다. 저기 그저 '그지'처럼 살아가는 것이다. 어느
노병처럼 죽지도 않고 사라지는 것이다. 어쩌면 뚫지도 못
할 벽에 구멍이라도 내겠다고 무모하게 나선 꼴이다. 비현
실적인 구석도 많고 그만큼 허점도 많다.

48.

  시도 음양의 조화 같을 때가 있을까. 드라마와 같을 때가 있을까. 냉탕과 온탕을 왔다 갔다 할 때가 있을까. 아무리 짧은 시 한 편이라 해도 시는 단편적일까 복합적일까. 시도 불안하거나 때로는 걱정할 때가 있을까. 시의 길에도 정답이란 게 있는 걸까. 시는 불확실한 것일까. 시는 과학도 아니고 철학도 아닐까. 시는 환상일까 환희일까. 시도 따분한 현실일까. 아 허공계(虛空界)일까. 음과 양은 다른 것이 아니고 빛과 어둠도 다른 것이 아니다. 선과 악도 다른 것이 아니다. 그렇다고 선도 좋고 악도 좋다는 것은 아니다. 좀 어색하긴 하지만 시에서도 악마주의가 있고, 천사주의가 있다면 그 둘은 결코 다른 것이 아니라는 뜻인가. 생각보다 좀 복잡하게 된 것 같다. 어떤 논리로 해석하지 않기를 바랄 뿐이다. 시인도 나약한 인간일 뿐이다. 나약한 인간일 때 만나는 것이 있다. 그런 것이 시일 것이다. 시는 또 어디까지 희망하고 어디까지 절망할 수 있을까. 시는 불가능성에 대해 어떻게 인식해야 할까. 시에서 현실과 가능성의 경계는 어디까지라고 할 수 있을까. 시적 자아는 무엇을 또 어떻게 인식해야 할까. 시적 자아는 한 편의 시에서 어떻게 대응하고 또 어떻게 변할 수 있을까. 광부들 곁에 있던 탄광의 카나리아 같은 존재일까. 어부들 곁에 있는 바다제비 같은 존재일까. 시는 또 인식의 결과물이라는 것을 텅 빈 객석을 향해 한 번 더 고백해야 할까. 시 앞에서 고해성사하듯, 필자의 데뷔작 중 한 편을 무(無)관객 낭독한다.

"멀리 스페인에서 건너온 이국의 신부는 토요일 오후, 곱게 기른 머리를 빗어 넘기며 수평선을 바라보고 있었다. 너무나 한가롭게 바라보는 그의 모습은 평화롭고 성스러웠다. 비린 내 한 점 없는 그의 기도문은 그러나 언제나 엄숙하고 경이로웠다. 생각하라, 저 거친 바다에서 오늘 하루치 식량과 큰 아들 등록금 걱정을 하며 그물을 던지는 비린내 나는 뱃사람들을. 저들의 고단한 바다를, 힘거운 기도를,"(「주문진 천주교회」 부분)

49.

시는 언어에 의해서만 존재하는가. 시는 그림도 아니고 춤도 아니다. 시는 음식도 아니고 영화도 아니다. 다시, 시는 언어에 의해서만 꽃이 되고 언어에 의해서만 춤이 되는 것이다. 시의 과거나 현재도 언어뿐이다. 시는 미래가 없다. 미래의 언어는 도착하지 않았기 때문이다. 시의 언어가 과거와 현재에 존재할 수밖에 없는 까닭이다. 시는 언어에 의해서만 존재하지 않는다. 시의 이중성이나 불확실성이 아니라 시의 생리라고 할 수 있다. 시는 언어에 의해서만 존재하면서도 또 언어에 의해서만 존재하는 것도 아니다. 그러나 시가 언어에 의해서만 존재하는 것도 같고, 시가 또 언어에 의해서만 존재하지 않는 것도 같다. 여기서 잠시 언어가 내 식구나 내 편이 아니라 남의 식구나 남의 편과 같을 때가 있다. 그럴 땐 차마 시도 모르고 시인도 모를 일이다. 좀 거칠긴 해도 언어도 현실도 그리고 더 나아가 삶도 시도 픽션의 세계인 셈이다. 시는 언어를 믿고 살지만 때때로 또 언어를 믿지 않는다. 아시다시피 언어라는 것도 결국 실제 사물과 무관한 추상적 기호, 즉 먼지 같은 기표라는 것이다.

또 시는 다 알고 쓰는 게 아니다. 그러므로 시를 이해했다는 것은 매우 위험한 일이다. 시는 이해하고 소통하는 장르가 아니다. 시는 환상이다. 시도 일종의 불수의근에 가깝다. 현실이라는 것도 종종 그와 같을 때가 있다. 그러나 시 앞에 길은 없다. 시는 또 기득권 근처에 갈 수도 없다. 시의 길은 끝이 없다. 시는 또 고정된 관념도 아니다. 시도 변하고 또 변할 뿐이다.

또 시가 침묵의 언어일 때가 있듯이 독자도 침묵의 언어를 머금어야 할 때가 있다. 그래도 시와 독자는 화해하기 쉽지 않다. 시는 결코 독자만 쳐다보지 않는다. 독자도 시만 쳐다보지 않는다. 시와 독자는 한 배도 아니고 서로 화기애애하게 지낼 형편도 아니다. 어느 시점에서 화해하고 타협할 그럴 관계가 아니다. 시와 독자가 만나기가 쉽지 않다. 가령, 작가와의 대화 이런 것도 자칫 작가와 시를 방해하는 일일 수도 있다. 시는 관객을 앞에 둔 피아노 독주회하곤 다르다. 시는 관객을 앞에 두지 않고 심지어 관객조차 없다. 시 앞에는 시인만 존재할 뿐이다. 시는 시인을 쳐다보고 시인은 또 시를 쳐다볼 뿐이다. 그러나 시 앞에 시인은 없다. 시인은 또 기득권 근처에 갈 수도 없다. 시인의 길은 끝이 없다. 시인은 또 고정된 관념도 아니다. 시인도 변하고 또 변할 뿐이다.

50.

시는 모호하다. 그리고 시는 어떤 매혹적인 삶의 형상화라고 할 수 있다. 시는 빈집을 드나드는 헛바람이다. 시는 헛걸음이다. 시는 바람 따라 다니는 방랑자이다. 시는 언어유희다. 시도 말장난의 일환이다. 시는 침묵의 소리이다. 시는 삶의 군더더기이다. 시는 공복(公僕)이 아니라 생계형 곡비의 한숨이다. 시는 의미를 쫓아다니다 무의미로 돌아선 반군(叛軍)과도 같다. 시는 차라리 소상공인들의 눈물이다. 시는 대리운전자의 호출음이다. 시는 무례함을 무릎쓰고 말하면, 존경하는 '글라라 수녀님'의 종신서원과 같은 맥락이다. 다시, 시는 삶의 파편이며 경험의 부유물이다. 시는 논리적 사유로 접근할 수 있는 게 아니다. 시는 중랑천변의 색소폰 주자의 공허함이다. 시는 벤치를 지키는 교체 선수의 심경과 같은 것이다. 시는 야간업소의 보컬리스트와 같은 것이다. 시는 1인 가구의 식사시간과 같다. 시는 마치 비전향 장기수의 신념과 같다. 시는 시가 아닐 수도 있다. 시는 무책임한 언어의 남발(濫發)이다. 시는 허무주의자들의 전유물이다. 시는 번외(番外) 주자와 같은 것이다. 시는 홍상수 영화의 어떤 부분과 닮은 데가 있다. 시는 뒷북과 같은 것이다. 시는 무표정한 어느 여자를 닮은 것 같다. 시는 편의점의 불빛과 같다. 시는 뻔한 길을 두고 돌아가는 자의 뒤안길과 같다. 시는 중랑천 물소리와 같다. 시는 금욜 오후 온수골 사거리 로또 가게 앞의 긴 줄이다. 시는 온몸으로 하는 것이며 동시에 전 생애를 바쳐야 하는 것이다. 시는 승자의 몫이 아니라 패자의 몫이다.

51.

한 편의 시에는 상징적인 이미지가 들어 있다. 그 상징적인 이미지가 현실적인 것도 있고 비현실적인 것도 있다. 현실적이든 비현실적이든 둘 다 상징적인 것이 공통점이다. 또 시인의 경험적인 것이든 상상력에 의한 것이든 둘 다 또 상징적인 것이 공통점이다. 그러나 시의 방향은 시인의 경험이나 상상력에 의해 좌우되지 않는다. 시의 방향은 오로지 시적 자아의 손끝에 의해 좌우된다. 그러다 의외로 시가 스스로 시의 방향을 좌우할 때가 있다. 시인은 말할 것도 없고 시적 자아도 무턱대고 시를 따라갈 때가 많다. 단지 허심탄회하게 출세간을 떠돌아다닐 때가 있다. 시 앞에서 시적 자아와 시인을 혼동하지 마라. 시적 자아도 어떤 대상과 상관없이 혼자 웃어야 할 때가 있다. 시적 자아도 그렇게 변모할 때가 있다.

52.

시인이 자기 자신만의 눈으로 시를 쓸 수 있다면 이미 견성(見性)한 것이나 다름없다. 그러나 앞뒤 없이 자기 자신만의 눈으로 시를 쓴다고 하지만 알고 보면 누군가의 뒤에 있거나 누군가의 옆에 앉아 있는 것이다. 다들 섬에서 독불장군처럼 살아간다고 하지만 거기서 거기 같을 때가 많다. 자기 삶을 살아가기도 어렵고, 자기 시만으로 살아가기도 쉽지 않다. 혼자서 숙식을 해결하면서 살아가기가 만만치 않다. 그래서 산다고 애쓰지만 실은 살아지는 것 아니겠는가. 암튼 또 시의 길을 아무나 왔다 갔다 하는 게 아니다. 그렇다고 문단에 무슨 계율이나 내규가 있는 것도 아니다. 문단에서 원로로서 제일 앞자리에 앉아야 할 시인임에도 불구하고 전혀 원로인 척하지 않는 선배 시인들을 볼 때마다 개인적으로 마음이 놓인다. 물론 그 반대도 많이 봤다. 말이 안 되겠지만 시인의 계율을 정한다면 첫째, 늙지 말 것! 둘째, 섬세한 감수성을 24시간 유지할 것! 셋째, 마음 비우고 또 비워야 할 것! 넷째, 가급적 술 끊지 말 것! (이하 생략)

53.

시는 내용이나 형식을 떠나 시인이 만들어내는 또 하나의 상징일 때가 많다. 시가 매우 주관적인 자기표현이듯 시인이 만든 하나의 상징도 매우 주관적이고 개인적이다. 주관적이고 개인적이라 해도 그 주체는 시인도 아니고 시적 자아도 아닌 제3자, 즉 익명일 때가 많다. 차라리 시는 시인이나 시적 자아의 개인적이고 주관적인 상징이 아니라 제3자의 객관적인 상징일 때가 있다. 시는 시적 자아도 시인도 아닌 제3자가 개입할 때도 있다. 여기서 개입한다는 말은 어떻게 인식하느냐 또는 어떻게 사유하느냐의 문제일 것이다. 오후 세시쯤 쪼그리고 앉아 바닥이 드러난 저수지 바닥을 들여다본다. 시가 바닥을 보일 때가 있다. 시가 투명할 때도 있다. 시가 정직할 때도 있다. 근데 저 바닥을 폐허라고 해야 하나. 시라고 해야 하나. 그대에게 갔다가 돌아오는 길 같다. 물론 헛걸음이었다. 시도 시적 대상을 잃어버릴 때가 있다.

54.

시를 정신분석학적 관점으로 접근할 이유가 있다. 시를 시인의 무의식과 관련하여 검토할 의미도 있다. 시적 자아의 내면 혹은 시의 저변에 흐르는 의식의 흐름을 주시할 필요가 있다. 이러한 일련의 분석은 특정한 견해와 이론을 앞세워야 하기 때문에 이 자리에서는 살짝 비켜설 수밖에 없다. 예컨대 중랑천 산책길만 해도 걷는 자가 있고 뛰는 자가 있고 또 쌩쌩 날아다니는 자가 있다.

55.

기회가 닿으면 국내 시 100여 편 뽑아서 백 브리핑 하고 싶다. 다만 널리 알려지지 않은 시들을 중심으로, 여기저

기 얼굴이 알려지지 않은 시인을 중심으로, 자의든 타의
든 문단에서 미처 주목 받지 못한 그러나 꼭 주목해야 하
는 시인을 중심으로, 문학사의 어떤 구멍 같고 공백 같은
시인을 중심으로, 무엇보다 작품 중심으로, 아니면 아예
젊은 시인 중심으로 한곳에 모아놓고 싶다. 그런 자리가
생기면 아무튼 시인 박기원(1908~1978)을 제일 먼저 초대
하고 싶다.

56.

시도 낙서 같을 때가 있다. 그런 것이다. 시도 노래 같을
때가 있다. 아주 드문 경우다. 시는 시가 되어야 하고 노
래는 노래가 되어야 한다. 시도 반복적인 면이 있다. 생도
반복되고 반복되는 것이다. 반복이라고 해도 어제의 생을
오늘 그대로 답습하는 것은 아니다. 어제와 같은 생이라
해도 오늘의 생은 어제와 이미 다른 새로운 생이다. 어제
와 똑같은 오늘의 생은 없다. 시는 철이 든 자의 영역이 아
니다. 가령, 철이 들면 시를 떠나야 한다. 시가 눈치 채기
전에 말이다. 시가 눈치 챈 다음에 떠나면 둘 다 서글퍼진
다. 늙었다는 말과 철이 들었다는 말은 전혀 다르다. 늙어
도 철이 들지 않는 것이 바로 시의 영역이다. 시가 일기 같
을 때도 있다. 그런 것이다. 시 앞에서 생 앞에서 너무 쫄

지 말자. 그동안 너무 터무니없이 쫄았다. 요즘 젊은 말로 하면 너무 많이 개쫄았다. 더 이상 쫄지 말자. 시가 넋두리 같을 때도 있고 잡담 같을 때도 있고 잡념 같을 때도 있다. 그런 것이다. 시는 그렇게 고고한 것도 아니다. 시는 또 주류의 일부가 아니다. 그보다 비주류의 생이다. 시는 화려하지도 않고 오히려 소박할 뿐이다. 가령, 가슴에 매달린 어떤 빛나는 훈장도 시를 빛나게 할 순 없다. 시는 빛이 아니라 어둑발이다. 시는 결코 과거 한때의 빛이 아니다.

57.

"어디서 무엇이 되어/ 다시 만나랴"(김광섭). 이 자전적 산문집의 가는 길을 누가 묻는다면 이와 같이 말하고 싶다. 이 산문집의 한 구절을 어디서 다시 만나랴. 시도 마찬가지다. 어디서 무엇이 되어 어디서 다시 만날까. 시는 어디서 무엇이 될 것이며 시를 어디서 또 다시 만나겠는가. 이 세상 모든 시는 어디서 무엇이 되어 다시 만날 수 있을까. 그러나 시는 어디서 무엇이 되어 다시 만날 꿈조차 꾸지 않는다. 시를 어디서 다시 만나겠는가. 지금 이 순간에도 시를 만나지 않는데 어디서 무엇이 되어 미쳤다고 다시 만나겠는가. 그냥 조용히 지나가자.

시를 읽을 때도 시를 쓸 때만큼 많은 정성과 감수성이 필요하다. 이 구절을 듣는 이도 없는데 혼자 다시 읊조렸다. 누군가 읽고 댓글을 남겼을까. 이 자잘한 잡문 따위를 어디서 또 무엇이 되어 다시 만나겠는가. 어디서 만나더라도 쌩 까면 뭐가 되는 걸까. 그러나 당신은 시를 읽지 않고 당신의 친구도 시를 읽지 않는다. 누가 김광섭의 시 한 구절을 비번 기억하듯 기억하고 있을까. 누가 오래된 옛사랑을 기억하고 있을까. 적절한 맥락은 아니겠지만 시는 시인의 죄를 대속할 수 있을까. 시도 시인과 한통속일까. 아닐까. 시인은 시를 쓰는 동안만 시인일까. 아닐까. 시와 시인의 관계를 뭐라고 하면 좋을까. 부부 관계? 닉네임만으로 통하는 동아리 회원 관계? 시적인 것 하나 만나지 못한 날처럼, 시 한 줄 쓰지 못한 날처럼, 시인도 의기소침할 때가 있다. 또 차마 이루지 못할 혁명을 꿈꾸긴 했어도 시인은 혁명가는 아닐 것이다. 날은 저물었지만 오늘은 김광섭의 시를 묵독하듯 읽고 가자.

"저렇게 많은 중에서/ 별 하나가 나를 내려다본다/ 이렇게 많은 사람 중에서/ 그 별 하나를 쳐다본다// (…중략…) // 이렇게 정다운/ 너 하나 나 하나는/ 어디서 무엇이 되어/ 다시 만나랴"(「저녁에」 부분)

58.

삶이 그대로 시가 되어야 하고, 시는 삶을 그대로 받아들여야 한다. 시와 삶의 관계도 불이(不二)가 될 수밖에 없다. 그러나 시와 삶을 따로 떼어놓고 선을 긋고 경계선에 무슨 표식을 세워놓고 이쪽과 저쪽을 나눠놓고 살고 있지 않은가. 이것은 아주 늙고 낡은 사유다. 이것도 소위 적폐. 시가 삶에서 멀어질수록, 시도 시에서 멀어지는 것 아닌가. 삶이라는 것은 꾸밀 수도 없고 감출 수도 없는 것 아닌가. 삶이라는 것도 투명하고, 시라는 것도 투명한 것 아닌가.

삶과 시의 장벽을 뚫고 앞으로 툭 치고 나가지 못하는 시는 결코 현대시가 될 수 없다. 좀 빗나간 것 같지만 정확한 전진 패스 세 번으로 현대 축구는 완성된다고 한다. 한국 축구와 한국 현대시는 동반자의 관계 같을 때가 있다. (오프 더 레코드라는 걸 미리 밝혀둔다.) 한국 현대시는 앞으로 더 치고 나가야 한다. 가자. 한국 정치도 한국 경제도 한국 사회도 앞으로 더 치고 나가야 한다. 가자. 한국 교육도 한국 축구도 앞으로, 더 앞으로, 한 번 더 앞으로 치고 나가야 한다. 가즈아.

59.

물론 삶이든 세상이든 아름다운 것만 있지 않다. 시도 아름다운 것만 있는 게 아니다. 시는 세상과 화해하기보다 불화를 겪어야 한다. 시의 언저리도 그러한 심경이어야 하지 않을까. 그래도 시가 너무 굳은 낯짝을 들고 다니면 그 또한 시가 먼저 외면하리라. 그러나 시가 기성의 시로부터 외면 받는 한이 있더라도 앞으로 툭 치고 나가야 하지 않을까. 시가 좀 삐딱해도 괜찮다. 시여! 무엇을 망설이는가. 시여! 왜 좌고우면 하는가. 시여! 시를 찢고 또 시를 찢어 버려라!

60.

세상엔 느린 것도 있지만 빠른 것도 있다. 높은 것도 있지만 낮은 것도 있다. 깊은 것도 있지만 얕은 것도 있다. 시도 그러할 것이다. 사람도 그러하고 인생도 그러할 것이다. 시는 관념을 앞세우면 실패한다. 관념 없이 써놓고 나서 관념이라도 생기면 또 관념이 되는 것이다. 시는 계산하는 것도 아니다. 오죽하면 개념 없이 쓰는 것이 시다. 시인은 굳이 개념이나 관념에 대해 괘념치 말아야 한다. 아무 개념도 없고 관념도 없는 시인이 있을까. 있다. 많다. 그러나 그들은 더 큰 개념과 관념을 갖고 있지 않을까. 그들은 더 작은 개념과 관념과 (불의와) 타협하지 않았을 뿐이다. 더 작은 개념과 관념과 (불의와) 타협하지 않는 것이 훨씬 더 어렵지 않은가. 이것도 개념과 관념이 되는 거 아닐까.

하늘의 별 같은 그들 몇몇이 있었기에 이런 말도 할 수 있는 것 아닌가. 이 업계 종사자라면 문득 그 몇몇 시인들이 떠오르지 않을까. 하늘의 별이 되지 않고 그냥 이 땅에서 풀이 되어 넋이 되어 흔들리는 들풀 같은 그들도 있었을 것이다. 풀도 아니고 별도 아니고 돌도 아니고 아무것도 아닌 그들도 있었을 것이다. 잠깐, 하늘의 별까지 끌어들이지 말자.

시는 그라운드를 넓게 쓰면 안 된다. 시는 뒷방이나 골방에서 말없이 자라는 것이다. 요즘엔 다들 아파트에서 하고 산다. 더러 차에서 하는 시도 있다. 시는 종이와 펜만 있으면 된다. 요즘엔 휴대폰이나 노트북만 있으면 된다. 시는 약간의 전투식량만 있으면 된다. 왠지 짠하다. 아픈 것도 시가 되고 병상에서도 시가 된다. 대한민국 시인 김관식의 시 한 구절이 하늘의 별처럼 빛나고 있다. 하늘의 별도 가끔 주눅 들 때가 있을까. 별을 보라.

"내가 막상 가는 날은 너희는 누구에게 손을 벌리랴./ 가여운 내 아들딸들아,/ 가난함에 행여 주눅 들지 말라./ 사람은 우환(憂患)에서 살고 안락(安樂)에서 죽는 것,/ 백금도가니에 넣어 단련할수록 훌륭한 보검(寶劍)이 된다./ 아하, 새벽은 아직 멀었나보다."(「병상록」 부분)

61.

좋다 나쁘다 생각하지 않는 것이 도(道)라면 시를 같이 논할 만하다. 옳다 그르다 생각하지 않는 것이 법(法)이라고 한다면 같이 앉아서 시를 논할 수 있다. 그럼에도 불구하고 도도 모르고 법도 모르고 시도 모르는 객과 앉아 귀촉도 울음소리나 듣고 싶다. 해안(海眼) 스님의 『해안집』에서 시 몇 줄 필사한다.

"고요한 달밤에 거문고를 안고 오는 벗이나/ 단소를 손에 쥐고 오는 친구가 있다면/ 구태여 줄을 골라 곡조를 아니 들어도 좋다// (…중략…) //봄 다 가는 날 떨어지는 꽃을 조문하고/ 귀촉도 울음을 귀에 담는 사람이라면/ 구태여 시를 쓰는 시인이 아니라도 좋다."(「멋진 사람」 부분)

62.

시는 시가 아닌 곳에서 시작할 것이다. 시는 시가 다 끝난 곳에서 천천히 일어날 것이다. 시는 시가 없는 곳에서 다시 시작할 것이다. 시가 어디에 있어야 하는지 알 것 같다. 시가 어디에 있는지 조금 알 것 같다. 시는 시가 될 수 없는 것이 시가 되는 것이다. 시가 이미 되었다면 시는 그곳에서 시가 되지 않을 것이다.

시가 아직 되기 전의 시가 바로 시일 것이다. 아직 오지 않은 시가 비로소 시가 될 것이다. 시는 시가 되는 순간 이미 시가 아니다. 시는 시가 오기 전에 시를 떠날 것이다. 시와 함께 사는 사람도 시를 잊을 때가 있다. 시를 앞에 두고 쓰는 사람도 시를 종종 놓칠 때가 있다. 시를 한 잔 벌컥벌컥 마시고 싶을 때도 있다.

63.

"날 이미지 시를 읽는 방법은 의외로 간단하다. 우선 존재의 편에 서라. 그리고 시 속의 현상을 몽상하라. 날 이미지의 시 세계는 돈오의 세계가 아니다. (…중략…) 끝없이 투명해지고자 하는 어떤 욕망으로 여기까지 왔다. 여기가 어디인지를 정확히 말하기는 어렵다. 그러나 내 안에 있는 나 아닌 것을 비

우고자 하는 욕망과 연결되어 있음은 틀림없다. 그렇지 않고
서야 어찌 두두시도 물물전진을 곁에 두고 있으랴."(오규원)

'날 이미지' 앞에선 관념도 은유도 돈오조차 찍소리 못
할 것이다. 오직 사물 하나만 존재한다. "두두시도 물물전
진(頭頭是道 物物全眞: 사물 하나하나가 전부 도이고 사
물 하나하나가 전부 진리이다)." '날 이미지'야말로 때때로
돈오를 만나는 길일 것이다. 많은 시가 게으른 것 같고 관
념의 늪에서 허우적대는 것 같다. 헤매지 마라. 사물 하나
하나가 또 시 아닌 것이 없다. 할(喝)!

64.

시는 휴머니즘도 아니고 시인은 휴머니스트가 아니다.
물론 시는 샤머니즘이 아니고 시인은 샤만이 아니다. 시
는 기성 정당의 정강 정책도 아니고 시인은 정당원도 정치
인도 비례대표도 대선주자도 원외 지역 당협 위원장도 아
니다.

시도 가끔 옛사랑이거나 흘러간 노래쯤 될 것 같다. 시
인도 옛 사람이거나 잊혀진 가수와 같을 것이다. 시는 이
제 읽는 사람도 없고 또 읽을 사람도 없다. 이제 더 이상

시를 쓰는 사람도 없고 시를 쓸 사람도 없을 것 같다. 그러나 어쩌면 이제부터 시를 쓰는 사람이 나타날 것이고 또 이제부터 시를 쓸 사람이 나타날 것만 같다.

65.

어떤 시는 감동보다 어떤 해방감에 휩싸일 때가 있다. 어떤 억압으로부터 어떤 상투적인 관념으로부터 관습적 인식으로부터 벗어나는 해방감, 이것도 시의 기쁨을 맛볼 수 있는 기쁨일 것이다. 비록 시의 배경이 멀고 먼 사막의 나라라고 해도 기쁨이나 해방감은 결코 멀지 않을 것이다. 물론 시를 해방감이나 기쁨만으로 읽지는 않을 것이다. 시가 짧은 형식의 장르라고 해도 기쁨이나 해방감 같은 하나의 맛만 맛볼 순 없을 것이다. 오히려 시의 맛은 무궁무진할 것이다.

굳이 삶과 죽음이라든가 시인의 시력에 걸맞는 사유라든가 시인의 내공이라든가, 그런 저런 찬사보다 고요히 마주 앉아 시를 읽는 것이 그 시에 대한 예의일 것이다. 적절한 비유가 아니겠지만 시인에게도 랜드 마크가 있을 것이다. 한 시인의 많은 시에서 딱 한 편만 뽑는다는 것 그 자체가 이미 결례일 것이다. 그러나 이 산문집은 앞에서도 밝혔지만 시 해설서나 시 가이드북이 아니다. 이 산문집과 시가 만나는 시절 인연만 있을 뿐이다. 또 이 자리에서는 개별적인 인연을 털어놓는 것도 무례일 것 같다. 시인 신경림의 이 시는 감동이나 해방감보다 더 큰 어떤 기쁨을 맛볼 수 있을 것이다. 자 준비됐나요? 낙타를 타고 가지는 못해도 남의 집 노새를 빌려서라도 한 번 가 볼까. 저 사막 같은 시의 세계로 가자. 떠나자. 저 사막 같은 당신의 삶과 당신의 현실을 향해 달리자. 말 달리자. 가자. 떠나자.

"낙타를 타고 가리라, 저승길은/ 별과 달과 해와/ 모래밖에 본 일이 없는 낙타를 타고./ 세상사 물으면 짐짓, 아무것도 못 본 체/ 손 저어 대답하면서,/ 슬픔도 아픔도 까맣게 잊었다는 듯./ (…중략…) / 별과 달과 해와/ 모래만 보고 살다가,/ 돌아올 때는 세상에서 가장/ 어리석은 사람 하나 등에 업고 오겠노라고./ 무슨 재미로 세상을 살았는지도 모르는/ 가장 가엾은 사람 하나 골라/ 길동무 되어서."(「낙타」 부분)

66.

시 앞에서 설레거나 떨릴 때가 있다. 간혹 시를 쓰는 동안보다 어느새 탈고한 직후 그럴 때가 있다. 이런 것도 시를 쓰는 맛이라고 한다면 너무 뻔한 맛인가. 그럴 때마다 시는 환상이었다가 곧 현실이 된다. 아니 현실이었다가 곧 환상이 된다. 시를 탁 꼬집어 말할 순 없다. 탁 꼬집어 말할 수 있는 것은 시가 아니다. 시를 탁 꼬집어 말한다는 것은 일종의 사기일 것이다. 다시, 시는 그저 두루뭉술하게 말하는 게 맞다. 시가 아닌 다른 말도 두루뭉술하게 말하는 게 맞다. 너무 콕콕 꼬집어서 말할 필요가 없다. 물건을 사고 팔 때가 아닌데 뭘 그렇게 콕 꼬집어서 말할 필요가 있을까. 없다. 대충 쓰자. 대충 살자. 뭘 콕콕 꼬집지 말고 대충 하자.

대충 말해도 다 알아 듣는다. 그저 시와 함께 살아가고 싶을 뿐이다. 시와 함께 밥도 먹고 차도 마시고 싶다. 잠 자리에서도 옆에 두고 싶다. 시와 함께 수다도 떨고 싶다. 뭐 깊은 대화는 아니더라도 시와 함께 대화하고 싶다. 그냥 주제도 없이 편하게 시와 함께 말하고 싶다. 시가 잠시 자리를 비워도 그냥 혼자 앉아서 시를 기다리고 싶다. 시가 친구들과 여러 날 놀러간다 해도 잘 다녀오라 하고 또 시를 여러 날 기다리고 싶다. 시가 문자라도 남기면 답장도 쓰고 문자가 없으면 먼저 문자라도 남기고 싶다. 이 엄중한 방역 시국만 아니라면 어디 편안한 호프집에 들어가 시와 함께 호프 한잔 하고 싶다. 시가 옆에 있고 시 옆에 이렇게 앉아 있으면 된 것 아닌가. 시에 대한 흉흉한 풍문도 시가 곁에 있다면 이겨낼 수 있을 것 같다. 시가 가령, 지고 또 이기는 종목은 아니지만 잘 이겨낼 것 같다. 그리고 또 이겨냈다고 해도 시는 무엇을 주는 것도 아니다. 이미 시는 주는 것도 받는 것도 아니다. 시한테 부담 주지 말고 그냥 친구처럼 옛날부터 알고 지내던 사람처럼 가깝게 지내고 싶다.

집 콕만 하다 보니 늙은 부부처럼 시와 붙어사는 것 같다. 그래도 늦은 밤 시와 함께 천변을 걸을 때가 좋다. 앞에도 뒤에도 아무도 없다. 이 늦은 걸음이 이렇게 좋을 수가 없다. 필자를 알아볼 사람도 없고 필자가 알아보아야 할 사람도 없다. 아무도 없는 이 늦은 밤이 필자의 시간이고 또 시의 시간일 것이다. 이 또한 해방의 시간이다. 이 또한 설레고 떨리는 순간이다. 그냥 똑같은 코스를 왔다 갔다 하지만 매번 똑같은 생각과 행로는 아닐 것이다. 이 코스를 '독자 노선'이라고 명명하고 혼자 웃었다.

시와 함께 산다는 게 그런 거다. 시와 함께 산다는 게 서러운 것도 같지만 즐거운 것도 같다. 당신에게도 혹시 서러운 것 같고 즐거운 것 같은 게 있다면 이미 당신도 시인이거나 시가 되었을 것이다. 또 당신이 오늘 이별한 것을 두고 돌아섰다고 해도, 그 이별한 것을 서러운 것이라 해야 할지 즐거운 것이라 해야 할지 당신도 모르고 당신의 당신도 모를 일이다. 아무도 모를 일이다. 다만 시와 함께 그 이별한 것을 돌아볼 뿐이다. 그리고 또 시가 그것을 기억하고 기록할 것이다. 시가 먼저 제 가슴을 드러내듯 말이다.

67.

시가 따뜻한 온수 매트처럼 따뜻한 감성을 불러일으켜야 할까. 시가 무슨 자비스런 성자도 아닌데 은근히 따뜻한 정서를 불러일으켜야만 할까. 시 밖으로 한 발짝 나가 보면 세상은 결코 그런 세상이 아니다. 이제 세상은 따뜻한 감성과 정서를 주고받는 시대가 아니다. 그것을 꼭 2년여 동안 반복되고 있는 현 시국 탓이라고 할 필요도 없다. 그냥 세상이 변했다. 강산이 변하듯 세상도 변한 것뿐이다. 시대나 시국 탓으로 돌릴 까닭이 아니다.

시는 시적 자아를 둘러싸고 돌아가는 세상이나 세계나 사물이나 사건이나 현실이나 현상에 대한 생각 혹은 생각의 흐름을 따라가는 것이다. 그러나 시는 이제 더 이상 이 세상이나 이 시대의 감성과 정서를 불러일으키지 않는다. 그것을 꼭 자본주의 폐해라고 할 필요도 없다. 마치 공정이나 정의를 더 이상 기대하지 않게 되었듯이 그냥 그렇게 되고 말았다. 상식이나 합리적인 이성이나 이런 것도 더 이상 기대하지 않듯이 그렇게 되고 말았다. 그런 것을 또 무슨 정치권의 논리로, 법리적인 논리로 말할 필요도 없다. 그냥 또 그렇게 되고 말았다. 그런 것을 이 논리 저 논리로 논의하겠다고 하지 말자. 이미 영혼이 없는 시대가 되었고 영혼이 없는 세상이 되었다. 그냥 녹슨 시스템만 돌아가고 있는 것이다. 지루하게 흘러가는 것이다. 특별할 것도 없고 특별한 것도 아니다. 아니다. 그러나 더 강한 개혁 드라이브가 필요한 것 아닐까 하고 생각할 때가 많다. 아니면 대대적으로 세대교체하자.

이미 정치권에서도 수차례 공개적인 제안과 공론화가 있었듯이 가령, 대학 입시 비리 전수조사 확대하자. 이왕이면 한 발 더 나아가 국가 공공기관 등 인사 채용 비리도 한 10년 치 전수조사해서 탁 털고 가자. 어쩌면 진실은 더 깊은 곳으로, 더 어두운 곳으로 가라앉아 버릴까. 아무리 뒤집어도 진실은 더 이상 드러나지 않고 더 이상 뒤집어지지도 않을 것인가.

　이른바 시적 대상도 없고 시적 의미도 사라졌다. 이것을 부정적 소견이라고 하면 거북할 뿐이다. 그대는 그대의 시와 그대의 시적 자아와 함께 살아가리라. 비가 오면 비가 되어, 눈이 오면 눈이 되어, 바람이 불면 바람이 되어 시가 되어 살아가라. 조강지처 같은 시와 함께 끝까지 어떤 극을 향해 끝까지 살아가리라. 다만 냉혹한 세상을 살아가는 냉혹한 생만 남았을 뿐이다. 서정도 온정도 사라진 시대가 되었다. 세상이 바뀌었다. 그것부터 알아차려야 한다. 그러나 세상은 한 번 더 크게 바뀔 것이다. 두고 보라. 깜짝 놀랄 만한 일도 아니다. 기존의 관념이나 통념으로 들이댈 일도 아니다. 새로운 시대정신이 새로운 시대처럼 밝아올 것이다.

　(어쩌면 좀 더 엄격하고 가혹한 도덕성과 상식과 공정한 시대가 올 것이다. 두고 보라. 세상/국민의 눈높이와 가슴높이가 시대보다 훨씬 앞서 갈 것이다. 두고 보라. 세월 따라 한 세대 한 세대 바뀌는 세대교체가 아니라, 한 세대 확 건너뛴 세대로, 세대가 교체될 것이다. 보라. 그들은 가령 십 년 걸린 사업을 일 년 만에 뚝딱 해치울 수도 있을

것이다.)

다시, 세상의 온정과 서정이 사라졌다고 해도 시가 사라진 것은 아니다. 시인이 사라진 것도 아니다. 시는 월간지마다 계간지마다 쏟아지고 각종 문학상은 또 한 해도 거르지 않고 끊임없이 시상하고 있지 않은가. 알고 보면 그렇게 암울한 세상이나 시대도 아닌 것 같다. 시가 어떻게 되었다는 말도 헛소문인 것 같다. 시도 살아있었고 시인도 살아있었다. 시도 살아있고 시인도 살아있다.

김삿갓 같은 시나 시인이 있다면 고달픈 떠돌이처럼 고달프게 떠돌아다니면 될 것이다. 이미 물질과 자본의 시대가 되었다. 그러한 세상이 되었다. 곧 AI가 문단에 발을 들여놓을 것 같다. AI라 써놓고 보니 AI 알파벳 시, 라고 쓴 것 같다. 보라. 오타도 아니고 입력이 잘못된 것도 아니다. 그럼 이 키보드는 이미 알고 있었다는 말인가? 아주 가까운 시일 안에 그들이 곧, 당장 문단에 발을 들여놓을 것이다. 새로운 문우가 등장할 것이다.

68.

섬세함의 정점은 무엇보다 시와 음악일 것이다. 그런데 섬세함은 어디서 오는가. 섬세함은 머리에 이고 다니기도 하겠지만 섬세함은 가슴으로부터 온다. 운칠기삼(運七技三)이라는 말도 있지만 섬세함은 심칠뇌삼(心七腦三)이다. 예컨대 머리에서 나온다면 누구나 섬세함을 손에 넣을 수도 있고 머리에 넣을 수도 있다. 그러므로 잔 머리를 이리저리 굴릴 것이 아니라 가슴을 잘 다독이며 살아야 할 것이다. 시도 가슴에서 나오고 섬세함도 가슴에서 나오고 리더십도 가슴에서 나오고 음악도 우정도 사랑도 애국심도 상상력도 창의성이란 것도 다 제 가슴에서 나온다. 제 가슴을 꼭 보듬어야 할 이유가 있다.

69.

오늘의 비망록은 또 어떤 것이었을까. 이를 테면 삶의 진실, 사랑의 진실, 약자의 슬픔과 아픔, 불의와 타협하지 않는 신념, 〈모란동백〉, 승자보다 패자의 삶, 이루어질 수 없는 사랑, 허무주의자, 불멸, 굶주림, 노브랜드, 재건축, 저녁노을, 중랑천 물소리 듣기, 먼 바다, 음력 정월 대보름, 베토벤 〈월광〉, 방황, 통기타, 청춘, 버추얼 싱어 리원(Ri Won), 2월의 겨울밤, 빈집, 대리기사, 어느 운동권 출신의 인터뷰, 살아남은 자의 기억과 고통, 제20대 대선 공식 선거 운동 시작, 오늘의 날씨, 쓸쓸함, 덧없음, 자존심, 용서, 〈싱어게인 2〉, 외출, 열정….

70.

시를 생각하지 않고 시를 살고 싶을 때가 있다. 삶을 생각하지 않고 삶을 살아가듯이 말이다. 시를 생각한다는 것도 일종의 억압이고 강박이다. 그래도 즐거운 억압이고 즐거운 강박일 것이다. 억압을 당하면서 강박을 당하면서도 즐거운 비명을 지르는 꼴이라고 한다면 어떨까. 마치 마조히스트 같은 유형이라고 한다면 개떡 같다고 할 텐가. 그렇다고 독한 놈 같다는 말도 제때 못하면서 시한테 질질 끌려 다니며 산다. 질질 끌려가며 살아도 아프지도 않고 나쁘지도 않다. 그런데 새옹지마라고 해야 할까. 오전 내내 시한테 질질 끌려 다녔지만 오후 세시쯤 되면 어떤 늙은 사내가 시를 질질 끌고 다니는 것을 볼 수 있다. 그 사내가 노트북 앞에 앉아 있는 동안 필자는 설거지를 하거나 세탁기를 돌린다. 그 사내가 안방구석 노트북 앞에서 키보드를 두드릴 땐, 그는 필자가 아니고, 필자도 그가 아니다. (그냥 그도 아니고 필자도 아니고 당신만 있을 뿐이다. 그 당신은 누구인가.) 굳이 그와 필자를 본질이니 현상이니 하고 대립시키고 따로따로 나눌 필요도 없다. 늙은 사내와 필자를 앉혀놓고 마주보게 할 필요도 없다. 심지어 누가 누굴 끌고 다니고 누가 누구한테 끌려 다니고 그럴 일도 아니다. 그런 것도 다 웃기는 소리이거나 우스운 소리일 것이다. 그게 그거고 그게 다 시일 것이고 꿈이고 또 픽션이다. 그게 늙은 사내의 1인 2역이다. 시가 거기 있고, 사내도 거기 있지 않은가. 시는 멀리 있지 않고 사내도 멀리 있지 않다. 시가 멀리 있다면 그대도 멀리 있을 것이다. 시가 멀리 있다는 것도 웃기는 말이다. 우스운 말이다. 시는 결코 시를 찾아다니는 여행자의 노래가 아니다. 시를 찾아 여행하지 말고 그대를 위해 여행하라. 차라리 여행을 위해 여행하라. 시는 그대 곁에 있을 것이고 그대는 시 곁에 있을 것이다. 시가 평범한 삶이고 또 평범한 삶이 시일 것이다. 너무 고심하지 말자. 시를 너무 무겁게 하지 말자. 시를 너무 가볍게 하지 말자. 시를 너무 어둡게 하지 말자. 시를 요조숙녀처럼 대하지 말자.

뚱딴지같은 소리겠지만 이를 테면 한반도의 허리를 가로지르는 저 장벽은 어느덧 그대 안에서 더 높은 장벽이 된 것 같다. 분단의 장벽은 어느새 그대 마음의 장벽이 되었고 그대 마음속의 분단이 되었다. 보라, 베를린 장벽을 어떻게 무너뜨렸는가. 보라, 한반도의 장벽은 어떻게 높아졌는가. 보라, 답답하지 않은가. 보라, 갑갑하지 않은가. 이런 장벽조차 이젠 평상심이 되었고 평상심으로 늙어가는 것 아닌가. 늙은 사내가 시 앞에서 술 취한 목소리로 했던 말 또 뱉어내더라도 술 취한 코끼리 안아주듯 와락 안아주기를 바라마지 않는다. 저 장벽 같은 답답함을 또 갑갑함을 평상심으로 받아들여야만 할까. 이 또한 장벽이 되었다는 걸까. 낙관보다 비관에 기댈 때가 더 많아졌다.

제2부
시의 첫 줄은 신들이 준다

71.

시에서 기의와 기표가 어떻게 균형을 잡을 수 있을까. 마치 평균대 위에 선 체조 선수도 아닌데 균형을 잡을 수 있을까. 꼭 균형을 잡아야 할까. 기의에 치우치면 시적 전달이나 공감이 떨어지는 거 아닐까. 기표에 의지하면 공감이 더 높아지는 것일까. 과연 그럴까. 시가 기의에 치우는 것이 아니라 기표에 의지할 때, 시에 더 다가가는 거 아닐까. 옳은 말이다. 시에서 기의는 추방되어야 할까. 기의에 의지하다 보면 시도 망하고 시인도 망할까. 기표만 살아남고 시의는 죽어야 하는가. 시는 기의보다 기표를 먹고 사는가. 기의 쪽으로 가면 시를 버리는 것일까. 기의를 버리고 기표만 들고 있어야 하는가. 기의만 내세운 시가 있는가. 기표만 내세운 시가 있는가. 기표와 기의를 균형 있게 간을 잘 맞춘 시가 있을까. 둘 중 하나만 골라야 하는가. 오직 기표만 있어야 하는가. 오직 기의만 있어야 하는가. 시는 기의의 세계가 아니라 기표의 세계라는 것인가. 시는 기의나 기표, 그 둘 중 하나가 아니라 그 둘 사이의 팽팽한 긴장감의 세계가 아닐까. 아니면 그 둘을 보기 좋게, 읽기 좋게, 한데 모아놓은 것 아닐까. 기의 아닌 시가 어디 있을까. 기표 아닌 시가 또 어디 있을까. 모든 시는 이미 기표가 아닐까. 모든 시는 이미 시의가 아닐까. 기의를 버려야 하는가. 기표를 버려야 하는가. 시는 기의에 고정된 것도 아니고, 시는 기표에 고정된 것도 아니다. 시는 결국 기의와도 어긋나고, 기표와도 어긋나는 운명인가. 그럼에도 불구하고 고백컨대 기표보다 기의에 더 빠져들었던 것 아닌가. 시는 그곳에만 있다고 믿었던 것 아닌가. 무엇이든 한 번 빠져들면 빠져나오기 어렵지 않은가. 마치 술에 빠져서 빠져나오기 어려웠듯이 말이다. 다시, 대체 시는 어디에 있는가. 시는 어디에 있어야 하는가. 시는 더 높은 곳에 있어야 하는가. 시는 더 낮은 곳에 있어야 하는가. 시는 그저 시인의 가슴 높이쯤에 있어야 하는가. 시인의 책상 위에 있어야 하는가. 시인의 손끝에 있어야 하는가. 기의든 기표든 다 떠나서 김수영은 김수영의 시를 썼고 김수영의 삶을 살았던 것 아닌가. 김춘수는 김춘수의 시를 썼고 김춘수의 삶을 살았던 것 아닌가. 강릉 김씨 1930년대 이상(李霜)은 이상의 시를 썼고 이상의 삶을 살았던 것 아닌가. (금홍이는 이상을 만났지만, 금홍이는 금홍이의 삶을 살았고 이상은 이상의 삶을 살았던 것 아닌가.) 또 이 땅의 많은 시인들도 그들의 시를 썼고 그들의 삶을 살았고 그들의 삶을 살고 있다는 것 아닌가. 시가 어디로 가야 하는지 시가 어디에 있는지 눈 밝은 독자는 알 수 있지 않을까. 그래도 시가 오리무중일 때가 많다. 정국도 오리무중일 때가 많다. 차라리 넋 놓고 조금만 더 기다려 보자. 아니면 문자 한 줄 남기고 싶다. 시를 찾지 마라. 시는 기의든 기표든 결코 시를 말하지 않는다. 시를 말하는 순간, 시는 사라진다. 시는 결코 기의나 기표의 노예가 아니다. 시는 길을 걷는 자의 것이다. 시는 길을 잃고 방황하는 자의 것이다. 시의 길은 앞서 간 순례자의 길을 걷는 게 아니다. 시를 또 쓰는 이유도 거기쯤 있을 것이다. 시는 쓰다 마는 것도 아니고 이만하면 됐다 하고 일어설 수 있는 것도 아니다.

72.

시는 복잡하다. 삶도 복잡하고 사람도 복잡하다. 세상도 복잡하다. 시인도 복잡하다. 인생도 복잡하다. 시인의 마음도 복잡하다. 시인의 마음을 비운다 해도 시를 비울 순 없다. 무얼 또 비운다고 시가 되는 것도 아니고 시인의 마음을 비운다고 또 시인의 마음이 비워지는 것도 아니다. 시인의 마음은 비웠다 해도 금세 또 복잡할 것이다. 시도 복잡하고 시인의 마음도 복잡하다. 마음이 복잡해야 시를 쓸 수 있다. 시는 격언도 잠언도 아니다.

빚이 쌓이면 마음이 무거워지듯 시를 쌓아놓다 보면 시

인의 마음도 무겁다. 그러나 시인은 마음을 가볍게 하거나 마음을 비우기 위해 시를 쓰지 않는다. 그럴 거라면 머릴 깎는 게 더 빠를 것이다. 머릴 깎고 시를 쓸 수도 있겠지만 머릴 깎았으면, 시도 깎아야 하지 않을까. 시를 깎을 수 없어 머릴 못 깎는다는 시인도 있을 것이다. 말장난 같지만 결코 말장난하기 위한 말은 아니다. 시에선 말장난도 할 수 있겠지만 시를 앞에 두고 말장난하면 안 될 것 같다. 그러나 너무 복잡하게 말하지 말자. 세상은 그렇게 복잡한 것도 아니다. 복잡한 시를 잠시 쉬게 하고 오늘 몇 번이나 웃었는지 헤아려 보아라. 시도 한 번 웃어 보아라. 시를 복잡하게 하지 말자.

73.

시도 가끔 우스갯소리를 건넬 때가 있다. 그럴 때, 시는 옆으로 새는 게 아니라 한 단계 더 높아지는 것 같다. 우스갯소리는 누구나 지나가다 하는 싱거운 소리가 아니다. 우스갯소리는 시적 화자가 먼저 웃고 난 다음, 독자를 향한 웃음이다. 남을 웃기려고 하는 게 아니라 화자가 웃으려고 하는 것이다. 남을 웃기려고 한다면 개그맨이 되겠지만 화자가 혼자 웃으려고 한다면 그 순간은, 또 시인이 되는 것이다. 세상 뜰 때, 화자가 먼저 웃고 난 다음에 또 독자를 웃기려는 시가 있다. 여기서도 이 시의 핵심은 우스 갯소리 자체가 아니라 우스갯소리의 힘과 그 힘의 여운일 것이다. 황동규의 시를 보자. 뒷부분에서 뜻밖에 웃을 수 가 있다.

"내 사는 동안/ 시작보다는 준비 동작이 늘 마음 조이게 했지/ 앞이 보이지 않는 갈대숲이었어./ 꼿꼿한 줄기들이 간 간이 길을 터주다가/ 고통스런 해가 불현듯 이마위로 솟곤 했어./ 생각보다 늑장부린 조율 끝나도 내가 숨을 채 거두지 못하면/ 친구 누군가 우스갯소리 하나 건넸으면 좋겠다.// 너 콘돔 가지고 가니?"(「세상 뜰 때」 부분)

74.

이 산문집에서 어떤 것을 선택할 경우가 있다. 가령, 어 떤 시를 제시할 때도 그렇고 어떤 개념을 제시할 때도 그 렇다. 무엇을 제시하든 그 무엇은 이미 어떤 선택이 전제 되었을 것이다. 아침마다 넥타이나 또 스카프를 고르는 일도 어떤 선택의 행위일 것이며 그 선택은 또 어떤 관념 을 불러일으킨다. 넥타이나 스카프가 아무것도 아닌 것 같지만 그것은 실은 엄청난 관념이 작용된 것이다. 혹여 아무거나 집어 들었다 해도 그것에는 이미 엄청난 선택과 관념이 포함된 것이다. 그것을 패턴이니 패션이니 상징이니 취향이니 하면서 적당히 말하겠지만 이미 많은 관념이 전제된 것이나 다름없다.

또 대선 후보들의 넥타이나 스카프나 머플러 심지어 마스크는 그 소속 정당의 색이며 이미 선거전략상 엄청난 상징이며 그야말로 어떤 메시지보다 더 큰 전략이 들어 있다. 아무리 작은 선택이라 해도 이러한 상징과 전략이 내포되어 있다. 모든 선택이나 모든 상징은 결코 단순한 선택이나 단순한 상징이 아니다. 어떤 선택은 곧 어떤 상징이 될 것이고, 어떤 상징은 곧 어떤 선택이 될 것이다. 시도 이 산문집도 지속적인 선택의 순간이다.

75.

시적 자아든 현실적 자아든 하루에도 몇 번씩 갈등을 겪게 된다. 그 갈등이 또 시가 되는 씨앗이 될 것이다. 그 갈등이 또 삶을 살아내게 하는 힘이 될 것이다. 고향에서 받은 냉대도 일종의 갈등일 것이며 그런 갈등을 또 시적 자아가 겪게 된다면 시가 될 것이다. 고향을 떠났다 해도 시는 떠나지 못하고 그곳을 떠돌고 있을 것이다.

그러나 시인에게 딱히 고향은 없을 것이다. 고향은 시인들을 한꺼번에 냉대해 버렸을 것이다. 시적 자아든 현실적 자아든 시인들은 이미 고향에서 쫓겨났을 것이다. 고향에서 만나는 독자들이 당신의 시에 등장하는 시적 자아를 알지 못하듯 당신을 알아보지 못한다. 고향엔 당신을 아는 독자도 없지만 당신의 시적 자아를 아는 독자도 없다. 당신도 시적 자아도 고향이 없다.

시인이든 당신이든 시적 자아든 어디서 살아야 하나. 어디서 무엇이 되어야 하나. 어디서 무엇이 꼭 되어야 하나. 어디서 살아야 하나. 옛사랑은 무너졌고 옛 친구도 고향을 떠났다. 고향으로 돌아갈 수도 없고 그렇다고 고향을 등질 수도 없다. 그날 고향 언저리에 있는 어느 한적한 호숫가를 걷고 또 걸었다. 어쩌면 배회하고 있었다. 그냥 떠돌고 있었다. 아니다 그냥 헤매고 있었다. 아니다 마치 이 호숫가로 떠밀려온 것 같다.

때마침 빙판 위를 미끄러지듯 석양의 긴 그림자 하나가 미끄러지고 있었다. 그리고 어떤 새 한 마리가 한 발짝 한 발짝 걷다 긴 날개를 붕새(鵬새)처럼 활짝 펴고 날아올랐다. 떠날 땐 저렇게 떠나는구나. 이 호수의 얼음 조각을 다 삼키고 또 다 뱉어 버릴 것 같은 힘으로! 그 날개 짓으로 천천히 먼 산을 향해 떠났다. 석양이여 슬픈 이름이여 겨울 저녁이여 사랑이여 옛사랑이여 더 이상 아무것도 없는 향호의 겨울이여. 부질없는 외로움이여.

76.

시를 쓰기 전에 시를 너무 의식하지 않아야 한다. 심지어 시인이라는 것조차 의식하지 말아야 한다. 시는 시를 넘은 곳에 있을 것이고 시인도 시인을 넘은 곳에 있을 것이다. 그러나 시는 서정시는 시인의 생각과 감정을 표현한 것이다. 문 닫은 가게 앞에서도 시인의 감정과 생각을 드러낼 수 있고, 무료한 오후 빈 방에 누워서도 시인의 생각과 감정을 타이핑할 수 있다. 빈 마당을 바라보면서도 생각과 감정을 정리할 수 있다. 11번 마을버스 타고 상계역 가는 도중, 보람 사거리에서 창밖의 풍경에 대한 생각과 감정을 입력할 수도 있다.

다만 시를 어떻게 쓸 것인가. 이것은 생각이나 감정이 일어날 때 언제나 함께 동시에 생겨나는 것이다. 언제나 항상 같이 솟아나는 것이다. 누가 먼저랄 것도 없이 동시에 같이 일어나는 것이다. 그러나 이것도 시를 쓰기 전에 너무 의식하지 말아야 한다. 시는 시를 의식하지 않고 시인은 시인을 의식하지 않아야 한다. 차마 어려운 일이다. 그럼에도 불구하고 시는 시인을 의식하지 말고 시인은 시를 의식하지 말아야 한다. 아파트 바로 옆집에 누가 사는지 모르고 사는 게 좋을 때도 있다.

시든 시인이든 너무 많은 것을 의식하고 살았다. 사람이든 세상사든 또 너무 많은 것을 의식하고 살았다. 예컨대 본인의 양심은 물론이거니와 남의 양심까지 너무 많이 의식하고 살았다. 급기야 공동체적 양심까지 운운하며 또 의식하곤 했었다. 그러나 또 알고 보면 본인의 양심이나 남의 양심이나 공동체적 양심을 의식하고 살았던 동시대인들도 많았을 것이다. 그들은 시를 쓰지 않고 시민단체에 가입하지 않고 정치 일선에 나서지 않고 오직 생업에 종사할 뿐이었다. 만에 하나라도 남 앞에서 우쭐하거나 으스대지 않고 그 소임을 다 했었다.

여기서 할 말은 아니지만 골프와 선거는 고개를 들면 진다고 하지 않던가. 시도 시인도 마찬가지 아닐까. 굳이 시 안에서도 시 밖에서도 시인은 고개를 들 일이 없다. 그렇다고 늘 고개를 푹 숙이고 다닐 필요도 없다. 그러나 하루 이틀 자꾸 시를 거르다 보면 고개를 숙이게 된다. 그러다 큰 삿갓이라도 뒤집어써야만 할 때가 있다. 삿갓을 뒤집어쓰지 않기 위해서라도 종종 밤을 새워 시를 써야 할 때도 있다. 시인의 일상이 또 그러하다.

77.

플라톤을 만난 적도 없는데 플라톤을 따라다닌 것 같다. 그것도 플라톤이 아니라 플라톤의 허깨비를 쫓아다닌 것 같다. 예컨대 어떤 사회성을 갖고 있어야 한다든지 양심과 교훈을 앞세우고 시를 써야 한다든지 시대적 메시지를 강조하고 음풍농월이나 향락을 멀리 해야 한다든지 뭐 그런 관념에 빠졌던 게 아닌지 한 번 돌아보게 된다. 돌아보아도 돌아설 수 없고 돌아가지도 못할 것이다. 그곳이 어디든 그곳으로 떠날 수도 없지만 그곳에 더 머물 수도 없을 것이다.

플라톤을 다시 만나면 플라톤을 죽이고 아리스토텔레스를 만나면 아리스토텔레스를 죽여야 한다. 그러다 또 길에서 그들을 만나면 옛 친구를 만난 것처럼 반가워 할 것이다. 그러나 술자리에 앉아보면 옛 친구는 필자의 주량을 잊었을 것이고 필자도 옛 친구의 주량을 잊었을 것이다. 어느새 순수하고 또 순결했던 젊음도 다 잊었을 것이다. 어느새 다 늙어 버렸을 것이다. 젊음이든 순수든 순결이든 한곳에 그렇게 오래도록 머물 수 있는 게 아니다. 모든 것은 눈 깜빡할 사이에 흩어지고 사라진다.

그땐 허황한 꿈도 시가 되었고 누추한 슬픔도 시가 되었다. 허황한 꿈은 허황한 꿈이 아니었고 누추한 슬픔은 결코 누추한 슬픔이 아니었다. 꿈은 꿈이 아니었고 슬픔도 슬픔이 아니었다. 눈앞의 푸른 것이 시였고 시를 쓰면 시가 곧 눈앞의 푸른 것이 되었다. 딱히 어떤 계절도 없고 어떤 아름다운 것도 금세 어떤 슬픔이 되곤 했다. 아무도 모르게 음울했고 또 우울했었다. 아마도 그럴 때마다 술을 마셨고 술에 취했을 것이다. 슬픔을 알았고 슬플 줄만 알았다. 그리하여 외로움도 슬픔이 되었고 젊음도 슬픔이 되었다. 그래도 작은 불빛 같은 시가 있었다. 때론 시도 슬픔이 되었다. 끝내 손닿지 않은 슬픔도 있었다.

78.

　시인이든 시적 자아든 우선 시 안에서는 다 화자일 것이다. 그러나 또 청자일 것이다. 시인이든 시적 자아든 그 시에서는 또 최초의 화자이면서 최초의 청자가 되는 셈이다. 그 최초의 무엇을 빼면 무엇이 남는 걸까. 화자도 청자도 없는 시가 어디 있을까. 그런 시를 일컬어 묘사라고 하면 어떨까. 이쯤에서 김종삼의 시를 만나야 할 것 같다. 화자도 청자도 시인도 독자도 다 도망간 뒤였다. 오롯이 시 하나만 남아 있다. 시가 내민 손바닥엔 10전짜리 두 개만 남았다. 10전짜리 두 개가 식당 앞을 환하게 비추고 있다. 환한 슬픔이다.

　"조선총독부가 있을 때/ 청계천변 10전 균일 상(一0錢 均一床) 밥집 문턱엔/ 거지 소녀가 거지 장님 어버이를/ 이끌고 와 서 있었다/ 주인 영감이 소리를 질렀으나/ 태연하였다// 어린 소녀는 어버이의 생일이라고/ 10전(錢)짜리 두 개를 보였다."(「장편(掌篇) 2」 전문)

79.

　시는 지성이나 이성보다, 과학이나 철학보다, 비논리적이며 비이성적이다. 그보다는 감성적이며 무의식적이다.

때론 매우 감정적이다. 너무 잘 썼다고 다 좋은 시가 되는 것은 아니다. 이 세상에 잘 쓴 시는 너무 많다. 그러나 그 잘 쓴 시, 그 많은 시를 다 좋은 시라고 할 순 없다. 그렇다면 잘 쓴 시가 너무 많다는 것이다. 그럼에도 불구하고 무엇보다 잘 쓴 시보다 좋은 시에 끌릴 때가 더 많아졌다. 방금 앞에서 언급한 김종삼의 시는 좋은 시인가 잘 쓴 시인가. 아니면 잘 쓴 것도 맞고 좋은 시도 맞는가. 문제를 제기하는 순간 이미 답을 내포하고 있을 것이다. 김종삼의 시를 갖고 이러쿵저러쿵 말하는 것도 마음이 안 좋다. 선배 시인에 대한 최소한 예의라는 것도 있을 것이다. 개인적인 견해를 털어놓으면 김종삼의 몇 편의 시는 한국 시의 전후 맥락으로 볼 때 보물 같은 시가 되었다.

좋은 시는 무엇인가 하고 되묻지 않을 수 없다. 이 질문은 지금 시를 쓰는 자의 몫이다. 지금 시를 계속 쓰는 한 계속 되물을 수밖에 없다. 시는 무엇인가? 좋은 시는 무엇인가? 시는 어떤 것인가? 좋은 시는 어떤 것인가? 시 쓰기 전, 시 쓰면서 묻고 또 물어야 할 것이다. 또 삶은 무엇인가? 인생은 무엇인가? 또 한 편의 시를 묘사할 것인가? 진술할 것인가? 솔직히 그런 것을 시 앞에서 묻지 마라. 시를 붙잡고 시의 길을 묻지 마라. 시도 시의 길을 모를 때가 많다. 구태여 설명하기도 어렵고 설명되지 않는 것들도 많다. 그런 것이 시일 때가 있다. 그리하여 시는 설명을 싫어하고 시는 설명을 또 뿌리친다. 외로움도 괴로움도 다 뿌리친 이 시를 업로드 한다. 앞이 탁 트인 강기슭에서 황인숙의 시와 마주앉아 읽어보자.

"당신이 얼마나 외로운지, 얼마나 괴로운지/ 미쳐버리고 싶은지 미쳐지지 않는지/ 나한테 토로하지 말라/ 심장의 벌레에 대해 옷장의 나방에 대해/ 찬장의 거미줄에 대해 터지는 복장에 대해/ 나한테 침도 피도 튀기지 말라/ (…중략…) / 차라리 강에 가서 말하라/ 당신이 직접/ 강에 가서 말하란 말이다/ 강가에서는 우리/ 눈도 마주치지 말자"(「강」 부분)

80.

시는 겉으로 보면 아무것도 아닌 것처럼 보인다. 물론 속으로 들어가 보아도 아무것도 아니다. 동전 한 닢이나 빵 한 조각도 아니다. 시가 줄 수 있는 것은 아무것도 없다. 시는 길도 아니고 시는 물 한 방울도 아니다. 시는 아무것도 아니고 시한테는 아무것도 없다. 그러나 이 아무짝에도 쓸데없고 아무짝에도 쓸 수 없는 것에 모든 것을 거는 게 시인이고 그런 게 또 시라고 할 수 있다. 표면적으로 보면 꽃도 아니고 풀도 아니면서 결국 꽃을 노래하고 풀을 노래한다. 꽃과 풀은 좀처럼 드러나지도 않고 숨어 있거나 꽁꽁 숨겨놓거나 아예 감춰버린다. 꽃과 풀의 몸통도 꼬리도 땅에 묻어 버릴 때가 있다. 어떨 땐 그 꼬리들조차 싹둑싹둑 잘라 버린다. 시는 몸통도 없고 꼬리도 없다. 거두절미하는 것이다.

그러나 매우 어렵겠지만 언제나 그렇지만 꼬리와 머리와 또 몸통을 함께 보아야 한다. 전체를 보라. 저 깊고 깊은 어두운 우물 밑을 꿰뚫어보라. 바닥을 보라. 이면(裏面)을 보라. 통찰력을 길러야 한다. 분노를 잃지 마라. 아무짝에도 쓸데없고 아무짝에도 쓸 수 없는 것에 모든 것을 걸어라. 시에 모든 것을 걸어라. 그리고 시를 위해 모든 것에 마음을 열라. 시의 꼬리를 보라. 시의 머리를 보라. 시의 몸통을 보라. 그러나 몸통도 없고 꼬리도 없고 머리도 없고 아무것도 없으리라. 시는 아무것도, 아무것도 갖고 있지 않으리라. 그리고 할 수만 있다면 낙관도 하지 말고 차라리 염세주의자처럼 비관하라. 이 세상을 도저히 어떻게 할 수 없듯이 시를 또 어떻게 할 수 없다.

시 한 편을 또 만나야 할 것 같다. 최승자의 시를 만나보자. (1980년대 이 땅의 시인들을 직간접적으로 많이 만났고, 또 술자리에 같이 앉아보았다. 등단 전에는 마치 별을 만난 듯이 만났고, 등단 후에는 마치 별이라도 된 듯이, 그러나 어떨 땐 무슨 영업사원처럼 뛰어다녔다. 하지만, 씨는 만난 적도 없고 옆에서 본 적도 없다. 물론 시집을 주고받은 적도 없고, 그 시절 유행했던 손바닥만 한 우편엽서를 주고받은 적도 없다.)

"그러므로, 썩지 않으려면/ 다르게 기도하는 법을 배워야 했다./ 다르게 사랑하는 법/ 감추는 법 건너뛰는 법 부정하는 법./ 그러면서 모든 사물의 배후를/ 손가락으로 후벼 팔 것/ 절대로 달관하지 말 것/ 절대로 도통하지 말 것"(「올여름의 인생 공부」부분)

81.

이제 뭔가 새로운 것이 올 것 같다. 시도 마찬가지고 세상도 마찬가지일 것 같다. 전혀 예상할 수 없는 새롭고 또 낯선 것이 올 것 같다. 기존의 있던 모든 것들은 한꺼번에 물러나거나 물거품이 될 것 같다. 아주 낯설고 낯선 것일 수밖에 없다. 그것이 뭘까? 영화처럼 말한다면 그것은 나쁜 것일까. 좋은 것일까. 아 또 이상한 것일까. 용병 같은 것일까. 아 이미 여기저기 출몰하는 AI 아닐까.

　지금 손에 쥐고 있는 화투 패를 던져야 할 것 같다. 한 순간에 휴지조각이 될 수 있다. 시도 마찬가지고 세상도 마찬가지일 것이다. 그것이 뭘까? 그것은 모든 체제를 무너뜨릴 것 같고 모든 가치를 무너뜨릴 것만 같다. 그것은 천천히 오는 것이 아니라 매우 빠르고 급하게 올 것 같다. 시의 입지가 더 줄어들 것만 같다. 시가 알바생의 뒷모습 같을 때가 있다. 어디서 무엇이 되어 시를 다시 만나겠는 가. 무엇이 되어 어디서 시를 다시 만나겠는가. 그 모든 것을 조금씩 받아들일 수밖에 없다. 시도 마찬가지고 세상도 마찬가지다. 시는 무엇이 되어야 하고 시를 어디서 만나야 하겠는가. 또 시만 모르고 사는 걸까. 시의 힘이 좀 남아 있다는 걸까. 시는 이 모든 것과 함께 다시 어디서 무엇이 되어, 춤(dancing)을 출 것인가? 시가 다시 아주 예민해질 것만 같다. 불쌍한 영혼이여 외로운 영혼이여 그대를 가슴에 안아줄 가슴이 없는데 어쩌란 말이냐. 홀로 가라. 그대 홀로 가는 길이 그대의 길이리라. 그리고 그 길이야말로 그대가 간신히 존재하는 이유가 될 것이다.

82.

시는 어떤 의미를 전달하는 것인가. 아니면 그냥 제자리에서 조용히 존재하는 것인가. 그것도 아니면 시는 어떤 뜻한 바를 가만히 품에 품고 있는 것인가. 시는 누가 읽지 않아도 저렇게 조용히 혼자 살 수 있는 것인가. 저렇게 쌓아둔 시는 혼자 존재하는 것인가. 아니면 어떤 뜻한 바가 있어 때를 기다리는 것인가. 저렇게 혼자 앉아 물끄러미 쳐다보는 것은 또 무엇인가. 그대는 어떤 뜻한 바가 있어 또 비스듬히 누워 있는가.

83.

시는 단순하지 않다. 시는 직접적이지 않다. 시는 결코 중심이 아니다. 시는 변방의 변방이다. 시도 헛바람 같을 때가 있다. 시도 가끔 구경거리가 된다. 시는 그냥 언어일 뿐이다. 시는 언어에 속고 시에 속고 살 수밖에 없다. 시는 보수보다 진보다. 시는 진보보다 더 진일보한 진보다. (차라리 진일보보다 더 진일보해야 하지 않을까. 시가 진일보하지 않는다면 뭔가 오랫동안 구체제를 답습하고 있다는 것 아닌가.) 시는 형식을 붕괴시키고 상투적인 관념을 파괴시키는 것 아닌가. 시는 언어 밖에서 사물들과 사건들과 놀고 있는 것 아닌가. 시야말로 언외언(言外言) 아닌가.

시는 과학이 아니다. 시는 아이러니다. 시는 역설이다. 시는 결코 명료하지 않다. 시는 가르쳐서 도달할 수 있는 것도 아니고 배워서 터득할 수 있는 것도 아니다. 시는 떠돎이고 헤맴이다. 시는 간접적이다. 시는 반어다. 시는 로맨티스트가 아니라 아이러니스트에 가깝다. 시는 저주 받은 자다. 시는 덧없음이다. 시는 무(無)목적적이다. 시도 필연보다 우연과 만날 때가 있다. 그럼에도 불구하고 시는 논리적이다. 시는 또 논리적 의미를 전혀 갖고 있지 않다. 시가 풍경일 때도 있다. 시가 분위기를 조성할 때도 있다. 시도 한 송이의 꽃일 때가 있다. 시도 죄 많은 자를 대속(代贖)할 때가 있다. 시는 일탈이다. 시는 가끔 혼자 하는 여행이다. 시도 가짜 뉴스 같을 때가 있다. 시도 폐업한 식당 앞을 지나갈 때가 있다. 꽃을 본 적은 없지만 시가 아주 낯선 꽃 이름 같을 때도 있다. 가령, 미스 김 라일락…

84.

소위 상식이라는 것도 뒤에는 비상식이 숨어 있고, 정의 뒤에는 불의가 숨어 있고, 논리 뒤에는 비논리가 드러나고, 무대 뒤에 진실이 있고, 웃음 뒤에는 울음이 있고, 농담 중에 진담이 있고, 말 속에 뼈가 있고, 뼛속에는 시가 있다. 사극을 보면 신하 뒤에 숨어 있는 임금도 있고 또 임금 앞에 선뜻 나서는 신하도 있다. 또 의미 있다는 것 뒤에는 무의미한 것이 있다. 동전의 양면 같은 것이 있다. 동전을 한 번 뒤집어 보라. 시도 한 번 뒤집어 보라. '나는 내가 아니고 너는 네가 아니다.'

말이라는 것도 어떤 사물이나 사건을 다 드러내지 못하고 언제나 헛발질이다. 시도 결국 헛발질이다. 아주 잘 살았다고 생각했는데 헛살았다 싶을 때, 시가 온다. 또 헛일할 때, 시가 된다. 시는 결코 수지맞는 장사가 아니다. 수지타산 맞지 않을 때, 시가 오고 간다. 말은 통하지 않고 어떤 말로도 설명할 수 없는 것이 시일 것이다. 또 말은 다 믿을 수 있는 것도 아니고 말 같지 않은 말도 말이 되는 것이 말이다. 오히려 남의 말을 '들을 수 있는 귀'가 필요하다. 그러나 시는 또 백 번 읽는 것도 백 번 듣는 것도 아니고, 시는 한 편 또 한 편 '쓰고 또 쓰는' 것.

들어보면 각자 자기 하고 싶은 말을 하는 것 아닌가. 스피커(화자)만 있는 셈이다. 말도 따로따로 논다. 말하는 입이 다르고 말을 듣는 귀가 다 다르다. 화장실 갈 때와 갔다 올 때의 마음은 다를 수밖에 없다. 중요한 것은 기성의 지배 체계에 동의하지 않는 태도일 것이다. 더 중요한 것은 이를 테면 계란으로 바위 치기를 멈추지 않는 것이다. 시 쓰기도 이와 다르지 않을 것이다.

말과 어떤 현상과 동태(動態)를 동일시하지 마라. 언행 일치라는 것도 재고해야 한다. 언과 행은 일치할 수 없다. 다시, 언어는 무엇을 꼭 가리키는 것이 아니라 그냥 제 혼자 하는 '혼잣말' 정도일 것이다. 시도 결국 혼잣말 정도가 될 것이다. 조주(趙州)처럼 한 번 말하고 싶다. 차 한 잔 마셔라. 한 잔 더.

85.
시에 대한 기존의 생각을 바꿔야 한다. 어려운 일이다. 시라는 장르도 잊어야 한다. 시에 대한 생각을 바꿔야 한다. 시에 대한 생각이 바뀌는 순간, 시에 대한 기회가 될 것이다. 시에 대한 결정적인 순간이 올 것이다. 무릇 세계관이 바뀌는 것도 어려운 일이지만 시인의 문학 세계가 바뀐다는 것도 어려운 일이다. 때때로 어려워도 해야 할 일이 있고 또 어려운 일을 할 때마다 성취감은 더 커진다. (물론 이런 성취감 때문에 시를 쓰진 않을 것이다.) 아무리 쉬워도 쉽게 쓴 시는 없다. 이제 시는 허름한 점퍼 같은 자존심만 남았다. 그 자존심이 시의 운명을 좌우할 것이다. 그러나 좌우할 만한 자존심이 남아 있을지 모르겠지만 말이다.

86.

문학개론의 첫 장 같은 얘기지만 문학 특히 시의 세계도 개연성이 중요하다. 어떤 사조(思潮)나 이론에 의지하지 않더라도 시는 어떤 개연성에 가까울 수밖에 없다. 그것은 곧 말 그대로 '그럴 것이라고 생각되는 일 혹은 일어날 만한 일'이라고 할 수 있다. 너무 멀리 있지만 아리스토텔레스의 말을 빌린다면 개연성은 곧 '믿을 만한 불가능의 세계'라고 한다. 시의 세계에 대해 윤곽을 꽉 잡아주는 말이다. 시가 특수성의 세계다 하면서 이것이다 혹은 개연성의 세계다 하면서 저것이다 나눌 수 있겠지만 위의 말은 들을 만하다. 적어도 이것이다 저것이다 사이에서 갈등을 좀 겪어야 한다. 거듭 말하지만 시는 이것저것 그 모든 것을 다 뛰어넘는 곳에 있다. 시는 결국 그런 이론이나 견해를 다 뿌리친 곳에 산다. 그래서 시는 단호하게 독립적이다. 시는 어떤 미학으로부터 어떤 사회로부터 어떤 윤리로부터 심지어 어떤 시론으로부터 뚝 떨어져 있다. 시는 누구의 말을 잘 듣지 않는다. 어디서 무엇이 되어 다시 만나지도 않을 것처럼 홀로 남아 있다. 어쩌면 마치 독자도 없고 문학상도 없고 문우도 없고 어디 의지할 문학단체도 없고 후배도 선배도 없고 꼭 찾아뵈어야 할 선생도 없는 곳에서 혼자 살아가고 또 천천히 잊혀져가는 것이다. 시는 그렇게 사는 것이고 그렇게 살아지는 것이다. 그렇다고 서러워 할 것도 없고 억울해 할 것도 없다. 시는 시의 마음속에 머무를 뿐이다. 그러나 시의 마음은 한 곳에 머무르지 않는다. 또 꽃을 찾아 떠도는 나비가 되어 나비처럼, 벌이 되어 벌처럼 떠돌이가 되어 떠돌이처럼…. 그렇다면 무(無)개연성의 시는 또 어디 없을까.

또 시가 경험을 초월한다 해도, 시가 상상력의 세계라 해도 '믿을 수 없는 불가능'의 세계는 아닐 것이다. 그러므로 여기서는 이것이다, 저것이다, 하지 말자. 시는 철학의 세계도 아니고 논쟁의 세계도 아니고 상상력 경진대회도 아니다. 그렇다고 눈앞에 펼쳐진 현실세계도 아니다. 그런 점에서 시는 참으로 흐리멍덩하다. 이것이다, 저것이다, 아주 분명하게 뒤도 돌아보지 않고 싹둑싹둑 잘라내는 것이 아니다. 시는 오히려 그렇게 망설일 때 온다. 시는 그렇게 망설일 때의 심정일 것이다. 그런 심경이 쌓이고 쌓여서 터져 나온다. 시는 그러한 심경과 심정을 무겁게 또 꼼꼼하게 필사한 것이다.

이렇게 시인의 마음에서 시작된 서정시라는 것이 이 세상의 그 어떤 예술의 영역보다 훨씬 넓고 또 크다. 서정시의 힘이 느껴지는 겨울밤이다. 앞에서도 그렇고 또 여기서도 마찬가지만 짧은 산문을 한 단락 한 단락 쓰고 나면 전혀 준비한 것이 없는데도 그냥 자연스럽게 또 시 한 편이 슬몃 떠오른다. 이 산문집은 거의 대부분 잠시 인용한 시들을 염두에 두고 쓴 것이 아니다. 그렇게 시작했으면 이 산문집은 시작도 못했을 것이다. 돌아보면 심지어 제1부 70번까지는 시 없이 왔다. 그러다 다시 처음부터 원고를 읽으면서 그때그때 떠오르는 시의 자리를 급하게 끼워넣었다. 필자도 시도 좀 당황했을 것이다. 그래도 그 여러 시들 덕분에 이 산문집은 조금씩 빛나게 되었다. 여기 김소월도 그렇게 다가왔다. 김소월은 그렇게 오는 것이다. 그러나 지금은 결코 김소월의 시대가 아니다.

"산산이 부서진 이름이여!/ 허공중에 헤어진 이름이여!/불러도 주인 없는 이름이여!/ 부르다가 내가 죽을 이름이여!/ (…중략…) / 선채로 이 자리에 돌이 되어도/ 부르다가 내가 죽을 이름이여!/ 사랑하던 그 사람이여!/ 사랑하던 그 사람이여!"(「초혼」 부분)

87.

시는 저 앞의 은행나무를 한 번 읽어보라고 하면서 은행나무만 읽지 말라고 한다. 은행나무를 둘러싸고 있는 침묵과 어떤 세계와 어떤 떨림까지 읽으라고 한다. 식당에서 가서 음식을 먹을 때도 음식만 먹지 말고 그 식당의 전체적인 분위기도 맛보라는 것이다. 말하자면 식당도 먹고 식당에서 나오는 음악도 먹고 텔레비전 소리도 심지어 테이블과 의자도 먹으라는 것이다. 영화관에 가서 영화를 볼 때도 배우나 스토리나 대사나 벽에 붙어 있는 액자나 카메라 위치나 배경 음악뿐만 아니라 감독의 메시지까지 관객들의 반응까지 다 맛보라는 것이다. 말이 쉽지 실로 엄청난 일이다. 시 한 편도 실로 그러할 것이다. 그렇다면 어떻게 그 은행나무를 다 읽을 수 있겠는가. 어떻게 시를 다 읽을 수 있겠는가. 시인도 자기 시를 다 읽을 수 없을 텐데 말이다. 어떻게 다 읽을 수 있는가.

그래서 시는 결코 가볍지 않다. 그렇다면 시집 한 권의 무게는 실로 어마어마한 것이다. 김지하 시집『황토』가 실로 어마어마한 무게였듯이 말이다.『황토』생얼 만나기 전 지방대학 도서관 구석에서 은밀하게 만났던『황토』복사본은 실로 어마어마하였듯이 말이다. 뾰족한 칼날 같던, 정치적으로 매우 삼엄했던 그 당시, 그 복사본의 무게는 아마도 도서관 한쪽 서가에 가득 꽂아놓은 책들의 총량보다 훨씬 더 무거웠을 것이다. 헐!

88.

지난 해 신작시집의 **독자**는 누구였을까? 고등학교 동창일까. 사촌동생일까. 강원도 어느 후배 시인일까. 지나가는 행인일까. 먼 타국에 살고 있는 제자일까. 모 출판사 편집부 기자였을까. 작가회의 문우일까. 모 원로 시인일까. 지하철에서 방금 내린 여자일까. 마을버스 기사일까. 노원역 국수집 사장일까. 전직 국회의원일까. 격투기 선수일까. 전 국가대표 축구선수일까. 개그우먼일까. 서평단 일원일까. 대학원 후배일까. 노브랜드 알바생일까. 아파트 노인정 회원일까. 전 직장 동료 사모님일까. 탈북민일까. 수원역 노숙자일까. 어느 자연인일까. 섬마을 주민일까. 주말부부일까. 살림하는 남자일까. 불교신자일까. 퇴역 장성일까. 골프 동호회 회원일까. 주말농장 회원일까. 이주 노동자일까. 소상공인일까. 초등학교 학생일까. 보건소 자원봉사자일까. 늦은 밤 혼자 중랑천을 걷던 여학생일까. 유명한 유튜버일까. 동네 우체국 직원일까. 횡단보도 건너던 모녀일까. 그만 하자.

좀 누추한 자리지만 텔레비전에서 보았던 귀인을 소개하고 싶다. 〈싱어게인 2〉에 출연한 20년 무명 재즈 가수, 34호 가수 그리고 〈싱어게인 2〉 마지막 패자부활전 〈얼음요새〉 부르던 7호 가수를 기억한다. 그들이야말로 한 편의 시였다. 그들은 지금 저기서 마치 혼자서 외롭게 노래하는 시인이 되었다.

89.

시는 누굴 바라보지 않아도 된다. 시는 누굴 기다리지 않아도 된다. 시는 무얼 믿지 않아도 된다. 시는 무신론자이다. 시는 맹목적이다. 시는 웅변도 아니지만 기도도 아니다. 시는 익명의 기부자 같은 것이다. 시는 무명가수의 노래와 같을 것이다. 시는 익명의 게시판에 올린 댓글 같은 것이다. 지금은 다 폐기처분되었겠지만, 1980년대 어느 날처럼 문학주의를 버릴 수도 없고 운동주의를 버릴 수도 없는 난처한 입장과 같을 것이다.

그러나 시는 이제 절박한 것도 없다. 시는 패한 자의 발
언이므로 굳이 미사여구를 쓰지 않아도 된다. 시는 이제
이념이든 관념이든 개념이든 통념이든 신념이든 정념이든
상념을 따라가지 않아도 된다. 그만큼 따라다녔으면 그 길
을 알 때도 되었다. 시의 길이 그렇게 한적하지도 않다. 지
금 그대 바로 앞에 당도한 삶이 그대의 시일 것이며 어떤
관념과 철학일 것이다. 그것이 곧 시의 스크린일 것이다.

90.
시는 언어에 등을 기대고 살지만 언어는 시에 등을 기대
지 않는다. 반대로 말해야 하는 것 아닌가. 그게 그것 같
기도 하고 그게 그것 아닌 것도 같다. 시는 체험에 등을
기대고 살지만 체험은 시에 등을 기대지 않는다. 반대로
말해야 하는 것 아닌가. 그게 그것 같기도 하고 그게 그것
아닌 것도 같다. 시는 이들과 한 집에서 같이 살아야 한
다. 따로 살 수도 없고 한 지붕 아래 같이 살아야 한다. 이
러지도 저러지도 못하는 사이에 시가 왔다 간다. 어서 오
시오. 차린 것은 별로 없지만 맛있게 먹자. 잠시 겸상이라
도 해야 한다.

91.

시는 힘주어 말하는 순간, 무너진다. 일상에서도 마찬가지다. 그러나 또 처음부터 툭 치는 것도 있다. 그럴 땐 힘보다 울림이 더 클 수 있다. 천천히 달아오르는 것도 있고 한방에 훅 보내는 것도 있다. 이 길을 버리고 저 길로 갈 수도 있고, 저 길을 버리고 이 길로 갈 수도 있다. 시인이 선택하는 것도 아니다. 아주 드물지만 때로는 신이 선택하는 것 같다. 신은 지금 어디에 있는가. 시인은 지금 어디에 있는가. 시를 쓸 땐 누군가 옆에 있는 것 같다. 이 산문집도 그렇다. 누군가 옆에 앉아 있는 것 같아 돌아볼 때가 있다. 그럼에도 불구하고 커피는 바리스타가 만들고 빵은 제빵사가 만든다. 시는 시인이 만드는 것이다. 그리고 가게에 손님이 오지 않는다고 가게를 엎을 순 없는 노릇이다. 그렇다고 시를 앞세워 행인들 대상으로 호객 행위를 할 순 없는 노릇이다. 여기저기 얼굴 내밀 일도 아니다.

좀 벗어난 말 같지만 예컨대 고백을 언제 해야 하나. 누구처럼 처음 만나고 돌아오자마자 툭 터뜨려야 하나. 아니면 그냥 조금씩 알고 지내다가 조금씩, 조금씩 친해지다가 한참 또 뜸을 들여야 하나. 그리고 또 침묵해야 하나.

더듬더듬 말해야 하나. 지웠다가 다시 써야 하나. 고백을 먼저 해야 하나. 상대방이 고백할 때까지 기다려야 하나. 더 기다려야 하나. 그럼, 언제 고백해야 하나. 어떻게 해야 하나. 다시 고백은 될수록 천천히 나중에 해야 하나.

그럼 그동안 침묵을 배워야 하나. 그동안 더듬더듬 말하는 것도 배워야 하나. 밀당을 하라는 게 아니고 천천히 침묵부터 해야 하나. 시도 이와 같은 고백과 크게 다르지 않을 것이다. 아무튼 고백도 인생도 시도 사랑도 세상살이도 공식은 없다. 정답은 없다. 세상만사 너무 큰 의미를 둘 것도 아니고 세상만사 그렇게 큰 의미를 둘 것도 없다. 작은 것도 없고 큰 것도 없다. 오늘은 오늘의 시를 위해, 오늘의 삶을 위해 펜을 들어야 한다. 입춘이 지났다고 봄이 오는 게 아니다. 봄이 오면 모든 노래는 한순간에 흘러간 노래가 된다.

92.

시도 급한 성질일까. 시가 불 같을까 물 같을까. 시의 성정은 어떨까. 시는 불이 아니라 물일까. 시는 불을 끄러 다니는 물일까. 시도 물같이 흐르는 물인가. 시도 불같이 타오르는 불인가. 시는 물이었다가 불이 되는 것인가. 물도 불도 아닌가. 그도 물불 안 가리는 성격인가. 흙인가. 나무인가. 아 허깨비?

시인은 어떤 성질일까. 불같고 급하고 빠른 성질일까. 차분하고 느리고 물 같을까. 그도 물불 안 가리는 성격인가. 청탁 불문인가. 현역 시인들을 대상으로 설문조사를 해보면 어떨까. 아님 mbti 성격 유형 테스트 결과를 제출하라고 하면 어떨까. 급할까. 느릴까. 높을까. 낮을까. 아 도깨비?

기존의 어느 성격 유형에 집어넣기도 어려울까. 물도 아니고 불도 아니고 그냥 풀이라고 할까. 금일까. 구름일까. 플라톤에 가까울까. 보들레르에 가까울까. 누굴 닮았을까. 누굴 닮기는 했을까. 박인환에 가까울까. 김수영에 가까울까. 김관식에 가까울까. 신경림에 가까울까. 두보에 가까울까. 이태백에 가까울까. 백석에 가까울까. 김춘수에 가까울까. 임화에 가까울까. 노천명에 가까울까. 정지용에 가까울까. 이상에 가까울까. 동주에 가까울까. 황진이에 가까울까. 매창(梅窓)에 가까울까. 난설헌에 가까울까. 아무도 가깝지 않는 걸까. 어느 시인도 어느 시인에 가깝지 않는 걸까. 시인은 오직 그 한 사람뿐일까. 시인은 어느 시인을 닮지도 않고 어느 시인을 닮으려고 하지도 않는 걸까. 이 세상의 모든 시인은 오직 그대 한 사람뿐이리라. 시인은 어느 시인과 가깝지도 않고 어느 시인을 닮지도 않는다. 시인은 마침내 서출이다. 핏줄도 없고 탯줄도 없다. 아 패망한 왕조의 유신이여! 영원한 언더그라운드여!

93.

시는 분명히 저 달을 가리키고 있지만 저 달을 가리키는 것만 아니다. 이것을 굳이 아이러닉하다고 하면 아이러닉할 것이다. 그러나 시는 그러한 용어에 연연할 필요가 없다. 시는 저 토끼를 잡으러 갔다가 범을 만나고 돌아오는 것이다. 소를 찾으려고 온 천하를 헤매다 길을 잃는 꼴이다. 소위 말하는 도를 얻을 것도 아니고 도를 구하지도 않을 것이다. 도를 혹시 구했다고 해도 도를 도로 놓아주어야 한다. 시는 도가 아니다. 도를 구하려면 도한테 가야

지 왜 시 앞에서 얼쩡거리겠느냐. 도(道)와 시는 눈을 마주치면 안 된다. 만났다 해도 금방 헤어져야 한다. 시가 무얼 만났다 해도 마찬가지다. 시는 어느 누구와도 오래도록 붙어 있지를 못한다. 시를 탓할 것도 아니고 누굴 탓할 일도 아니다. 시는 한 곳을 보지 않고, 시는 남들이 보는 곳을 보지 않고, 남들이 보고도 놓친 것을 혼자 남아서 다시 본다. 시는 타협하지 않는다. 시는 늘 다른 곳을 보고 있으며 시는 괜한 짓을 하고 있으며 시는 굳이 딴짓을 하고 산다. 하루에 한 번 먼 곳이라도 바라보아야 하듯 신발 끈을 또 바짝 조일 수밖에 없다. 권태도 나태도 하지 말자. 너무 무리하지도 말자. 이미 버스는 떠났고 막차도 떠났다. 걸어서 끝까지 가야 한다. 시의 끝까지 가야 한다. 그리고 또 떠나자. 동해바다로, 해남 땅 끝으로, 변산으로, 선유도로, 장자도 대장봉으로, 통영으로 떠나자, 떠나자. 가자. 시와 함께….

94.

'시는 시 안에 있고, 나는 내 안에 있다. 그러나 나의 시는 나의 시 밖에 있고, 나는 내 밖에 있다. 나의 시는 언제나 나의 시가 아니고 나는 언제나 내가 아니다. 오히려 내가 당신일 때가 많다. 때때로 시는 나를 숨겨 주었고, 나

는 시를 숨겨 주었다. 시도 나도 밖을 보지 말고 안을 보
자. 나는 또 나를 보자. 시는 또 시를 보자. 어떤 정국에
휘둘리지 말고 정중동하자. 시를 읽으며 마음 설레는 중
이다. 시와 함께 칩거 중이다.' (不出戶 知天下)

　갑자기 마치 무슨 현안에 대한 **입장문** 같다. 시도 어떤
정국이나 시국에 대한 긴급 입장문 같은 것 아니었던가.
그러나 '내 안의 나는 도대체 누구인가. 내 밖의 나는 도
대체 누구인가'. 밖을 보지 말자. 엄중한 시국에 돌아다니
지 말자. 안도 없고 밖도 없다. 안이다 밖이다 하는 관념
에서 벗어나라. 특히 이분법적 사고를 벗어던져라. 각 언
론사에 배포할 단체 문자도 아니면서 임기 만료를 앞둔
국가기관 결재권자도 아니면서 전국 단위의 시민단체 대
표도 아니면서 어느 문학상 수상소감도 아니면서 기자 간
담회도 아니면서 시가 어떻게 긴급 입장문이라는 것인가.
어쨌든 이와 관련된 댓글은 정중히 사양하자. 벌써 두 해
나 집 콕 하다 보니 별 생각을 다 하는 모양이다. 늙어도
감수성이나 상상력은 늙지 않는가. 감수성이나 상상력을
몸처럼 귀하게 여겨야 할 것이다. 그래도 뛰어봤자 벼룩일
까. 벼룩이야. 오오 귀여운 벼룩.

95.

꿈은 꿈을 무력화하고, 삶은 삶을 무력화한다. 꿈을 뒤집지도 못하고 삶을 뒤집지도 못하면서 세월은 흐른다. 아무도 모르게 남도 모르게 다 흘러간 옛 노래처럼 말이다. 그러나 시는 옛 노래가 되면 안 된다. 시는 옛 노래가 되면 시를 포기하는 것이다. 시를 포기하지 말고 차라리 옛 노래를 포기하자. 신곡이 아닌 노래는 부르지도 말자. 가령, 두어 해마다 정규 앨범 출시한다면 그 또한 전력투구하고 있다는 것이다. 양호하다. 파이팅~

남 얘기 할 때가 아니다. 외출할 것도 아닌데 거울 앞에 앉아 있을 때가 있다. 어떨 땐 거울 속에 앉아 있다. 거울 속의 사내가 거울 밖의 사내에게 말을 건네는 것 같다. 지난 해 창비(2021년 봄호)에 발표되었던 졸시를 잠깐 스쳐 가듯 한 번 보고 가자.

"그곳에 가지 못한 내가/ 거울 속에 있다// 그땐 피가 뜨거웠고 눈물도 뜨거웠다/ 늦은 밤 화장실 변기뚜껑 열어놓고/ 무슨 이념 같은 변기통을 껴안고/ 그날 너무 많이 마셨던 술도 토하고/ 거울 앞에선 부끄러움도 토하고 말았다// 그때 나는 그곳에 갔어야만 했다/ 그곳의 친구들은 내 이름을 말하

지 않았다/ 그곳에 가지 못한 내가/ 아직도 이 거울 속에 있
다// (…중략…)/ 지금은 피도 눈물도 간 곳 없는/ 아주 깨끗
한 이 벽 같은 거울 앞에서/ 나를 찾고 또 찾아보아도 내가
없다/ 내가 없어졌다/ 나는 아직도 거울 속에 있는데/ 거울
앞에 나는 없다"(「다시, 거울 앞에서」 부분)

96.

시도 어떤 드라마 못지않게 갈등과 긴장을 겪는다. 긴장
과 갈등이 겉으로 드러나기도 하지만 안으로 드러나면 드
라마틱하다. 방금 생각났는데 더 드라마틱한 시는 긴장도
갈등도 쏙 뺀 것이다. 좋은 시의 길은 멀고도 험하다. 그
길은 아무도 가지 않은 길이다. 네비에도 없는 막막한 길
이다. 누가 갔다고 해도 그 길을 누가 갈 수 있는 것도 아
니다. 그 길은 어쩌면 길이 아닐 수 있다.

97.

시도 그림처럼 어떤 대상을 한 번 더 비틀어 버릴 때가
있다. 밝은 것을 어둡게 한다든가 어두운 것을 더 어둡게
한다든가 슬픈 것을 더 슬프게 한다든가 멀쩡한 사람을
불안하게 한다든가 때로는 그 어떤 대상으로부터 완전 동
떨어지게 한다든가, 어떤 한 장면을 콕 찍어서 혹은 큰 장

면을 한 장면으로 압축하여 매우 강렬하게 확 드러나게 한다든가 말이다.

그것이 참여든 순수든 허무든 상징이든 이미지든 비현실이든 초월이든 메시지든 때론 어떤 이념과 관계없이 날카롭게 툭 치고 나타났다 사라진다. 그림이 시보다 좀 더 알기 쉬울 것 같아 현실의 재현보다 작가의 내면세계를 보여주었던 청색 시대의 파블로 피카소가 떠오른다.

수유역을 지나다 보면 〈피카소〉라는 간판이 보인다. 피카소와 아무 상관이 없는 곳이지만 피카소 닮은 사내가 하룻밤 묵었던 곳 같다. 보들레르도 하룻밤을 묵었을 것 같다. 몇 해 전 들렀던 센(Seine) 강변 백 년 묵은 고서점 〈셰익스피어 앤 컴퍼니〉가 생각난다.

98.
시의 형식이 있을까. 없다. 있다. 시는 이미 그 자체가 하나의 형식이다. 그러므로 시의 형식을 운운할 것도 없다. 길게 쓰든 짧게 쓰든 행을 나누든 행을 나누지 않든 산문처럼 쓰든 말든, 시는 이미 그 형식을 가지고 있다. 어떤 형식을 붙잡고 늘어지지 말자. 이런저런 형식을 갖추지 않은 마치 주먹밥 같은 시도 있다. 시의 형식에 연연해 할 것 없다. 아직 미처 쓰지 않은 형식의 시도 남아 있다. 이름 하여 아직 오지 않은 형식의 시가 있다. 너무 솔직하지 않은, 너무 애태우지 않은, 너무 잘 쓰지 않은 시가 있다. 그런 것도 다 알게 모르게 형식이 되고 시가 된다. 시인이나 시적 화자는 말끔한 신사처럼 점잖게 앉아 있어야 할 까닭이 없다.

낡은 난닝구 하나만 걸쳐도 그대로 시가 되고 시인이 된다. 그 난닝구가 한국문학사의 빛나는 난닝구가 될 줄은 아무도 몰랐을 것이다. 그 선배 시인을 보라. 시는 어떤 형식을 붙잡고 매달릴 때가 아니다. 두꺼운 코트를 입고 또롱 패딩을 입고 돌아다닐 때가 아니다. 한 겨울에도 그의 난닝구를 가끔 돌아볼 때가 있다.

여기 또 있다. 옛날 애인이 시인들 모임에 올 것 같다는 생각에, 무작정 비행기를 타고 날아왔다는 소설가도 있다. 이렇게 왔다 가면 되는 거라고 마냥 술이나 마시던, 그때 그는 소설가가 아니라 시인일 것이다. 그는 그 술자리에서 이미 시가 된 것이다. 시여! 시인이여! 제주도 가즈아! 이승훈의 제주를 먼저 읽고 가자.

"그는 쉰이 넘었고 이미 술에 취해 있었다 소설가인 그가 시인들 모임에 참석한 것은 옛날 애인 때문이다 옛날 애인은 시인이고 이번 모임에 올 것 같은 생각이 들어 무작정 비행기를 타고 왔다는 것 그러나 그녀는 이번 모임에 오지 않고 그녀는 이 고장에 산다고 그러나 이렇게 왔다 가면 되는 거라고 못 보고 가도 할 수 없다고 술을 마시며 글쎄 아무 약속도 없이 그저 와 본 거라고 한국시협 행사도 거의 끝나 가던 저녁 무렵"(「제주에서」 부분)

99.

시적 자아를 이상적 자아로 둘 것인가. 현실적 자아로 둘 것인가. 시적 자아도 시적 자아가 하자는 대로 내버려 둘까. 툭 던져 버릴까. 비현실적 자아는 어디 없을까. 무(無)이상적 자아는 어디 없을까. 그것도 아니면 앞에서 한 번 언급된 적이 있는 제3자적 자아는 어디 없을까. 그를 뭐라고 불러야 할까. 급한 대로 익명이라고 해두자.

100.

"하우저는 시인을 테러리스트와 레토리시안, 두 그룹으로 양분한다. 또 이어서 후고 프리드리히에 의하면 20세기 유럽 서정시는 〈지성의 축제〉와 〈지성의 붕괴〉로 나눈다. 그리고 지성의 축제는 레토리시안 계열로, 지성의 붕괴는 테러리스트 계열로 나눈다. 다시 전자는 지성과 엄격한 형식을 내세운 서정시, 후자는 형식을 벗어난 비논리의 서정시로 나눈다."(이승훈)

대학 현대시론 수업도 아닌데, 21세기에 20세기 유럽 서정시에 대한 이론이 무슨 의미가 있을까. 없다. 있다. 물론 A 시인은 테러리스트, B 시인은 레토리시안, 이렇게 명찰을 나누어줄 수도 없다. 그럼에도 불구하고 20세기 한국 시를 뒤돌아볼 수 있고, 21세기 한국 시를 천천히 들여다볼 수 있다. 그러나 시는 어떤 시론에 의해 어떤 사조에 의해 움직이지 않는다. 오히려 그런 것에 대항하고 그런 것과 부단히 단절해야 할 것이다. 그런 점에서 시인은 테러리스트이며 동시에 레토리시안 아닐까. 맞다. 아니다. 모르겠다. 때려치워라. 아니다. 시인은 테러리스트를 향해 가는 과정이며 레토리시안을 향해 가는 과정일 것이다. 시인이나 시가 도착할 곳은 이 지상에 없을 것이다. 아마도 그곳이 이른바 시의 끝일 것이다. 궁핍과 결핍과 사막과 황야와 폐허와 빈 배와 무념과 묵념과 불면과 헛헛함과 탈(脫) 관념과 할많하않….

101.

시는 안목이 중요하다. 무슨 정치적 이념에 따라다닐 일도 아니고 권력의 눈치를 볼 것도 아니고 자본의 논리를 수긍할 일도 아니고 리얼리즘이다 포스트모더니즘이다 그런데 정신 팔아야 할 일도 아니다. 휴머니스트니 로맨티스트니 그런 부류에 소속될 일도 아니고 그냥 조용히 자신을 응시하거나 세상이나 대상을 향한 안목만 있으면 된다. 결국 그 대상조차 다 버릴 줄 아는 안목이 중요하다. 심지어 어떤 대안도 없이….

그리고 시는 그저 나약한 성정일 것이다. 조기 축구를 잘 하거나 목소리가 좋거나 그런 부류가 아니다. 하루 종일 집에 처박혀 있어도 하나도 지루하지 않고 전혀 심심하지 않는 부류일 것이다. 노트북만 잘 켜지면 되는 것 아닌가. 굳이 정색할 일도 없고 시는 그런저런 사유(思惟)와 삶의 분비물일 뿐이다. "문학은 결코 허망한 것이 아니라 현실 문제에 대한 고뇌"(첫 시집 『월동추』 후기 부분)라고 말한 적도 있었지만 이제는 현실 문제에 몰빵할 수도 없는 노릇이다. 그래도 정색하고 또 몰입하진 않아도 차마 그 눈길마저 돌리진 않을 것이다. 채널을 돌린다는 것도 쉬운 일이 아니다. 직장에서 은퇴하고 나서 직장과 거리를 크게 둘 수밖에 없었듯이, 매사 그렇게 조금씩 거리를 두고 바라볼 수밖에 없다. 그런 것도 어떤 안목일 것이다. 자연스럽게 또 외롭기도 하겠지만 그럴수록 점점 더 구체적으로 개인적이며 개별적인 인간이 되어 간다. 이런 것도 안목을 키우는 에너지가 된다. 물론 소주 섞어 호프 마시던 오래된 호프집이 그리운 것은 사실이다. 그래도 뒤돌아볼 만한 술자리는 많지 않다.

102.

시는 무엇을 꼭 지시하거나 무엇을 꼭 말하는 것이 아니다. 시는 아무 말도 않고 아무것도 가리키는 것이 없을 때가 많다. 시는 오는 것인가. 시는 가는 것인가. 그런 것도 시를 오해하는 것이다. 시를 무슨 물건 취급하지 말자. 시는 택배 상자도 아니고 마트 박스도 아니다. 그저 그림 한 장이라도 보여주면 괜찮다. 피아노 소나타처럼 음표만 있어도 리듬만 드러나도 괜찮다. 시한테 많은 걸 바라지 말자. 시가 좀 놀아도 괜찮다. 그래도 어떤 메시지를 전하고 싶으면 또 어떤 언술이 필요하리라. 그것은 또 시가 알아서 할 일이다. 조선간장이나 시골 된장을 보라. 거기엔 어떤 메시지도 들어 있고 심지어 어떤 역사와 전통과 세계관과 영혼도 들어 있다. 그러나 요새 누가 그런 간장이나 된장을 맛보겠는가. 누가 그런 된장이나 간장을 담그겠는가. 누가 그와 같은 시를 쓰겠는가. 햄버거의 시대에 가당치도 않는 말이다. 맞다. 이미 꼰대가 되었다. 꼰대가 되어도 꼰대 노릇은 하지 말자.

103.

무엇을 뒤집어엎는다는 것은 어렵다. 예술적 범주나 사유 안에서도 혁명이나 전복은 쉬운 일이 아니다. 더구나 시의 힘으로 무엇을 한다는 것은 더욱 어렵다. 그런 꿈을 꾸었다면 그런 꿈을 접어라. 깨끗하게 접고 깨끗하게 현타해라. 시에서 혁명이나 전복을 꿈꾸었던 시인은 누굴까. 그런 시인을 생각만 해도 가슴 뜨거울 때가 있었다.

그러나 이제 그 꿈을 부정해라. 그 꿈과 관련된 꿈을 부정하고 그 꿈과 관련된 과거도 환상도 현실도 전망도 절망도 부정해라. 다만 그 꿈이든 현실이든 혁명이든 전복이든 정확하게 다시 정확하게 인식해라. 다시 침묵해라. 내면을 보라. 시는 주관적이고 개인적이고 개별적이고 매우 이기적이다. 시는 객관적이지 않고 공적이지 않고 손실 보상 차원의 긴급 재원도 아니다. 시는 간략하게 더구나 한 마디로 툭 잘라서 단언할 수도 없다. 시는 한 마디로 탁 잘라서 단언하는 순간, 찌그러질 것이다. 시의 생리를 모르면 잠자코 있어라. 넥스트.

104.

시는 잠이 오면 자고 배고프면 밥 먹는 그런 것이 아니다. 배고파도 시를 써야 하고 잠이 와도 시를 써야 한다. 그러나 시를 너무 혹사 시키지 말자. 시도 잠이 오면 자고 배고프면 밥 먹게 하자. 시가 무슨 기계도 아니고 더구나 24시 빨래방도 아니지 않은가. 시를 쉬게 하자. 시를 쓰지도 말고 읽지도 말고 살아보자. 그냥 시를 생각하지도 말고 살아보자. 아니다. 그냥 생각만 하자. 시를 좀 쉬게 하자. 시는 언제나 시 그 너머 있을 것이다.

시를 좀 내버려두어라. 시인도 좀 내버려두어라. 독자도 좀 내버려두어라. 그러나 시인은 하루도 이틀도 쉬지 않고 또 시를 쓰는 일을 멈출 수 없다. 비록 부질없고 쓸데없는 일이라 해도 시 쓰는 일 혹은 시에 대한 사유인 이 산문집을 멈추지 않을 때 비로소 시인이 되는 셈이다. 글쓰기는 어쩌면 시인으로서의 소박한 혹은 절박한 생존 철학일 수밖에 없는 셈이다.

시는 휴식이 없다. 시는 잠시 쉬었다가 쓰는 게 아니다. 자다가도 일어나 시를 써야 하고 자면서도 시를 써야 한다. 밥 먹으면서 시를 써야 하고 밥을 거르면서도 시를 써야 한다. 과유불급. 그런 것 아니다.

시는 자다가 일어나 시를 써도 되고 밥 다 먹고 나서 시를 써도 된다. 중간쯤 시 쓰다가 거기서 그냥 탈고해도 된다. 기승전결 같은 것도 염두에 두지 마라. 이를 테면 기도 없고 결도 없다. 시는 어떤 절대적인 혹은 어떤 마음 상태와 같은 것 아닌가. 아니다, 그냥 쓰는 것.

존 케이지처럼 〈4분 33초〉 동안 오로지 침묵한 채 무대에 서 있다 내려와도 된다. 백남준처럼 남의 넥타이를 가위로 싹둑 잘라도 된다. 시가 좀 과해도 되고 좀 모자라도 된다. 시는 윤리나 도덕과 거리가 멀다.

고정관념이 되어 버린 기존의 가치 체제를 잠깐이라도 흔들어보려는 것이 예술의 영역 아닌가. 큰 장벽이 되어 버린 기존의 지배 체제에 바늘구멍이라도 뚫으려는 것이 예술의 칼끝 아니었던가. 그리고 또 쓸데없는 것.

105.

　시는 어느 편을 드는 것이 아니라 언제나 비판적 입장을 고수하는 것 아닌가. 맞다 틀리다 아니고 양비론도 아니고 중도도 아니다. 실제로 한 발짝도 내딛지 못하겠지만 정신적으론 때때로 차라리 극좌이거나 극우에 가까울 것이다. 시는 끝까지 가는 것, 시인도 끝까지 가는 것.

　그리고 또 이성적으로, 어떤 편을 떠나 어떤 편에 속하지 않고 고민하는 게, 끝까지 누구 편에 서지 않고, 편견을 하나하나 지우면서 생각하는 것이 시의 자리 아닐까. 아니다. 그냥 어떤 편견이 시라고 할까. 그게 맞다. 그 생각이든 저 생각이든 결국 다 편견 아닌가. 편견으로부터 자유로울 수 있을까. 현실 기피할까, 현실 도피할까.

　시가 자유로울 수 있을까. 시도 자유로워야 할까. 당분간 주방에도 가지 말고 안방에도 가지 말자. 거실에서 왔다 갔다 하자. 잠시 어떤 사적 논리로부터 어떤 객관적 논리로부터 벗어나자. 그냥 빈둥빈둥 하자. 시가 잠시 외출했다 생각하고 혼자서 놀자. 밀린 빨래도 하고 설거지도 하자. 노트북에서 잠시 벗어나자.

시가 어떤 편견으로부터 자유로워야 하나. 그럼에도 불구하고 시는 강한 것이 아니라 약한 것의 편이 아닌가. 시야말로 "우는 자들과 함께 울"(로마서)고, 우는 자 옆을 선뜻 떠나지 못하는 자 아닌가. 시는 또 무명가수 편이 아닌가. 시는 노회찬 의원이 외쳤던 '6411번 버스 승객'의 이웃이어야 하지 않은가. 이것도 편견인가. 저것도 편견인가. 그렇다면 시가 편견이라 해도 어떤 편에 설 수밖에 없다. 차라리 세상의 모든 약자들이여, 시 앞에 오라. 아니다, 시는 그대 곁에 있을 것이다. 그대 있는 곳에 시가 있을 것이다.

106.

시는 구체적이다. 시의 핵심은 구체적인 것이다. 묘사든 진술이든 발견이든 의미든 이미지든 구체적이어야 한다. 삶도 구체적이다. 구체적이지 않은 삶은 없다. 구체적일 때, 시든 삶이든 어떤 관념으로부터 벗어날 수 있는 계기가 된다. 가령, 자연도 매우 구체적이다. 그렇다고 시가 그 구체적인 자연의 일부를 그대로 옮겨놓은 것은 아니다. 구체적이라고 하여 비구상의 반대인 구상을 말하는 것도 아니다. 시를 죽여야 시를 쓸 수 있다.

107.

시인은 시인의 삶을 살고 있는가. 일상의 삶을 살고 있는가. 좀 전에 마트에 다녀온 것은 일상의 삶인가. 시인의 삶인가. 시인의 삶이 따로 있는가. 시인의 삶은 어떤 것인가. 다 그냥 일상의 삶인가. 시인의 삶은 일상의 삶과 다른가. 결국 시인의 삶도 일상의 삶과 같은 것인가. 일상의 삶도 평범하고 시인의 삶도 평범한 것 아닌가. 삶이 시가 아닌가. 시가 삶 아닌가. 시인도 마트에 가고 또 집에서 시를 쓴다. 시를 하루 종일 쓰진 않지만 하루 종일 시에 다 갖다 바칠 때가 많다. 그것도 시인의 일상적 삶이다. 가령, 하루 종일 커피 집에 갖다 바치는 바리스타의 일상과 무엇이 다르겠는가. 바리스타의 삶도 전력질주하고 있으며, 시인의 삶도 전력질주하고 있는 셈이다. 고단하면 다 고단한 것이고 낙이 있으면 다 낙이 있는 것이다. 다들 고락(苦樂)에 묻혀 사는 것이다. 다들 가슴 한쪽에 빈 구석 하나씩 두고 사는 것이다. 시인이란 무엇인가. 삶이란 무엇인가. 일상이란 무엇인가. 자꾸 되묻지 않을 수 없다. 시는 이렇게 되묻고 또 되묻는 것이다. 그는 대답을 않고 필자는 또 되묻기만 할 뿐이다. 오오 "불러도 주인 없는 이름이여!"(김소월)

108.

　시는 체험이 중요하다고 만나는 사람마다 이구동성이었다. 어느덧 시를 위한 시가 아니라 체험을 위한 시가 눈에 띌 때도 있다. 돌아보면 체험이 시보다 한 발짝 먼저 뛰어다녔다. 시를 쓰기 위한 시가 체험을 쓰기 위한 시가 되었다. 체험이 없는 시, 체험을 무력화시킨 시, 개인의 체험을 다 버린 시를 읽/쓰고 싶을 때가 있다.

　시는 체험도 중요하지만 상상력도 중요하다. 그러나 시는 상상력만으론 도달할 수 없다. 상상력보다 더 중요한 것은 감수성일 것이다. 체험이나 상상력은 어디서 빌려 올 수도 있고 발 벗고 나서면 구할 수도 있겠지만 감수성은 시인의 마음속에 있어 함부로 꺼낼 수 있는 게 아니다. 그러나 시는 또 감수성만으로 되는 것도 아니다.

　시가 체험이나 상상력이나 감수성을 갖췄다 해도 그 모든 것을 또 뛰어넘어야 한다. 시가 또 철학이니 사상이니 세계관이니 이념이니 어떤 현란한 수사나 서정을 주렁주렁 매달고 있다 해도 그것은 빛나는 훈장이 아니다. 시의 위상은 그런 것만으로 가늠할 수 있는 게 아니다.

기업에서도 필기시험만으로 인재를 뽑지 않듯이 그 무엇을 더 알고 싶다는 것 아닌가. 아무리 체계적으로 항목별로 준비했다 해도 정량 평가할 수 있는 게 아니다. 필기시험이든 정량 평가든 그런 것보다 뭔가 다른 것을 보고 싶을 것이다. 여기서 할 말은 아니겠지만 선진국에선 인재를 뽑을 때 필기시험 같은 것 없다고 한다. 오로지 인터뷰하고 또 인터뷰 한다고 들었다.

109.

팩트, 팩트 하면서 팩트 체크까지 한다는데 시에서 할 일은 아닌 것 같다. 시는 어떤 사실을 옮겨놓은 것도 아니고 더구나 팩트를 체크할 일도 아니다. 시는 팩트도 아니고 팩트 체크도 아니다. 시는 차라리 또 허무맹랑하다. 터무니없고 거짓되고 거기다 실속까지 없을 때, 시가 존재한다. 시는 어떤 보상도 없다. 다만 여기서 개인적으로 거짓은 진실의 반대가 아니라 어떤 사실의 반대로 보자. 그렇다면 시는 어떤 근거나 이유를 따지고 사실을 찾아다니고 실속을 챙기는 게 아니다. 시는 팩트가 아니라 삶의 진실을 찾아 떠도는 것이다. 시는 어떤 사실에 좌우되는 것이 아니라 어떤 진실에 좌우되는 것이다.

110.

시의 길은 알 수 없다. 시도 알 수 없고 시적 자아도 알 수 없고 독자도 알 수 없다. 길을 미리 정해놓고 갈 수도 있지만 가다 보면 옆길로 샐 때가 많다. 네비 따라 갈 때도 있겠지만 시는 네비를 따라가지 않는다. 그냥 한 행 다음에, 또 한 행을 따라가는 것이다. 시적 자아를 시인이 마음대로 움직인다면 착각이다. 시인이 오히려 시적 자아를 따라가야 할 것이다. 시인은 결코 시의 운전자도 아니고 네비도 아니다. 시인은 고작 제일 뒷자리에 앉아서 졸고 있는 승객의 형국이다. 시인은 자기 시에서 무위도식하는 게 맞다. 밥 주면 먹고, 없으면 굶는 것이다. 시가 바다로 가는지 산으로 가는지 모르고 또 몰라도 된다. 떠도는 구름을 붙잡고 길을 물어볼 수도 없다. 지나가는 바람을 붙잡고 갈 곳을 물어볼 수도 없다. 바람도 구름도 그냥 흘러가고 떠돌아다닐 뿐이다. 어쩌면 그들도 가는 곳을 모른다. 무의식적으로 대충 살아지는 것이다. 그들도 그들의 길을 모르고 시도 그의 길을 모른다. (이 산문집도 이 산문집이 가는 길을 모른다. 어디서, 어디서 잠들지 모르는 이 깊은 밤, 아아 저 '밤배'처럼 아주 작은 밤배처럼 '검은 빛 바다 위를' 가고 있다.)

111.

시의 시선은 어디를 향할까. 우선 우울하고 상처 받는 쪽 아닐까. 또 네거티브하고 불편하고 허공처럼 공허한 곳 아닐까. 이것저것 다 치우고 시가 향하는 곳은 손끝이 아닐까. 저 노트북 키보드 위에 있는 손끝이 아닐까. 결국 시가 향하는 곳은 시가 본 곳을 다 지우는 것 아닌가. 시가 꼭 시선에 닿은 것을 다 받아써야만 할까. 시선에 닿은 것보다 시선에 닿지도 않은 것을 쓰면 어떨까. 시가 좀 빗나가면 안 될까. 어긋나면 안 될까.

시는 시/인의 시선이 놓친 것을 대충 얼버무리는 것 아닌가. 시가 꼭 무엇을 보아야만 하는가. 안 본 것도 본 것처럼 대충 쓰고 시치미 떼야 하는 것 아닌가. 시의 시선이 너무 또렷한 것도 문제 아닌가. 시가 굳이 또렷해야 할까. 시도 멍 때리고 싶지 않을까. 앞뒤 없이 물멍. 불멍. 허멍. 돌멍, 허멍….

112.

시도 컬러풀하면 어떨까. 시가 레이저 빔까지는 아니더라도 좀 칙칙하고 어두컴컴한 데서 벗어나면 어떨까. 고색창연한 것이 아니라 컬러풀한 시는 어떨까. 흑백에서 좀 벗어나자. 제3의 길을 시에서 찾아보자. 남의 줄에 서지 말자. 남의 신경은 끄자. 곧 에이아이가 밀고 들어올 텐데 시도 비책이 있어야 할 것 같다. 그 녀석이 계간지든 뭐든 닥치는 대로 잡아먹으면 안 되는데 어떡하지. 시는 더 이상 갈 곳이 없을까. 물론 시는 축구나 농구처럼 단체 경기가 아니다. 페이스메이커가 있는 마라톤도 아니다. 시야말로 1인 경기, 1인 장르라고 할 수 있다. 그리고 시가 좀 섹시하면 어떨까. 그대는 그대의 시나 쳐다보아라. 네. 스마트한 시는 없을까. 러블리한 시는 없을까. 어둡다면 어두운 곳에서 살든가. 아니면 촛불을 들라. 홀로 또 촛불을 들라. 시야말로 1인을 위한 1인을 향한 1인 시위의 결정체라고 할 수 있지 않을까.

113.

시가 좀 엉뚱하면 어떨까. 어디 좀 어긋나고 비뚤어진 시가 없을까. 마트에서 파는 아주 공손하고 얌전한, 감자 같은 시 말고, 좀 막 돼먹은 돼지감자 같은 시가 없을까. 어느 해 창비에 발표되었던, 김수영의 **미발표 시**처럼 기성 시를 좀 들었다 놓을 만한 시는 없을까. 시한테 너무 많은 걸 요구하지 말자. 파이팅!

114.

시가 불투명하면 어떨까. 시적 자아도 주제도 소재도 불투명하면 어떨까. 시적 자아와 시인의 관계도 불투명했으면 좋겠다. 시가 때때로 불투명했으면 좋겠다. 시가 불분명하고 모호했으면 좋겠다. 그러나 시는 어떤 면에선 분명하고 또 투명하다. 한국 시를 지배한 또 다른 측면일 것이다. 시가 안개처럼 앞을 분간하기 어려우면 좋겠다. 시는 전망이 아니다. 오히려 시는 절망이다.

115.

시는 생방에 가깝다. 가까운 것도 아니고 그냥 생방이다. 틀려도 그만인 생방이다. 생이 생방인데 다들 녹화하고 미리 녹음하고 왜 그러는지 모르겠다. 그냥 생방가자. 시는 생방의 모델이다. 눈앞에 펼쳐놓은 게, 시일 것이고 눈앞에 펼쳐놓은 게, 생일 것이다. 긴장도 있고 설렘도 있고 떨림도 있고 어떤 황홀감도 있다. 근데 생방을 본방 사수할 독자는 얼마나 될까. 남의 시를 일일이 찾아보는 독자는 없을 것이다. 그러나 남의 시를 일일이 찾아보는 독자도 결국 시인일 수밖에 없다. 이젠 남의 시를 찾아 읽는 시인도 많지 않을 것이다. 본인이 먹을 음식을 본인이 직접 끓이는 심정이 곧 시가 될 것이다. 그런 상황이 또 실황일 것이다. 시는 또 실황일 것이다. 여담이지만 외식문화가 발달한 사회경제적 배경도 있을 것이다. 또 문화적 심리적 배경도 있을 것이다. 아침엔 찐 달걀 두 개, 사과 반쪽, 우유 한 잔이면 족하다.

116.

지하철을 타면 조용한 승객이 된다. 마치 지정된 좌석에 앉은 고양이처럼 얌전한 고객이 된다. 시인도 아니고 직장인도 아니고 남자도 아니고 여자도 아닌 듯, 조용히 입 꼭 다물고 간다. 최대한 몸을 움직이지 않고 숨죽이며 간다. 때론 팔짱을 낀 채 팔짱을 풀지도 못한 채 간다. 단, 몇 정거 지나면 내리겠지만 사는 것도 이런 게 아닌가 싶다. 생각도 많고 잡생각도 많다. 섬에서 또 섬이 되기도 하고, 경로석에선 나름 경로가 되기도 한다. 7호선 지하철 타고 가면서 생각한다. 하루에도 몇 번씩 자기를 속이기도 하지만 하루에도 몇 번씩 또 속아주기도 한다. 또 하루에도 몇 번씩 속지 않으려고 이 산문집에 매달릴 때도 있다. 밤이 되면 속지 않으려고 천변을 헤매기도 한다. 오죽하면 손자병법에도 "병자, 궤도야(兵者, 詭道也)"라 하여 전쟁도 적을 속이는 것이라고 했겠는가. 그래도 시는 남부터 속이는 것이 아니라 본인부터 속고 속이는 것이리라. 적군도 속이고 아군도 속이고 귀신도 속이고 결국 천하를 속이는 것 아닌가.

117.

「타는 목마름으로」하면 김지하의 시선집이 먼저 떠오르겠지만, 그보다 더 많은 것이 떠오른다. 아마도 그해엔 온 천하가 타는 목마름이었을 것이다. 실제로 그해 남녘의 봄은 끝없는 가뭄이었다. 인터넷도 없었는데 어디선가 들려온 출간 소식을 듣고 시집을 빨리 손에 넣으려고 서점을 향해 거의 쉬지 않고 달려갔다. 타는 목마름으로! 그후 한동안 하숙집 머리맡에는 그가 있었다. 그가 있어 외롭진 않았다. 1982년 6월 초였을 것이다. 그해 12월 모 신문사 신춘문예에 응모하던 모습도 떠오른다. 낙선하던 뒷모습도 떠오른다. 또 그 부분만 잘 오려서 갖고 다니던 신문사 신춘문예 사고(社告)도, 안개의 도시도, 첫사랑 같던 첫 직장도, 낙동강 오리알도, 시인의 육필로 도배한 시집 표지도, 창비시선 33번도, 학교 숙직실도, 텅 빈 운동장도, 토요일 오후 학교 매점 앞 평상도, 그 다음 해 2월 숙직실에서 학교 아저씨들이 급하게 차려주었던 송별회 술상도… 한꺼번에 물밀 듯이 달려온다. 시야말로 또 타는 목마름 아닌가. 돌아보면 목이 탔지만 아마도 가슴이 다 탔을 것이다. 낮에는 지하를 읽고 밤에는 종삼을 읽던 시절도 있었다. 지하실이라는 필명을 딱 한 번 사용한 적도 있었다. 1980년 5월엔 〈김지하의 문학 세계〉 특강 두어 시간 전에 피치 못할 사정이 생겨서 일방적으로 파기한 적도 있었다. 김지하 얘기만 해도 하룻밤을 지새울 것만 같다. 김지하 생전 실물 영접은 딱 두 번 있었다. 한 번은 창비 문학상 시상식 뒤풀이 호프집의 같은 테이블에 앉아 몇 마디 잠깐 나눈 적 있고, 한 번은 안동 이육사 문학관 앞에서도 한 마디 나눈 적이 있었다. 생생한 추억을 기념하고자 김지하 자리를 마련한다. 그날 밤처럼 숨죽이며 혼자서 음독하자.

"신새벽 뒷골목에/ 네 이름을 쓴다, 민주주의여/ 내 머리는 너를 잊은 오래/ 내 발길은 너를 잊은 지 너무도 너무도 오래/ 오직 한 가닥 있어/ 타는 가슴속 목마름의 기억이/ 네 이름을 남몰래 쓴다. 민주주의여// (…중략…) // 떨리는 손 떨리는 가슴/ 떨리는 치떨리는 노여움으로 나무판자에/ 백묵으로 서툰 솜씨로/ 쓴다.// 숨죽여 흐느끼며/ 네 이름을 남몰래 쓴다/ 타는 목마름으로/ 타는 목마름으로/ 민주주의여 만세"(「타는 목마름으로」 부분)

118.

　정치는 생물이라 하던데 잠시 한 음절 쉬었다 말하면, 시도 생물이다. 어제의 시는 오늘의 시가 아니고 어제의 시인도 오늘의 시인이 아니다. 시는 지금 오직 여기 있을 뿐이다. 가끔 이 라디오 소리가 시일 것이고 이 키보드 소리가 시일 것이고 잠자코 있는 휴대폰이 시일 것이다. 버스에 오르기 전, 연인과 작별의 키스를 나누는 우크라이나 젊은 남녀가 시일 것이고 리어카 밀고 가는 창밖의 노인이 시일 것이다. 그러나 우크라이나 여자는 떠나고 남자는 남았다. 어떤 불가피한 순간이 있었을 것이다. 다 한 많은 생을 살아가고 있다.

119.

　힘을 빼자. 어깨의 힘도 빼고 얼굴의 힘도 빼고 이마와 턱과 입술의 힘도 빼고 시의 힘도 빼자. 시의 힘이 있었나. 시도 힘이라는 게 있었나. 그렇다면 시의 힘도 빼자. 세월의 힘도 빼고 돈의 힘도 빼자. 이왕 뺄 때 권력의 힘도 빼자. 정치권의 힘도 빼고 자본의 힘도 빼고 교육의 힘도 빼자. 무엇보다 제 낯짝의 힘부터 빼자. 오늘 당장 힘을 빼자. 힘주어 말할 것도 없고 힘주어 할 말도 아니다. 힘주는 일도 없고 힘 줄 일도 없다. 이상하다. 근데 오히려 시의 힘이 느껴진다. 시는 힘을 뺄수록 힘이 생기고 힘을 쓸수록 힘이 빠지는 것인가. 말이 안 되는 것 같다. 말이 안 되는 말인데 말이 된다. 말이 좀 안 될 때 말도 힘이 생기는 것 같다. 그래도 힘 빠지는 말도 하자. 얼굴에 메이크업 하듯 말에도 메이크업 하자. 시도 엷은 화장 하자. 다만, 얼굴에 힘 빼고 살자. 시도 힘 빼고 쓰자. 힘없는 시의 쓸쓸함이 떠오른다. 쓸쓸함도 힘이 되면 힘을 빼자. 이것저것 힘이 되는 것 갖다 버리자. 미니멀리즘으로 가자. 절반은 비워놓고 살자. 이 산문집도 절반은 비워놓고 절반만 쓰자. 그 절반도 빼고 가자.

120.

많은 시는 관념이다. 관념을 관념으로 치장하기도 하고 관념을 보기 좋게 어떤 사물로 뒤집어씌우기도 한다. 관념을 또 멋있는 말로 둔갑시키기도 한다. 그 관념이 때로는 무겁기도 하고 무섭기도 하다. 관념이라는 것도 시도 때도 없이 나타나서 상징이 되기도 하고 때로는 어떤 모자나 외투가 되기도 한다. 때로는 어느 여자가 되고 어느 남자가 되기도 한다. 관념도 고정적이지 않다. 고정적인 관념은 관념이 아니다. 관념도 돌아다녀야 하고 가끔은 밖에서 떠돌 때가 있다. 관념은 누님이 되기도 하고 멀리 있는 라이너 마리아 릴케가 되기도 한다. 관념은 스스로 허무가 되거나 낭만이 되어 저 혼자 외로워 할 때도 있다. 그런 것도 관념이 갖고 있는 사치 중의 하나라고 생각한다. 관념은 가끔 만날 때마다 느끼는 느낌이지만 때로는 귀족 부인과도 같다. 관념은 그러나 달관하지 않는다. 관념도 뭘 피해야 하는지 알고 있다. 관념이 눈이라도 감아주거나 자리를 비켜주면 술잔과 볼펜이 친구가 되어 또 다른 물건을 만들어내기도 한다. 그 물건을 국화라고도 하고 백일홍이라고도 한다. 또는 이미지라고 은유라고 환유라고도 일컫는다.

121.

봄비 특집이다. 산책하려고 준비했다가 봄비 때문에 발이 묶였다. 발은 묶였지만 귀는 열렸다. 장사익 특집이 봄비처럼 쏟아졌다(KBS2 '불후의 명곡', 2022. 2. 26). 봄비가 내렸고 봄비가 또 촉촉하게 마음을 적셔주었다. 봄비가 저렇게 쏟아질 때도 있다. 아파트 전체를 울리는 것 같다. 봄비에 속옷까지 흠뻑 젖었다. 빗속을 까닭 없이 헤매던 청춘도 있었을 것이다. 그때 봄비는 뜨거운 피와 같았을 것이다. 시가 또 봄비였다가 청춘의 피였다가 그랬을 것이다. 최백호와 장사익의 듀엣 무대 〈봄날은 간다〉도 역대급 봄날이었다. 간만에 유튜브에서 김추자 〈봄비〉도 내려 받았다. 봄비에 젖었다. 박인수의 〈봄비〉도 내려 받았다. 봄비에 젖었다. 알리의 〈봄비〉도 내려 받았다. 매우 낯설었지만 이정화의 〈봄비〉도 내려 받았다. 봄비에 젖었다. 신중현의 〈봄비〉도 내려 받았다. 봄비에 젖고 말았다. 이 산문집 위에도 봄비가 내린다. 봄비에 젖는다. 봄비가 끝이 없다. (이정화 세 번, 신중현 세 번 연거푸 들었다.) 봄비 천국이다. 시가 도저히 도달할 수 없는 것도 있다. 시가 할 수 없는 게 많다. (봄비 때문인지 필자의 여덟 번째 정규 앨범 중 〈봄비〉를 급하게 게재했다가 급히 내려버렸다. 아무데서나 제 얼굴 불쑥 들이대는 것은 좀 그렇다. 자작극에 빠지면 곤란하다.) 신중현의 〈봄비〉를 신중현 버전으로 불러보자. 가급적 좀 더 처연하게 불러보면 어떨까.

"이슬비 내리는 길을 걸으면/ 봄비에 젖어서 길을 걸으면/ 나 혼자 쓸쓸히 빗방울 소리에/ 마음을 달래도/ 외로운 가슴을 달랠 길 없네/ 한없이 적시는 내 눈 위에는/ 빗방울 떨어져 눈물이 되었나/ 한없이 흐르네"(〈봄비〉 부분)

122.

시가 경이적이어야 할까. 시는 경이로움을 제시해야 하는 걸까. 그럼, 무엇에 놀라야 하는 걸까. 시는 또 무엇과 다르다는 걸까. 삶도 경이로워야 하나. 언어도 경이로워야 하나. 형식도 경이로워야 하나. 그리고 또 독자적이어야 하나. 그러나 너무 형식에 매달리지 말자. 깜짝 놀랄 만한 또 고래만 한 시가 있을까. 고래만 한 시는 더 이상 나타나지 않는다. 고래도 괴물도 더 이상 나타나지 않는다. 큰 손들이 떠났다는 걸까. 더 이상의 빅 텐트는 없다는 걸까. 시와 삶의 장벽이 다 무너진 마당에 무슨 경이가 더 존재할까. 시의 존재는 지금 여기 있는 곳에서 그나마 경이로운 것 아닐까. 시가 여기 있는데 무슨 시가 더 있다는 걸까. 어떤 리액션이 필요할까. 시가 빛나는 기교로써 경이에 도달하지 않듯이, 경이도 기교나 수사도 시에 도달하지 않을 것이다. 이제 남은 것은 경이가 아니라 어떤 존재일 것이다. 그것은 곧 불완전한 존재의 진실 같은 것 아닐까. 그것은 또 좀 어렵겠지만 사랑에 관한 것 아닐까. 그것도 아주 불완전한 사랑 같은 것 아닐까. 그리고 또 물처럼 물같이 흘러가는 거 아닐까. 그대의 삶이 곧 그대의 시일 것이다.

123.

딱히 시를 읽는 방법이 있을까. 시는 조용히 읽는 것 아닐까. 시를 쓰는 것도 조용히 쓰는 것 아닐까. 다 내려놓고 아주 조용히 읽고 조용히 쓰고 조용히 말하고 조용히 듣고 조용히 내려놓는 것 아닐까.

시는 함성이 아니고 고함소리도 아니다. 시는 고래고래 소리 지르고 울부짖는 게 아니다. 울부짖는 시가 있었다면 울부짖어야 하는 그럴 만한 시대가 있었을 것이다. 돌아보면 울부짖어야 하고 울부짖었던 시대가 있었다. 울부짖었던 시대에는 울부짖어야 하는 시가 있었고 울부짖어야 하는 시가 또 있을 수밖에 없었다. 먼 나라 남의 얘기가 아니다. 그러나 돌아보지 마라. 돌아볼 수 있는 과거란 어디에도 없다.

그러나 지금도 어쩌면 울부짖어야 하는 시대일 것이다. 시가 더 울부짖어야 하는 이유는 많다. 그러나 지금은 울부짖는다고 돌아보지도 않는다. 울부짖어야 하는 시대라 해도 울부짖는 방법은 그보다 조용히 시를 읽고 조용히 시를 쓰고, 시보다 먼저 조용히 돌아서는 것이다.

124.

시는 돈이 되지 못한다. 돈이 되지 못할 뿐만 아니라 시에다 용돈을 좀 찔러두어야 한다. 술도 마셔야 하고 밥도 먹어야 한다. 그래도 여전히 시는 돈이 되지 못한다. 돈이 되지도 않고 돈 먹는 것이 시라고 할 수 있다. 돈만 떼먹고 달아나는 시를 또 얼마나 쳐다보았던가. 술만 실컷 얻어먹고 꽁지가 빠지게 도망간 시는 또 얼마나 많았던가. (시인만 모르고 사는 것 같다.) 그러나 시는 돈을 먹지도 않고 술을 얻어먹지도 않는다. 시는 그런 것을 다 모아놓고 높이 쌓아도 시 한 줄 주지 않는다. 시 한 줄 누가 주는 것인가. 신을 믿어야 하는가. 하늘을 믿어야 하는가. 악마의 손을 잡아야 하는가.

"신들은 은혜스럽게도 시의 첫 줄을 우리에게 베풀어준다. 그러나 둘째 줄은 우리 자신이 마련해야 한다. 이 둘째 줄은 첫 줄과 조화를 이루어야 하며 하늘이 준 첫 줄에 떨어져서는 안 된다고 영감론자와는 거리가 먼 주지적인 시인 폴 발레리의 말이다."(유종호, 『문학이란 무엇인가』, 160쪽)

125.

시적 세계라는 것이 따로 있는가. 없다. 있다. 가령, 시인이 경험한 세계를 시적 세계라고 하지 않듯이, 시인의 감정을 단지 시적 세계라고 하지 않듯이, 그렇다고 시인의 내면세계를 또 시적 세계라고 하지 않을 것이다. 시적 세계란 도대체 무엇이란 말인가. 시적 세계는 차라리 언어의 내적 세계라고 할 수 있지 않을까. 시적 세계는 차라리 시의 내적 세계라고 할 수 있지 않을까. 시적 세계는 차라리 시가 스스로 시 안에서 구축하고 창조하고 부딪치면서 만들어내는 것 아닐까. 말하자면 시 안에서의 그런 과정과 역정과 도정 아닐까. 이 모든 걸 차라리 시의 행로라거나 행적이라고 부르자. 또는 시적 세계를 그냥 시의 내적 관계라고 부르면 어떨까. 아니면 모든 세계는 다 내적 세계를 뜻하는 거 아닐까.

126.

시는 어떤 경우라 해도 현실 그 자체는 아니다. 한마디더 하면 시가 의미를 다 벗어던지고 기표만 남았다 해도 그것은 말로 쓰여진 이상 최소한의 어떤 의미마저 벗어던질 수는 없다. 다 뿌리칠 수도 없고 다 뿌리칠 수 있는 것도 아니다. 화폭에 덩그렇게 남아 있는 사과 한 알도 어떤 의미를 지니고 있을 것이다. 현실도 아니고 기표도 아니겠지만 최소한 어떤 의미를 갖추고 있다고 해야 하지 않을까. 기름기 다 빼고 가자. 원픽.

시가 현실은 아니더라도 당대 현안 문제조차 외면하자는 것은 아니다. 그것을 정치적이다 사회적이다 도덕적이다 주관적이다 해도 시의 많은 여정 중 하나일 것이다. 시가 어떤 강령이나 당론을 따르는 장르가 아닌 바, 시의 길을 너무 좁은 눈으로 보지 말자. 색안경 쓰고 보지도 말자. 시에서도 보는 눈이 중요하고 듣는 귀가 중요하다. 시도 눈이 있고 귀가 있다. 시도 유기체처럼 숨을 쉰다. 시의 호흡도 느껴보자. 한국 시를 번역하면 무엇이 남고 무엇이 사라질까. 시도 콩밭에 있을 때가 있다.

127.

시도 시 안에서 어쨌든 한 방이 필요하다. 단 한 줄의 일상을 옮겨놓았다 해도 한 방은 쥐고 있어야 한다. 어떤 인식의 결과라든가 어떤 경험이라든가 또 주먹만 한 빈손이라든가 삶의 변주곡이라 해도 한 방은 있어야 한다. (그러나 또 한 방이 없어도 시가 된다.)

시한테는 편곡이란 것도 있다. 보편성이라는 것도 있다. 섬세함이라는 것도 있다. 안타까움이라는 것도 있다. 실험성이라는 것도 있다. 강한 슬픔이란 것도 있다. 물론 처연한 아름다움이라는 것도 있다. 분위기라는 것도 있다. 강렬한 메시지라는 것도 있다. 텅 빈, 빈집 같은 것도 있다. 뻥 뚫린 허공 같은 것도 있다. 헛걸음 같은 것도 있다. 외로움 같은 것도 있다. 아예 바탕이나 근본이 없는 것도 있다. 부질없는 것도 있다. 안목이라는 것도 있다. (강릉에 가서, 안목에서 한잔 할까.)

뾰족한 칼끝 같은 것도 있다. 시니컬한 것도 있다. 넋 놓은 것도 있다. 판타지 같은 것도 있다. 빈센트 반 고흐 같은 것도 있고 이중섭 같은 것도 있다. 물거품 같은 것도 뱃고동 같은 것도 있고 봄 아지랑이 같은 것도 있다. 결핍 같은 것도 있고 슬픔 같은 것도 있다. 존재론적인 것도 있고 당위론적인 것도 있다. 자부심도 있고 자괴감도 있다. 분노도 있고 연민도 있고 때로는 연대도 있다. 또 악마와 같은 것도 있고 천사와 같은 것도 있다. 역사도 있고 역사의식이라는 것도 있다. 정치도 있고 정치의식이라는 것도 있다.

128.

시도 가고 싶은 곳이 있을 것이다. 김시습이 머물던 부여 무량사? 아님 외옹치? 시도 앞에 나서서 좀 하고 싶은 말이 있을 것이다. 중고교 문학교육과 오지 선다형 시험? 시가 굳이 나서서 하지 않아도 될 말이 있을 것이다. 뒤에서 시인 씹을 때? 시도 힘든 일이 있을 것이다. 자비출판? 모든 시는 다 자기 시대를 갖고 있을 것이다.

129.

시도 어떤 억압으로부터 벗어나야 한다. 그런 억압을 받거나 그런 억압의 눈치를 보면 곤란하다. 그러나 이미 그런 눈치 따위 챙기지 않는 시가 도래했다. 그들은 어떤 것으로부터 받은 부채 의식이란 것도 없다. 그들은 그들의 상처만 탑처럼 쌓아올리면 된다. 시가 마음껏 자유로울 수 있는 좋은 계기가 되었다. 누구도 어디서든 시를 억압하거나 압박하지 마라. 어떤 진영이든 그 진영 논리를 진영 밖으로 끌어다 내놓지 마라. 이런 기회에 말한다면 시에 대해 무제한 언론 자유도 보장해야 한다. 시에 대해 어떤 간섭도 하지 마라. 한 발 더 나가면 코미디 소재나 예능 프로그램도 간섭하지 마라. K-팝이나 K-무비를 보면 세계가 보인다. 눈을 돌려 한국 시를 보면 한국 시가 무엇인지 보인다. 뭔가 또 생각하게 한다. 한국 시의 국제화도 고민해야 할 때가 되었다. 한국 사회에서 아직도 국제화하지 못한 장르가 무엇인지 한 번 훑어보라. 이를 테면, 한국 교육, 한국 정치….

130.

시가 삶의 태도나 의미나 더 나아가 인간의 정신이나 감정을 환기하고 고양하고 강조하고 더 나아가 개선하고 개진하고 변하게 할 수 있을까. 종교도 해내기 어렵고 교육도 해내기 어렵고 현자도 해내기 어렵고 어떤 시스템도 해내기 어려운 일을, 시가 할 수 있을까. 어불성설이다. 자가당착이다. 한 마디로 깨몽이다. 깨몽. 깨몽. 깨몽. 그런데 그렇게 아무것도 할 수 없고 아무것도 아닐 때, 시가 뭔가 할 수 있을 것만 같다.

시도 시적 자아도 남의 길을 가지 말고 제 길을 간다. 주체적으로 가자. 독립적으로 가자. 시가 할 수 있는 일은 뭘까. 없다. 시는 시 같은 것밖에 할 수 없다. 시 같은 것. 시 같은 것. 시 같은 것. 시 이외 조금이라도 오버하지 말자. 시적 자아가 할 말이 없을 때까지 가자.

북미 인디언 체로키 족은 2월을 '홀로 걷는 달'이라고 했다. 마치 시 한 줄이 홀로 걷는 것 같다. 홀로 걷는 자는 곧 시와 같다. 마음이 아픈 자는 곧 시와 같다. 아픈 마음이 곧 시와 같은 마음이다. 마음이 아픈 자는 홀로 걷는다. 시는 홀로 걷는 자와 함께 걸으리라. 2월 마지막 날 밤, 저기 혼자 걷는 자가 있었다.

131.

좀 뚱딴지같지만 괜찮은 신작 시집 나오면 여기저기서 초판 1천 권 정도 팔렸으면 좋겠다. 특히 무엇보다 젊은 시인들의 시집은 그런 호응이 있었으면 좋겠다. 개인적인 생각이다. (오프 더 레코딩이다.) 시집이 나오면 고작 두어 주 흘러가면 잊혀진다. 지금 추세라면 2박 3일이 지나면 셔터 문 내려야 할지도 모른다. 눈을 돌리면 시집보다 훨씬 더 당기는 게 많다. 또 종이 인쇄의 급감은 예고되었고 이미 시작되었다. 시의 시대는 돌아오지 않을 것이다. 시의 독자도 돌아오지 않을 것이다. 그런 일도 다 그렇게 되고 말았다. 그래도 시는 씌여지고 시집은 멈추지 않고 출간될 것이다. 시집 출판도 어떤 메커니즘이 있기 때문에 그 일도 좀처럼 멈추지 않을 것이다.

또 좀 뚱딴지같은 생각이지만 괜찮은 신작 시집이라 해도 초판 오백 권만 찍으면 어떨까. 과거 어느 시절에도 그랬다고 하지 않던가. 아예 초판 오백 권만 찍고 절판하면 어떨까. 말이 안 되는 것인가. 세상물정 모르는 짓인가. 또 종이 인쇄 매체가 싫다면 아예 처음부터 e-북으로 제작하고 온라인으로 판매하면 어떨까. 또 무슨 소리냐고 할까. 집어치워라 할까.

132.

시인을 잠수함에 승선한 **토끼**에 비유한 루마니아 작가 게오르규가 있었다. 잠수함에 산소가 부족하면 그 어린 토끼가 먼저 알아챈다는 것이다. 잠수함에 승선한 승조원들이 위험해지기 전에 토끼가 먼저 알아낸다는 것이다. 승조원들이 지속적으로 토끼를 눈여겨보았을 것이다. 그럴 때 토끼는 시인이 되는 것이다. 또 시인을 어두운 시대의 피뢰침이라든가 풍향계라고도 했다. 솔직히 말해 그런 것도 같고 그렇지 않은 것도 같다. 개인적으론 그렇지 않은 것에 한 표 찍고 싶다. 또 곡비(哭婢)라고도 한다. 곡비는 조선시대 때 초상집에 가서 곡하는 알바생이었다. 조선시대는 아니지만 근래 그런 시절이 있었다고 생각한다. 요즘엔 그만한 알바 자리도 어려울 것이다. 시인을 바다제비라고도 한다. 멀리서 태풍이 오기 전에 바다제비가 먼저 알아챈다는 것이다. 바다제비가 무슨 능력으로 그렇게 하는지 모르겠지만 시인을 바다제비라 하기엔 좀 어렵지 않을까. 개인적인 생각이다.

알다시피 시인은 뛰어난 능력을 갖고 있지 않다. 통찰력도 감수성도 무뎌졌다. 지성도 감성도 늙었다. 그리고 그런 것보다 제 서러움과 슬픔과 분노와 허망함만 해도, 또 제 글 쓰는 일만 해도 벅차고 힘겨울 뿐이다. 무슨 훈장도 아니고 위와 같이 무슨 수식어나 무슨 비유도 가당치 않다. 그냥 내버려두길 바랄 뿐이다. 시인도 그저 평범한 직업군이 되었다. 대가도 없고 신예도 없는 것 같다.

그밖에 여기저기서 들리는 바에 의하면, 무작위로 일별하자면 무당, 주정뱅이, 가난뱅이, 몽상가, 부적응자, 아웃사이더, 패자, 소시민, 무(無)시민주의자, 헛바람, 헛꿈, 헛수고, 헛걸음, 쪼다, 설렘, 아나키스트, 문제 제기 혹은 의문 제기, 견자, 단독자, 말놀이꾼, 시치미 떼는 것, 의기소침, 존재론, 리얼리스트, 외톨이, 센티멘털리스트, 반(反)일상적 사유, 번외, 냉탕과 온탕 번갈아 다니는 자, 무신론자, 반항자, 무(無)자 화두, 무(無)태평 혹은 천하태평, 평

범한 자유인, 무자격자, 낮술, 소식주의자, 바람들이, 허무
주의자, 비현실적 세계관, 냉소, 부도덕, 극단주의, 약자와
의 동행, 별거, 소울 메이트, 도덕주의자, 상경파, 독거노인,
살림남, 명퇴, 우물쭈물, 혼삶, 예민한 자, 무(無)의미, 무목
적, 무명작가, 문학 근본주의자, 이기주의자, 홀로 걷는 자,
비관주의, 순정파, 솔로, 대리기사, 낙향, 독방, 변방의 거주
자, 언어 예술가, 무당파, 불가능한 것에 대한 사유, 자문
자답, 경험론, 상상력, 인식론, 픽션과 논픽션의 세계, 멜랑
콜리아, 아웃사이더, 한여름 밤의 꿈, 통찰력과 감수성의
미학, 래디컬, 보헤미안, 속지 않은 자, 소박한 인문주의자,
날것, 편견, 반(反)이데올로기, 무소속, 대역, 참을 수 없는
것, ….

133.

시가 굳이 절박하거나 절실해야만 할까. 너무 절실하거
나 절박해도 식상할 것 같다. 한 발짝 떨어져 있는 게 훨
씬 더 좋을 때가 있다. 절실하다고 절실한 것도 아니고 절
박하다고 절박한 것도 아니다. 넥타이를 너무 바짝 조이
지 말자. 운동화 끈도 바짝 조이지 말자. 허리띠도 이젠
너무 조이지 말자. 넥타이도 좀 풀어놓고 살자. 운동화 끈
도 좀 풀어놓고 살자. 특히 허리띠는 좀 풀어놓고 살자. 그

만큼 조였으면 이젠 풀 때도 되었다. 뭐든 좀 풀어놓고 살아도 된다. 그럴 때가 되었다. 다 풀어놓아도 된다. 그렇게 해도 괜찮다. (참고로 2022년 국가 총지출 본예산 약 638조 원임. 정부 전체 부처 중 보건복지부 예산이 최대 규모로 17% 약 109조 1830억 원임.)

134.

시를 두고 절대적이다, 상대적이다 그렇게 말할 일도 아니다. 시는 절대적일 것도 없고 상대적일 것도 없다. 지금은 과거의 어느 시대가 아니다. 상대적인 시대도 아니고 절대적이었던 중세의 어느 날 오후도 아니다. 이젠 그 무엇도 아니다. 차라리 아주 빠르게 너무 빠르게, 개인적인 너무나 개인적인 시대가 되었다. 절대적이고 상대적이고 뭐 그런 것이 아니라 아주, 아주 개인적인 시대가 되었다. 산업화다 민주화다 그렇게 말하던 세대가 아니라 그냥 새로운 세대가 되었다. 성윤석 시의 첫 마디처럼 '만인에 의한' 그리고 드디어 '만인의' 세상이 되었다. 그 만인은 곧 만인에 의한 개인이 되었을 것이다. 그의 시를 조금 무겁게 천천히 읽어보자.

"만인에 의한 만인의 만인*이 흩어졌다 다시 모이고/ 만인의 펜과 만인의 마이크를 쥐고 만인을 향해 소리/ 지른다 만인이 만인의 멱살을 쥐고 만인이 만인을/ 비웃으며 만 잔의 술을 비운다 이럴 때 만인은 각자의/ 만인 각자의 만인끼리 사랑하고 헤어지고 비난하며/ 뛰어 다닌다 나는 개인이라서 만인을 경멸하자는 게/ 아니다"(「검은 개인 1」 부분)

*토마스 홉스(1588~1679)가 표현한 '만인에 대한 만인의 전쟁'에서 따옴.

135.

시의 세계는 경험적인 세계일까. 창의적인 세계일까. 시는 경험이든 창의든 결국 어떤 사색과 사유와 인식의 리포트일 것이다. 그렇다면 다시 그 모든 것의 출발은 또 체험일 것이다. 체험은 어디서 오는가. 체험은 온몸으로 밀고 나가는 것이다. 때로는 온몸으로 깨닫는 것이다. 체험은 온몸으로 받아들이는 것이다. 그리고 손끝으로 풀어내는 것이다. 그 모든 체험의 끝은 손끝이다. 온몸을 던진 경험이야말로 비로소 체험일 것이다.

136.

시는 무엇을 쓰는 것이지만 역시 어떻게 쓰는 것이 더 중요하다. 시는 어떤 정서나 감정을 표현하고 전달하는 것이지만 어떤 감정이나 정서의 자취를 감추기도 하고 심지어 전달하려는 의도를 철회하기도 한다. 다 줬다가 다 뺏을 때도 있고 다 줬다가 다 빼앗길 때도 있다. 시를 손에 꼬옥 움켜쥐는 것도 쉽지 않다. 어렵게 움켜쥐었던 시를 살짝 펴보면 아무것도 없을 때가 많다. 시가 손바닥에 밴 것인지 손바닥을 펼 때 시가 날아간 것인지 알 수 없다. 시가 시인의 손 안에 들 때도 있고 시가 시인의 손을 떠날 때도 있다. 시인의 손을 떠난 시들이 인터넷에 떠돌아다니고 있다는 것 아닌가. 아닌가.

137.

시가 어떤 사물을 형상화했다 해도 결국 어떤 관념, 즉 어떤 정신을 드러내고자 한다. 그러나 그것이 비관이든 낙관이든 그것은 결국 차후의 문제일 것이다. 그렇다고 관념이나 정신이 시의 표면에 그대로 노출되면 망한다. 시야말로 꼬리를 감추는 것이다. 시야말로 꼬리를 아예 자르는 것이다, 시야말로 시의 꼬리를 끝끝내 드러내지 않는다. 시야말로 꼬리가 없다. 시의 꼬리를 찾으려고 하지 마라. 시의 정신이나 관념은 시의 꼬리에 매달려 있다. 시는 몸통도 없고 꼬리도 없다. 거두절미할 뿐이다. 시는 그 무엇으로부터 이탈하고 일탈하는 것이다. 시는 얌전하게 모범적으로 살아가는 일상이 아니다. 시는 그 얌전하고 모범적으로 살아가는 일상을 뒤흔드는 일탈이며 이탈인 셈이다. 시는 헛바람 든 풍향계 바람자루 같을 것이다. 적절하지 않겠지만 일면 신용불량자를 닮았을 것이다. 탕감해줄 수 없는 부채 같은 것이다. 개뿔도 없으면서 개뿔도 모르면서 위풍당당한 자존심에 가까울 것이다. 그 자존심도 과연 헛헛한 헛바람일 것이다. 순결한 헛바람 같은 봄바람을 깊이 들이마신다. 한 컵 마시면 봄을 탈 것도 같다. 봄을 탄다 해도 시가 되는 것도 아니다. 시는 딱히 계절이 없다. 시도 알고 보면 청탁(淸濁) 불문이다. 시는 마침내 공허한 것이다. 이런 것도 시의 내밀한 정서이거나 감정일 것이다. 시도 집 나간 토끼 같을 때가 있다.

138.

시는 완성되지 않는다. 시나 인생은 완성되는 것이 아니다. 언제나 불완성일 뿐이다. 그냥 흐르는 물처럼 쭈욱 흘러갈 뿐이다. 절필하지 않는 한, 시는 미완성일 뿐이다. 아니다, 시인의 절필이야말로 적극적인 미완성의 극치일 것이다. 암튼 이 세상에 완성할 수 있는 시는 없다. 다만 미완성을 완성할 뿐이다. 오히려 시는 불완전함으로써 완전할 뿐이다. 김소월도 백석도 김수영 김종삼도 불완전하고 미완성일 뿐이다. 불완성일 뿐이다.

139.

시는 끊임없이 재평가되고 또 재해석될 것이다. 지금 평가되지 않은 시라고 해도 재평가될 수 있고 지금 해석되는 시라고 해도 재해석될 수 있다. 시중엔 생각보다 재평가하고 재해석되어야 할 시가 많다. 어떤 해석이 멈추었다고 하여 시가 멈춘 것은 아니기 때문이다. 시는 멈추지 않고 해석하고 또 평가될 것이다.

그러나 문학사가 사라진 이 시대에 그런 것을 어디서도 언급하지 않는다. 문학사가 사라졌다는 것은 그런 것이다. 문학사가 사라졌다는 것은 역사의 장이 사라졌다는 것이다. 이제 더 이상 문학의 역사는 없다. 문학의 역사를 기록할 수 있는, 예컨대 조선왕조실록이 없어졌다는 말이다. 문학사가 없는 시대에 문학이 할 수 있는 것은 무엇일까. 비유가 좀 불편하겠지만 문학사가 없는 시대는 결국애비 없는 시대 아닐까. 족보가 없다는데 무엇을 어디에 기록하겠다는 말일까. 문학이 난민이 되었고 시가 또 그렇게 되고 말았다. 어디서 또 무엇이 되어 굳이 다시 만날일도 없다. 선배도 없고 후배도 없고 동기생마저 없이 살아보자는 것이다. 찢어져.

140.

시가 애매하고 모호할 때가 많지만 **명료할** 때도 많다. 명료한 시를 만나면 공연히 기분이 좋아진다. 명료하다는 것은 분명하다는 것이다. 태도든 의사표시든 분명할 때가 좋다. 물론 태도든 의사표시를 분명하게 하지 못할 전후 사정도 많다. 시중엔 무를 썰 듯이 분명하고 명료하게 할 수 없는 일들이 더 많을 것이다. 그럼에도 불구하고 명료하게 해야 할 때가 많다. 좋은 시를 보면 명료하지 않은가. 물론 또 짧다고 명료한 것은 아니다. 단순하다고 명료한 것도 아니다. 그리고 명료한 것과 투명한 것은 지적일 것이다. 노자 『도덕경』은 애매모호한 것을 분명하게 또 명료하게 한 자 한 자 긋고 또 그었다는 것 아닌가. 긋.

제3부
시는 길도 아니고 빛도 아니다

141.

　시는 객관적일 수가 없다. 시가 객관적인 스탠스를 취했다 해도, 그 시는 객관적인 시가 아니다. 시에서 객관이라고 해도 그것마저 이미 시인의 주관적인 태도일 것이다. 시는 비(非)객관적이며 비(非)논리적이며 비(非)이성적이며 무(無)의미적이며 비(非)현실적이며 반(反)기득권적인 논리일 수밖에 없다.

　그렇다면 여기서 또 객관식 문제를 염두에 두고 시를 가르치고 배우는 것도 접어야 한다. 시를 객관식으로 출제하고 채점한다는 것도 빠른 시일 내에 접어야 한다. 이걸 잡지 못하면 시는 갈수록 피폐해질 것이다. 영국이나 프랑스나 독일이나 미국이나 그런 나라들의 문학시험 문제를 보라. 적어도 그들은 처음부터 문학에 관해선 오지 선다형 객관식 문제라는 게 없었다. 확인해 보라. 간혹 있을지 모르니까 말이다.

　시는 어느 객관식 문제의 정답처럼 씌여진 것이 아니다. 또한 시인은 그 객관식 문제의 정답처럼 시를 쓰진 않았을 것이다. 그 부분은 항상 어긋날 수밖에 없겠지만 적어도 시인은 그러한 정답을 염두에 두고 있진 않았을 것이다. 이것 비단 문학교육 문제에 한정된 것이 아니다. 그보다 훨씬 더 큰 문제일 것이다. 하루속히 문학은 객관식 문제도 없애고 궁극적으론 문학 시험 자체를 없애 버려야 문학이 살고 문학 교육이 살아날 수 있다. 문학을 객관식 문제의 사유의 틀에서 벗어나게 하자.

142.

시에서 어떤 의미를 드러낼 때가 있고 또 어떤 의미를 드러내지 않으려고 할 때도 있다. 그것은 시인의 마음이 아니라 시적 화자의 마음이다. 시적 화자의 마음은 그렇게 많은 의미를 갖고 있지 않다. 시도 그저 시가 되고 싶은 것이지 무슨 큰 의미가 되고 싶은 것은 아니다. 물론 큰 의미가 없다고 하여 그것이 곧 무의미를 의미하지 않는다. 아니다. 무의미를 의미할 때도 많다.

이제 곧 눈앞에 나타날 것 같은 많은 꽃들도 그저 꽃이 되고 싶은 것이지 무슨 큰 의미가 되고 싶지 않을 것이다. 꽃을 보면 시를 볼 수 있다. 시를 보면 사람을 볼 수 있다. 사람을 보면 세상을 볼 수 있다. 세상을 보면 시를 볼 수 있다. 인연 따라 왔다 인연 따라 가는 것인가.

143.

시는 자유를 허용하고 또 편견을 허용한다. 시는 빵이나 커피보다 자유와 편견을 먹고 사는 것이다. 자유와 편견을 허용해야 시가 살아 움직인다. 시가 살아서 움직이지 않는다면 산소가 부족한 것이 아니라 자유와 편견이 부족하기 때문이다. 그렇지 아니하던가.

앞에서도 언급한 바, 시는 그 어떤 것으로부터 벗어나는 것이다. 시는 그 자유와 편견을 벗어나는 지점에 존재한다. 시를 만나는 장소가 자꾸만 바뀔 것이다. 그것은 시가 변덕이 심해서 아니라 시적 화자의 심경이 변하기 때문이다. 시인은 약속을 하지 않는다. 용서하라. 차라리 용서도 하지 말고 약속도 하지 마라. 시인은 몰라도 시를 나쁜 놈 취급하지 마라. 세상에 나쁜 시는 없다.

144.

시는 물론 자유와 편견만으로 이루어지지 않는다. 자유와 편견 따위를 의식하지 않는 시도 많다. 뻔한 말이지만 편견과 자유만으론 시가 손에 잡히지 않는다. 지나친 자유와 편견도 또 하나의 편견일 것이다. 시가 양파 같을 때도 있고 바나나 같을 때도 있다. 편견에 대한 생각을 환기

해야 할 때가 있다. 바나나를 껍질 채 먹지 않듯이 양파가 한 겹이라고 생각하지 않듯이 말이다. 어떤 말이든 글이든 레토릭에 속지 말아야 한다. 글이나 말은 레토릭에 의해서 좌우되지 않는다. 그걸 뛰어넘어야 한다. 그러나 또 글이나 말은 레토릭에 의해 이루어진다. 이미 모든 언어는 외투 같은 레토릭을 입고 있는 것이나 마찬가지다. 그저 들은 말도 레토릭이고 뱉은 말도 레토릭일 것이다.

한밤중에 흘러가는 중랑천 물소리를 들어보라. 그 물소리를 앉아서 듣다 보면 결국 환상과 동시에 현실을 한꺼번에 맛볼 수 있다. 어떨 땐 가출한 것도 같고 어떨 땐 출가한 것도 같다. 어떨 땐 세상 속에 앉아 있는 것도 같고 어떨 땐 세상 밖을 떠도는 것도 같다. 이게 꿈인가 저게 또 꿈인가 할 때도 있다. 하릴없이 산책 소요 시간이 길어지면 공연히 딴 생각에 빠질 때가 있다. 노트북 자판기에 집착하는 이유도 거기쯤 있을 것 같다. 중랑천변과 노트북 사이에서 혹은 그 밖에서, 삶의 궤적 같은, 동선 같은 것이 드러날 것이다. 이 산문집의 궤적도 그 동선과 겹칠 때가 있을 것이다.

145.

시는 단지 언어이며 시인은 단지 언어 사용자일 뿐이다. 모든 언어는 시가 될 수 있고 언어 사용자는 다 시인이 될 수 있다. 그러나 언어는 결국 헛소리이며 언어 사용자도 결국 헛소리하는 사람이다. 그것이 고백적이거나 허구적이라고 해도 사용된 그 언어는 이미 타자의 언어일 수밖에 없다. 무엇이 언어인가. 무엇이 시인가.

잠깐 저 개소리도 저 강아지도 시 한 줄이다. 저 빗소리도 저 빗소리 풍경도 시 한 줄이다. 저 파도소리도 저 광대한 바다도 시 한 줄이다. 저 물소리도 저 무수골 물소리도 시 한 줄이다. 저 울음소리도 저 울음소리 주인도 시 한 줄이다. 저 웃음소리도 저 웃음소리 배경도 시 한 줄이다. 저 발자국소리도 저 발자국소리 울림도 시 한 줄이다. 저 바람소리도 저 바람소리 뒤에서 바람의 등을 떠미는 빈 들녘도 시 한 줄이다. 저것은 또 무엇인가 헛것인가 헛소리인가 개새끼인가 저것이 빗소리인가 파도소리인가 물소리인가 울음소리인가 웃음소리인가 발자국소리인가 바람소리인가 스스로 물어보살? 그리고 들어보살? 잘 들어보라. 온 천하의 시인 동지들이여~

146.

시는 진리 운운하는 게 아니다. 진리 운운한다면 그것은 시에서 할 일이 아니다. 시는 차라리 나쁜 것을 통해 좋은 것을 생각하게 한다. 시는 향내 나는 향 싼 종이가 아니라 썩은 비린내 나는 썩은 생선 묶었던 새끼줄과 같은 것이다. 시는 길 아닌 길을 생각한다.

시는 생선 썩는 냄새나는 더러운 곳에서 썩고 그 더러운 것과 함께 살아갈 것이다. 시는 더러운 곳에서 더러운 것과 함께 또 더러워질 것이다. 시를 찾지 마라. 시도 도(道)처럼 춥고 배고를 때 발현되는 것이다. 시는 그보다 더 낮은 곳에 있을 것이다. 어떤 논리적 의미조차 없는 곳에 홀로 있다. 그리고 시는 또 흘러가는 것이다. 겨우 남아 있는 것은 빛바랜 부표 같은 언어일 뿐이다.

시는 권력을 꿈꾸지 않으며 시는 명예조차 탐내지 않는다. 시는 이성이나 과학을 따르지 않는다. 시는 육신의 안락과 재물을 따르지 않는다. 그렇다고 시가 철학이 되는 것도 아니고 종교가 되는 것도 아니다. 시는 오래된 구멍가게에서 한심한 감정이나 감성을 팔고 산다.

147.

늦은 밤 중랑천에서 마주친, 휠체어 모자(母子)의 모습을 그대로 옮겨놓는 게 시 아닐까. 거기다 대고 어떤 관념이나 의미를 집어넣는 것도 미친 짓이다. 시는 현실 속에 뛰어 들어가서도 안 되고, 가만히 뒤따르던 걸음이 휠체어를 앞지르지 않았으면 좋겠다. 뒤에서 조용히 뒤따르던 걸음이 시일 것이다. 시는 어떤 현실과 비애를 기록할 뿐이다. 화폭에 사과를 담듯이 노트북 모니터에 소리 없이 타이핑할 뿐이다. 사과를 모니터에 타이핑했다 해도 사과가 아니듯, 시는 또 현실이 될 수 없다. 그래도 모니터에서는 최선을 다해야 한다. 그러나 시 밖에서, 시는 사과도 아니고 이웃을 위한 자원봉사자도 아니다.

며칠 지났지만 휠체어 뒤를 따르면서 메모한 초고를 타이핑도 못하고 있다. 무엇이 시인가 하고 생각만 하는 중이다. 눈에 밟히던 모자를 어떻게 또 눈에 밟히는 시를 어떻게 쓸 것인가 하고 생각 중이다. 이럴 때 시적 화자는 시인 뒤에 있어야 하나 앞에 있어야 하나. 이럴 때 시인은 어떤 시론도 다 물리치고 자기 고뇌와 고백일 수밖에 없는 것 아닌가. 아닌가.

148.

독자나 시적 화자나 시인 자신도 시를 모를 수 있다. 시인이라고 하여 독자라고 하여 시를 다 읽어내는 것도 아니다. 시를 통째로 알아내는 것도 읽어내는 것도 어려운 일이다. 그러나 시는 사과 한 알을 통째로 씹어 먹듯이 통째로 먹어 치우는 것이다. 시는 국 따로, 밥 따로 아니라 그냥 한 그릇의 국밥과 같은 것이다. 시는 통째로 먹고 마시는 것. 그래도 또 늘 남아 있는 그 무엇….

149.

시에서 말하는 시적 세계는 그 자체가 하나의 독립된 세계다. 절대적인 세계다. 나름 하나의 작은 세계관이라고 할 수 있다. 대중가요라는 것도 하나의 작은 세계관이라고 할 수 있다. 대중가요는 시와 다른 세계관이라 해도 때때로 시보다 더 큰 울림을 줄 때가 있다. 시적 세계는 또 어떤 대상을 모방할 때가 있고 어떤 대상을 스스로 창조할 때도 있다. 그것이 무엇이든지 간에 그 모든 것은 포괄적 의미에서 시인이 창조한 하나의 세계관이라고 할 수밖에 없다. 어떻게 시에 속지 않을 수 있을까 아니라 시에 부단히 속고 시에 또 속을 썩고 사는 것이리라.

150.

시는 경험을 중시하면서 동시에 경험을 뛰어넘는다. 처음부터 끝까지 경험으로 일관되었다 해도 경험만으로 이루어진 시는 없다. 시가 경험이었다가 경험이 아니었다가 혼란스러울 때, 시는 환상이 되기도 한다. 이럴 때 시가 환상의 장르라는 것을 부인할 수 없다. 삶이 때때로 환상이라는 것도 부인할 수 없다. 사랑도 우정도 동지애라는 것도 환상일 때가 많다. 정의라는 것도 환상일 때가 있다. 그것을 또 참혹하게 겪어본 자는 알 수 있는 것이다. 환상을 부정할 것도 아니다. 환상도 삶의 일부일 것이며 경험의 일부일 것이며 현실의 일부 혹은 전부일 것이다. 환상을 지나치게 미워할 것도 아니다. 다만 환상을 뛰어넘을 수 있을 것인가. 이것도 환상일까. 경험일까. 시는 환상과 경험을 넘나드는 것이다. 시가 도깨비 같을 때도 있다. 참으로 웃기는 말 같지만 시가 아닐 때마다 오히려 시가 되듯이 말이다. 그렇다면 시가 되기 위해서라도 때때로 시가 되지 말아야 한다. 시가 아니다. 그러나 시가 된다. 시가 아닐 때마다 시는 돌아볼 것만 같다. 이런 것을 아이러니 혹은 패러독스라고 하지 마라. 그냥 시의 성향이 그렇다는 것이다. 시도 고정된 것이 아니다.

151.

시는 무릇 오늘의 삶을 스캔하는 것이다. 시는 지금 눈앞의 이 현실세계를 스캔하는 것이다. 시는 거울 속에 비친 세계를 스캔하는 것이다. 시는 시인의 지금 이 심경을 스캔하는 것이다. 시는 시인의 이 독백을 스캔하는 것이다. 시는 시인의 이 침묵을 또 스캔하는 것이다.

시는 시인의 이 가슴을 스캔하고 또 스캔하는 것이다. 이 가슴의 밑바닥까지 다 긁어서 지금 당장 스캔하는 것이다. 이 가슴을 다 헐어내고 무너진 이 가슴을 또 스캔하는 것이다. 그 텅 빈 가슴마저 백지처럼 뜬구름처럼 또 스캔하는 것이다. 빈 종이를 스캔할 때도 있느니라.

시는 텅 빈 가슴 앞에 흩어진 어둠 같은 것도 슬픔 같은 것도 주섬주섬 주워 담는 것이다. 여기서 갑자기 플라톤이 일갈했다는 세 번째 침대가 떠오른다. 첫 번째, 두 번째 침대가 아니라, 즉 화가가 화폭에 그렸다는 그 세 번째 침대 말이다. 위의 스캔이란 말도 화폭의 그림과 같은 것이다. 오래된 기억 속엔 두 번째, 세 번째 침대만 남아 있다. 그 출처 또한 기억해 낼 방법이 없다.

152.

시를 굳이 읽어야 하나. 이 깊은 밤에도 누군가 부엉이처럼 시를 읽어야 하나. 시를 꼭 읽어야만 하나. 시를 누가 읽어야 하나. 미친 소리 같지만 시는 누구의 것인가. 독자의 것인가. 시인의 것인가. 잠깐 시의 독자가 있는가. 시는 시인만 겨우 남겨두고 다 떠나버린 것 같다. 오후 세 시쯤 빈집 뒷마당을 돌아보는 것 같다. 고요하고 적막하다. 풀 죽은 풀과 같다.

시의 영역은 이제 시인의 영역만 남겨두고 다 떠난 것 같다. 이 모든 책임은 시인의 몫이다. 시인의 목을 처라. 시를 쓰는 것도 마찬가지다. 이 밤에 누군가 시를 쓰고 있다. 키보드 두드리는 소리가 들린다. 그래 시를 멈추면 안 된다. 지하철을 잠시 멈춰도 시를 멈추면 안 된다. 아니다. 시를 잠시 멈춰도 지하철을 멈추면 안 된다.

걱정하지 마라. 비록 우물을 메우지도 못할, 한 주먹 눈 같은 시라고 해도 시는 끝까지 간다. 시는 마치 불의에 끝까지 동의하지 않는 또 하나의 저항이다. 시는 마치 부당한 권력에 굴복하지 않는 또 하나의 반항이다.

153.

　시에서 말하는 눈물은 눈물이 아니고 웃음은 웃음이 아니다. 시에서의 아픔은 아픔이 아니고 슬픔은 슬픔이 아니다. 시는 고작 슬픔이나 아픔이나 눈물이나 웃음 따위를 전달하기 위한 것이 아니다. 그런 것을 시에서 찾으려고 한다면 번지수를 잘못 짚은 것이다. 그런 것은 만화나 영화가 빠를 것이다. 알고 보면 영화나 만화도 그런 것만 전달하지 않을 것이다. 단순한 것은 없다. 짧다고 단순한 것은 아니다. 그리고 가끔 어디 가서 울고 싶을 때가 있고 어디 가서 웃고 싶을 때도 있다. 영화관에 들어가 울고 싶을 때가 있고 만화 속에 들어가서 웃고 싶을 때가 있다. 그러나 시를 읽고 울었다거나 웃었다는 말은 들어보지 못했다. 시는 울고불고 하는 울음통이 아니다. 시가 아니어도 울고불고 할 일이 많다. 그러나 시도 좀 웃었으면 좋겠다. 잠깐이라도 웃을 줄 아는 시가 보고 싶다. 마음 탁 때리는 것 같은데 아프지도 않고 딱히 슬프지도 않다. 물론 싱겁지도 않다. 오래 전에 그런 시가 있었다. 그런 시를 만나면 한 사십 리쯤 걷고 싶다. 아 돌아서서 또 사십 리쯤 걸어야 한다. 손이라도 씻고 윤제림의 시를 만나러 가자.

"어느 날인가는 슬그머니/ 산길 사십 리를 걸어 내려가서/ 부라보콘 하나를 사 먹고/ 산길 사십 리를 걸어서 올라왔지요// 라디오에서 들은 어떤 스님 이야긴데/ 그게 끝입니다/ 싱겁지요?"(「어느 날인가는」 전문)

154.

시의 표면에 나타난 갈대 한 줄이라 해도 그것은 이미 어느 강기슭의 갈대가 아니다. 그것은 이미 소재도 아니고 제재도 아니다. 갈대 한 줄기를 꺾어 시의 영역으로 발을 들여놓았으면 그것은 갈대도 아니고 현실 세계도 아니다. 그야말로 이 세상의 하나뿐인 갈대가 되는 것이다. 앞의 부라보콘도 이 세상에 단 하나뿐인 **부라보콘**이 된 것이다. 시는 형식도 중요하고 주제도 중요하고 사상도 중요하고 시인의 정신과 감정과 욕망과 상상력도 중요하지만 그보다 소재를 이렇게 갖다 새롭게 쓰는 것이 매우 중요하다. 이 말 끝에 덧칠하는 것조차 조심스럽다. 그만큼 붓끝이 예민하고 민감하다. 동종 업계는 이미 다 아는 얘긴데 괜히 혼자서 너무 강조하는 것 같아 어색하다. 거듭 말하지만 갈대나 부리보콘을 말하려는 게 아니라 어떤 변화의 욕망을 말하고 싶었던 것이다.

155.

요새는 이런 생각을 할 수도 없지만 과거 한때 이런 생각을 했었다. 시는 결국 문학은 인간적인 것을 생각하게 하는 것이다. 지금 생각해 보면 또 다른 관습적 관념 같지만 더러 염두에 두고 살았던 것 같다. 근데 무슨 경구처럼 염두에 두었다 해도 그것을 시에다 그대로 반영하기는 쉽지 않을 것이다. 사우나에 들어가면 옷을 벗듯이 시 안에 들어가면 옷을 벗게 된다. 적절하지 않겠지만 가령, 삼강오륜을 줄줄 외우고 다녔다 해도 삼강오륜을 삶에 그대로 반영하긴 어려웠을 것이다. 한 번 더 되뇌어보아도 자나 깨나 불조심 같은 오래된 표어 같다. 이젠 인간적인 것이 무엇인지 선뜻 말하기도 어려운 시절이 되었다. 그것을 또 상업화다 물신주의다 이런 말로 다 할 수도 없다. 아주 무책임하게 말한다면 미신이 아니라 세상이 머신(machine), 즉 기계가 되어 버리는 것 같다. 호모 머신? 텔레비전 채널 돌리다 보면 자연인을 볼 때가 있다. 채널을 돌리지 못하고 거의 끝까지 본 적도 있다. 개인적이지만 시청률도 궁금할 때가 있다. 한 번은 자연에 들어와 몇 해 살면서 사기 친 옛 동업자를 다 용서했다는 마음 아픈 자연인도 봤다.

156.

　이 산문집을 몇 권 더 쓸 것 같다. 하루에 200자 원고지 기준 10장 채우려고 꼼짝 않고 집중하는 걸 보면 마치 어떤 일당이 정해진 것도 같다. 이렇게 집중하는 일도 중요하지만 그에 못지않게 어떤 목표 같은 것도 중요하다. 물론 시를 쓸 땐 이런 것을 생각조차 할 수 없지만 이 산문집은 무슨 목표 비슷한 것이 생긴 것 같다. 아주 새롭고 특이한 경험이다. 또 그 목표에 이끌려 가는 것도 많이 느꼈다. 아주 신기하고 특별한 경험이었다. 하루 목표를 세우고 그 작업량 채우려고 안간힘 쓰는 걸 보면 삶의 활력이 도는 것도 같다. 그럼에도 불구하고 이 산문집의 세밀한 방향이나 글의 흐름이나 그런 것은 좀처럼 목표가 세워지지 않는다. 그냥 흘러갈 때가 더 많다. 목표에 굳이 연연하지 않겠다는 것. 다만 이 산문집도 이 노트북에 신세를 지고 있다. 시도 하고 산문도 하는 노트북이 고맙다. 이 또한 무계획적이었다. 무계획도 내면에선 하나의 예민한 목표였을 것이다. 그리고 소위 참고 문헌이란 것도 그냥 떠오르는 대로 뒤죽박죽 갖다 썼다. 글이라는 것도 현장에서 그때그때 그 정서와 감수성에 의해 맞닥뜨리는 것 같다. 무대뽀 같을 때가 있다.

문학은 결코 기계론적 사고(思考)에 의해 돌아가지 않는다. 문학은 결국 시는 또 전체를 부분으로 나누어 그 부분을 이해하고 다시 전체를 이해한다는 환원주의(reductionism)와 같은 그런 패러다임이 아니다. 시는 위와 같이 부분을 이해하고 전체를 이해하는 그런 메커니즘과 또 거리가 멀다. 거듭 말하지만 시는 잘게, 잘게 부분을 쪼개서 이해하는 것도 아니고 그런 코딱지만 한 부분들이 힘을 합쳐 시라는 하나의 세계 즉, 전체로 환원되는 것도 아니다. 가까운 데서 일례를 찾는다면 나무만 보고 숲을 보지 못한다는 말처럼 시는, 문학은 나무가 아니라 숲에 가까울 것이다. (이 문맥을 오해하지 않기를 바란다.) 사랑이란 것도 우정이란 것도 인생이란 것도 세상이란 것도 나무보다 숲에 더 가까울 것 같다. 나무에 넘 집착하지 말자. 나무만 보고 숲을 보지 못했다는 우를 범하지 말자. 시를 읽으면서 나무만 보지 말고 숲을 보는 역량을 트레이닝하자. 제안 하나 한다면 유럽의 어느 도시처럼 저녁 먹고 나서 여기저기 모여서 소규모 시 낭독하면 어떨. 가령, 시 읽고 수다 떨기 시민모임 같은 것 말이다. 시 읽을 땐 나무만 보지 말고 숲도 보자. 전체를 보자. 숲속에 들어가 온몸으로 느껴보자.

157.

　시는 어떤 감정을 존중한다. 물론 어떤 풍경을 묘사했다
해도 그 속에는 그 시인의 감정이 스며들었을 것이다. 모
든 시의 배경은 시인의 감정일 수밖에 없다. 다만 그 감정
이 희미하거나 또렷하거나 하나도 보이지 않을 따름이다.
그 감정을 위와 관련지으면 나무가 아니라 곧 숲을 말하
는 것이다. 그 시의 감정이란 것도 시인조차 모를 때가 있
다. 누군가와 대화할 때도 어떤 감정을 쏙 빼놓을 때가 있
다. 하물며 어떤 감정 같은 것도 없는 시가 있다. 가령 비
현실적인 사유와 관련된 시들을 보면 그렇지 않은가. 비현
실적인 사유라고 하는데 굳이 현실적인 감정이 개입할 필
요가 있을까. 그러나 비현실적인 사유의 시는 한국 시가
미처 개척하지 못한 세계일 수도 있다. 한국 시는 현실적
인 감정에만 충실해도 엄청난 시를 쏟아낼 수 있었기 때
문이다. 한국 시가 갑자기 감정의 시학으로 뒤집어쓰는
것 같다. 시든 삶이든 쏟아진 물을 주워 담지 못할 때가
많다. 한국 시가 빈집 몇 채 거느리고 있는 것 같다. 어느
빈방 바람벽엔 시를 끼워 논 유리액자가 가난하고 외롭고
높고 쓸쓸하게 매달려 있다. 가만히 보면 백석도 있고 임
화도 있다.

158.

봄밤 탓인지, 딱히 까닭 없이 이승훈의 비대상이란 말이 돋보인다. 그리고 그 비대상 시는 결국 김춘수의 언급처럼 무(無)대상, 즉 대상이 없다는, 주제가 없다는 말도 가까이 다가온다. 김춘수의 말을 직접 더 인용하면, 무엇을 말하겠다는 뜻(will)을 포기하고 있다는 것이다. 세계관 상실의 상태, 다르게 말하면 허무의 상태라고 했다. 시라는 형태로 말을 한다고 했다. 시니피앙의 놀이가 된다고 하였다(『김춘수 사색 사화집』, 128쪽).

김춘수가 콕 찍어서 거론한 이승훈의 시를 읽어보자. 모차르트 피아노 소나타 한 악장 듣듯이 한 번 들어보자. 여담이지만 김춘수가 미처 못 읽은 이승훈 후기 시를 한 번 일독하였으면 어땠을까 하는 생각도 해보았다.

"하이얀 해안이 나타난다. 어떤 투명함도 보다 투명하지 않다. 떠도는 투명에 이윽고 불이 당겨진다. 그 일대에 가을이 와 머문다. 늘어진 창자로 나는 눕는다. 헤매는 투명, 바람, 보이지 않는 꽃이 하나 시든다. (꺼질 줄 모르며 타오르는 가을.)"(「가을」 전문)

159.

　서정시는 독백이다. 자기 고백이다. 옆에 있는 사람이 듣거나 말거나 그냥 독백이다. 옆에 앉은 사람이 들어주거나 말거나 자기 고백이다. 자기 고백이든 독백이든 시의 과녁은 결국 시인의 맨가슴일 것이다. 그 맨가슴엔 또 어딘가 메워지지 않는 빈자리가 있다. 그 빈자리를 메우려고 급한 대로 술부터 마셨고 담배도 피웠다. 그러나 그 빈자리는 담배나 술로 메울 수 있는 게 아니다. 그 빈자리는 그냥 비워두는 것이다. 그 빈자리가 시의 자리라는 것도 뒤늦게 알았다. 그 빈자리가 이 산문집의 자리라는 것도 얼마 전에 알았다. 그러나 그 빈자리는 또 천천히 빈자리가 될 것이다. 콕 꼬집어 말할 수 있는 이유도 없다. 그렇다고 고독을 즐기는 무슨 고독자라고 말할 수도 없다. 가끔 빈자리를 쳐다볼 때가 있다.

160.

　시인은 줄을 서지 않는다. 시인은 그냥 자기 줄에 혼자서 있을 때가 많다. 시인은 선착순에 들지 않는다. 아예 반대로 뛰어간다. 시인을 어느 줄에 세우기도 어렵고 선착순에 들게 하는 것도 어렵다. 어떤 줄이나 선착순으로 시인을 어떻게 할 수 없다. 차라리 그의 줄을 하나 주거나 그의 선착순을 하나 만들어주는 게 낫다. 시인의 그 줄엔 그와 비슷한 이들이 모였다 흩어질 것이다. 유유상종이랄까. 그들을 한곳에 모아두기도 어렵지만 한곳에 모았다 해도 그들은 곧 여기저기 흩어질 것이다. 차라리 인심 좋고 어진 이가 나타나 술이나 한 잔 받아주면 모를까. 그러나 또 술 한 잔에 줄을 서던 시절도 아니다.

161.

시는 시 하나만 바라보고 산다. 산다는 말을 쓴다는 말로 정정하지 않아도 괜찮다. 아주 지루하고 긴 여정이란 이런 것이다. 몇 년 만에 시를 다 완성할 수도 없고 한평생 시를 써도 완성할 수 없는 노릇이다. 암튼 시는 시 하나만 손에 넣고 쓴다. 쓴다는 말을 산다는 말로 바꾸지 않아도 어색하지 않다. 어느새 비로소 산다는 것과 쓴다는 것이 같아졌다. 그렇게 살고 또 그렇게 쓰는 것이다. 삶이 가벼워졌고 시가 또 가벼워졌다. 무거운 집착 같은 것을 버릴 때 삶은 즉각 가벼워질 것이다. 시를 가볍게 하려면 무엇을 버려야 할까. 시를 버려? 시를 어떻게 버려? 그럼 시인을 버려? 무엇을 버려야 비로소 시가 가벼워질까. 대상을 버려? 사심(私心)을 버려?

162.

 시에서 군이 내용과 형식을 나눌 필요가 없다. 시도 말하자면 불이(不二)일 것이고, 불이(不異)일 것이다. 한강이든 대동강이든 다 바다로 가겠지 산으로 가지는 않을 것이다. 형식은 동전의 뒷면처럼 뒤집으면 내용이 되고, 내용은 또 동전의 뒷면처럼 뒤집으면 형식이 되는 것 아닌가. 형식이 내용의 일부이며 내용은 또 형식의 일부 아닌가. 자, 여기 책상이 있다. 책상이 곧 형식이며 내용 아닌가. 이 내용과 형식이 곧 책상 아닌가. 말장난 한다고 씹을 텐가. 이렇게 생겨먹은 이 책상이, 이 책상의 메시지이고 구조라고 해야 하는 것 아닌가. 그래도 남는 것은 내용이 형식의 일부인가 아니면 형식이 내용의 일부인가. 어떻게 말해야 하나. 좀 더 과격하게 말하면 어떤 형식도 어떤 내용도 없다. 또 내용도 잊고 형식도 잊어야 한다. 그런 것에 얽매이다 보면 죽도 밥도 안 된다. 그런 것도 일종의 강박증이다. 모든 강박증으로부터 벗어나자. 어쩌면 이것도 아니고 저것도 아니다. 모든 분별심으로부터 벗어나자. 시는 온몸이 아니라 맨몸일 것이다. 시는 형식도 없고 내용도 없다. 너도 없고 나도 없다. 시가 앞으로 꾸준히 더 나아가야 하지 않을까.

163.

인간 관계는 인과 관계라는 어느 법문이 있었다. 아무리 맞추려고 해도 시에선 인과 관계가 딱히 맞아떨어지지 않는다. 시는 무엇보다 과학적 논리적 인과 관계로부터 먼 곳에 있다. 또 인과 관계가 딱 맞아떨어진다면 그렇게 많은 시가 쏟아지지 않았을 것이다. 앞으로도 그렇게 많은 시가 쏟아지지 않을 것이다.

아무리 복잡한 문제라도 수학은 공식이라는 게 있을 수 있지만 문학은 특히 시는 공식이라는 게 없다. 어떤 공식을 대입할 수 있는 시는 세상에 없다. 오죽하면 시는 필연이 아니라 우연이라고 하지 않겠는가. 한 편의 짧은 시에서도 시적 화자의 태도가 비틀어질 때가 있다. 세상의 일도 인과 관계로 딱 맞아떨어지는 게 아니다.

164.

시를 쫓아다닌다고 될 일이 아니다. 시를 졸졸 따라다닌다고 시가 나오는 것도 아니다. 그렇다고 시가 뒤돌아보는 것도 아니다. 시를 졸졸 따라다니고 난 후의 얻은 생생한 결론이다. 돈도 돈을 쫓아다니지 말고 돈이 따라오게 해야 한다. 그래야 돈이 붙는다고 하지 않던가. 권력을 따라다닌 자도 알 것이다. 도박판을 쫓아다닌 자도 알 만한 말이다. 무엇이든 졸졸 따라다니다 보면 더 멀리 도망가는 법이다. 그리고 졸졸 따라다니지 않는데도 술술 풀릴 때가 있고 힘 들이지 않아도 스스로 풀릴 때가 있다. 시절 인연이 있는 것이다. 물론 알게 모르게 물심양면으로 많은 공을 들여야 하겠지만 말이다. 앞뒤로 공을 들여야 내 공도 쌓이는 법이다.

'하루 쉬면 내가 알고, 이틀 쉬면 상대방이 알고, 사흘 쉬면 청중이 안다'고 했던가. 어느 아티스트 말이라 해도 조깅을 하든 산책을 하든 골프를 하든 요가를 하든, 이 세상 모든 인류가 한 번쯤 경청할 만하다. 좋은 약은 입에 쓰다. 살아있는 한, 단 하루라도 쉴 수 있는 것은 없다. 저녁 여섯시 〈세상의 모든 음악〉에서 홍매화 피었다는 청취자 사연을 지금 새벽 한 시 넘어 다시 듣는다. 이런 날도 있다. 혼자 또 빙그레 웃는 날도 있다.

165.

시 한 편이 독자에게 큰 감동을 주거나 혹은 어떤 정감을 불러일으킨다면 참으로 기쁜 일이다. 물론 요즘엔 유튜브나 스마트폰이 대세이다 보니 시가 완전히 쪼그라들었지만 한때 시의 위력은 작금의 유튜브나 스마트폰보다 훨씬 더 강력했을 것이다. 화무십일홍(花無十日紅)이란 말은 거저 뱉은 말이 아니다. 일장춘몽도 마찬가지다. 아마도 그때 시는 한 시대의 커다란 스크린이었을 것이다. 그 시절 어느 시선집 붙박이 뒤표지 글이 문득 떠올라 몇 줄 인용하고자 한다. 1970년대 1980년대 초 민음사판 〈오늘의 시인총서〉 편집 동인 명의의 글이다. 그 시대를 잘 반영한 뒤표지 글 같다.

"문학이 그것을 산출케 한 사회의 정신적 모습을 가장 날카롭게 보여주고 있다면, 시는 그 문학의 가장 예민한 성감대를 이룬다. 시를 이해한다는 것은 한 사회의 이념과 풍속 그리고 그것을 표현할 수 있는 힘을 개인의 창조물 속에서 이해하는 것을 뜻한다. (…중략…) 시인들의 날카로운 직관을 통해 한국 사회의 정신적 상처와 기쁨을 이해하기 위해서이다."(뒤표지 부분)

166.

대학입시가 초등학교부터 옥죄게 하더니 이쪽 업계에선 신춘문예가 문학 지망생을 처음부터 옥죄고 있다. 문학의 길이 하나만 있는 것도 아닌데 문학청년은 어느 시기에 스스로 신춘문예에 옥죄어 산다. 커다란 이데올로기가 사라지지 않고 있다. 문학이 바닥을 쳐도 신춘문예는 바닥도 없을 것 같다. 신춘 흥행은 영원하다. 너무나 우스운 말이지만 신춘은 그야말로 등단, 즉 출발선이지 결승선의 테이프가 아니다. 마치 문예지에 시를 발표한다고 또 신작 시집을 출간한다고 하여 시의 일이 끝난 것도 아니다. 그렇다고 독자들 앞에서 시를 낭독하라는 것은 아니다. 시가 여기저기 얼굴 내밀고 심지어 지하철 스크린 도어에 연중무휴 얼굴을 내놓고 있는 게, 시가 해야 할 일인가 싶을 때도 있다. 그렇다고 또 시를 발표하지 말거나 낭독하지 말거나 얼굴 내밀지 말라는 것은 아니다. 그럼, 뭘까. 잘 모르면서 또 우왕좌왕한 것 같다. (知者不言, 言者不知.) 불안한 것인지 불신하는 것인지 모를 일이다. 암튼 올해 1월 1일자 신춘문예 시도 읽어보았고 심사평도 읽었고 수상소감도 읽었다. (잠깐, 신춘 심사위원을 한 세대쯤 확 낮추면 어떨.)

신춘이 좀 지난 뒤 경향신문(2022. 1. 24)에 당선자 인터뷰가 눈에 띄었다. 지금 여기서, 삶과 문학을 동시에 관찰하는 것 같다. 출발선에 막 올라선 신인 작가가 이런 비장한 말을 한다면 오래 전 출발선을 통과한 나이 먹은 작가는 무슨 말을 골라야 할까. 그리고 또 삶의 거죽을 훑는 게 아니라 삶의 속살을 푹 찌르는 것 같다.

"글쓰기가 나를 먹여 살리게 할 게 아니라, 내가 나의 글쓰기를 먹여 살리겠다는 다짐으로 지내고 있다."(김채원)

167.

오래 전 아마도 현각(독일 레겐스부르크 불이선원) 스님 법문 같은데 남아 있는 것은 이것뿐이다. "모든 것은 항상 변하고, 변하고, 변하고, 변하기 마련이다." 어쩌면 아마도 변하고를 몇 번 더 한 것 같다. 한국 시도 마찬가지고 한국 시인도 마찬가지일 것이다. 항상 변하고, 변하고, 변하고, 변하는 것도 시일 것이다. 시든 시인이든 사람이든 삶이든 세상이든 권력이든 자본이든 구름이든 바람이든 드라마든 대중가요든 중랑천변이든 놀이터든 마트 물건이든 넥타이든 인적 드문 근린공원이든 이웃집 강아지든 이런저런 관습적 인식이든 변하지 않는 것은 없다. 이것저것 변하는 것을 두려워 할 것이 아니라 이것저것 변하지 않는 것을 두려워해야 할 것이다.

시가 수행 방편은 아니겠지만 변한다는 것에 초점을 맞

춘다면 한 번쯤 참고할 만하다. 물론 시는 수행도 아니고 방편도 아니다. 시는 도를 이루려는 것이 아니다. 어쩌면 도를 이루지 않겠다고 서원한 것이나 다름없다. 시는 시를 떠날 수 없다. 시가 무엇을 할 수 없다는 것도 이런 것이다. 시가 어떤 당면 현안에 대해 유보한 채, 침묵할 땐 그만한 이유가 있을 것이다. 어떤 경우든 시를 버릴 순 없다. 또 시를 잠시 뒤로 하고 어떤 현안에 대해 직접 말할 때도 그만한 이유가 있을 것이다. 시가 침묵한다고 또 시가 발언한다고 시를 잊은 것도 아니고 시를 삼켜버린 것도 아니다. 작년 11월에 출간한 필자의 신작 시집 '시인의 말' 일부를 인용한다. 지난해 각 정당 대선 경선 당시, 당면 현안에 대해 참을 수 없었던 그 어떤 침묵 같은 것이 끝내 터져 나왔을 것이다.

"이 일련의 메시지들을 다 삼키고 침묵했어야 하는데 그만 뱉어내고 말았다. 외로움도 좀 더 견뎌야 했는데 그만 무너뜨리고 말았다. 시는 입을 크게 벌린 침묵에 가까울 텐데 시인은 어떤 나무처럼 외로움에 가까울 텐데… 시는 침묵하지 않았고 시인은 외롭지 않았다."

168.

어떤 기교나 현란한 수사도 없는 시를 만나면 반갑다. 이미 그런 시는 기교와 수사를 다 먹고 난 다음일 것이다. 무얼 꾸미지 않은 것이 아니라 이미 내적으로 그 자체로 무엇을 꾸민 것이다. 무엇이든지 겉으로 드러나는 것이 아니라 속에서부터 우러나오는 것이다. 말은 이렇게 해도 어려운 일이다. 차라리 겉에서라도 드러나게 하자. 겉으로 드러나지도 않는데 무엇이 속에서부터 곧잘 드러나겠는가.

선글라스도 챙기고 진짜 같지만 싸구려 가짜 실크 스카프도 목에 두르고 나가자. 나가봐야 갈 데도 없겠지만 아무튼 지하철도 타고 이층버스도 타고 여객기도 타고 크루즈도 타고 떠나보자. 아주 낯선 곳이 아니더라도 떠나보자. 누구한테 말도 하지 말고 가보자. 가평이든 청평이든 밤의 해변이든 저녁 강이든 헐벗은 들녘이든 각자의 삶을 잠시 피했다가 돌아올 수 있는 곳이라면 족하지 않겠는가. 생각보다 좀 더 멀리 가도 괜찮다. 어차피 길 떠난 길은 멀고 또 먼 곳일 수밖에 없으리라.

그럼에도 불구하고 아무리 멀리 가도 더 가도 먼 곳은

없다. 정말 먼 곳은 멀리 있는 것도 아니다. 먼 곳은 갈 수 있는 곳도 아니고 발이 닿는 곳도 아니다. 먼 곳은 무정하거나 무심한 사람의 인정과 같은 곳이다. 이 무거운 혹은 이 가벼운 외로움이 무얼 더 바라겠는가. 무얼 더 바랄 것도 무얼 더 버릴 것도 없다. 남아 있는 것은 그렇다고 고뇌도 아니고 기쁨도 아니다. 그러나 이런 것을 '읽을거리'로 만드는 게, 문학이 할 일이고 시가 할 일 아닌가. 그러나 그런 것도 대체로 다 실패할 것이라고 미리 준비하듯 각오해야 한다. 이런 걸 또 막무가내로 허무나 허무주의자로 몰아 부치지 마라. 문학이나 시를 쓰는 위인은 실패한/할 회로를 벗어날 수 없다. 더구나 시는 주연도 아니면서 조연도 아니면서 그렇다고 관객도 아니면서 단역 배우쯤, 이젠 아마도 단역도 못 될 것 같다. 더구나 시가 하늘의 별처럼 빛나던 시대도 아니다. 오죽하면 하늘의 별들도 풀이 되거나 모래가 되었을 것이다. 시도 여느 직종과 마찬가지로 사양 산업이 되었다. 지금 한쪽 발을 어디에 딛고 있는지 보라. 조고각하(照顧脚下). 그리고 가급적 볼 수만 있다면 그 밑바닥을 보라. 그곳에 시가 또 웅크리고 있을 것이다. 베토벤 〈월광〉 전 악장을 봄밤에 듣는다.

169.

이를 테면 현실적 상황이라 해도 실제적 상황이란 것
도 있고 허구적 상황이란 것도 있고 가상적 상황이란 것
도 있고 심정적 상황이란 것도 있고 개인적 상황이란 것
도 있고 사회적 상황, 시대적 상황이란 것도 있고 구체적
상황이란 것도 있다. 또 시적 상황이란 것도 있다. 그럼 시
에서 시적 상황이란 어떤 것일까. 우선 시적 상황은 현실
적 상황도 아니고 실제적 상황도 아닐 것이다. 그럼, 시적
상황은 허구적 상황에 가깝고 가상적 상황에 가깝고 심정
적 상황에 가깝고 개인적 상황에 가깝고 사회적 상황, 시
대적 상황에 가깝고 구체적인 상황에 가까울 것이다. 어
딘가 구멍이 생긴 것 같다. 그래서 다시 한 번 돌아보면 시
적 상황이란 어떤 상황을 잃음으로써 생기는 것 아닌가.
한 발 더 나아가 눈앞의 어떤 기성 상황을 무력화시켜 놓
은 것이야말로 시적인 것이며 그것이 비로소 시적인 상황
이라는 것 아닐까.

170.

〈대한 뉘우스〉 같지만 가짜 꿀을 진짜 꿀처럼 팔았다
는 뉴스가 있었고, 가짜 양주를 진짜 양주처럼 팔다 적발
됐다는 뉴스도 있었다. 가짜 약을 진짜 약처럼 팔았던 일

당을 다 잡았다는 뉴스도 있었다. 잘 아시다시피 가짜 뉴스가 아니라 진짜 뉴스였다. 가끔 시가 주목해야 할 부분이기도 하다. 시가 나서서 가짜 꿀을 만들어 팔 순 없어도 가짜 양주를 팔 순 없어도, 가짜 약을 만들어 팔 순 없어도 시가 가끔 지향해야 할 곳이 바로 거기 어디쯤 있지 않을까. 그곳에 가자. 가짜가 있는 곳에 가서 시의 깃발을 꽂아보자. 레토릭이 아니라 가짜의 세계가 시의 또 다른 세계일 것이다. 그리고 시의 깃발들이 어디서 펄럭이는지 돌아보자. 물론 본인의 시부터 가짜의 세계인지 진짜의 세계인지 손금을 보듯 들여다보자. 좌회전할 것인지 우회전할 것인지 직진할 것인지 선회할 것인지 우회할 것인지 스스로 결정해야 한다. 오로지 시가 또 시를 결정할 수밖에 없다. 그 가짜 같은 시의 세계에서 한 번 웃어보자. 불의 앞에선 아주 작은 소리라도 정의를 말하자. 분노할 땐 또 분노하자. 사랑할 땐 또 사랑하자. 부끄러울 땐 또 한없이 부끄러워하자.

171.

시는 또 자신의 삶에서 맞닥뜨린 감정과 생각과 상처와 그 언어일 것이다. 너무 멀리 갈 것도 아니고 너무 깊이 갈 것도 아니다. 〈김미숙의 가정음악〉 어느 코너처럼 '무겁지도 않게 가볍지도 않게' 거기까지만 가자. 너무 높은 것도 아니고 너무 낮은 것도 아니다. 사람의 가슴높이쯤에서 생각하고 사람의 가슴높이쯤에서 시를 생각하자. 시가 깊은 산중에 있는 것도 아니고 시가 깊은 바다 속에 있는 것도 아니지 않은가. 시가 산중에 있었다면 시는 산악인이나 산승들의 전유물이었을 것이고 시가 바다에 있었다면 시는 어부들의 노래가 되었을 것이다. 시는 산 너머 있는 것도 아니고 바다 너머 있는 것도 아니다. 시는 저 기성의 산을 무너뜨려야 하고 저 기성의 바다를 건너야 할 것이다. 마침내 저 기성의 시도 무너뜨려야 할 것이다. 시의 역량을 기대하는 이유도 거기쯤 있을 것이다. 시의 고뇌도 시인의 고뇌도 거기쯤 있을 것이다. 시가 고상한 것도 문제다. 세상엔 그렇게 고상한 것도 없다. 이것도 내려놓고 저것도 내려놓을 때 시도 내려놓는다. 시도 풀어놓고 시인도 풀어놓아야 한다. 그리고 시의 행간엔 뭔가 구겨 넣을 것도 있지만 이 산문집 행간엔 뭘 더 구겨 넣을 것도 없다. 아무래도 산문집은 그 속살이 더 잘 보일 수밖에 없다. 그러나 시의 행간에 비워둔 것은 그대로 비워두어야 한다. 시가 결코 단순해지지 않는 이유도 있을 것이다. 아직 쓰여지지 않은 시를 위해 또 시를 써야 할 것이다. 시의 행간을 비워두기 위해 이 밤에 또 시를 써야 할 것이다. 시의 행간을 비우기 위해 시를 썼지만 시의 행간을 비우지 못하고 시의 행간을 가득 채운 것만 같다. 채우기도 어렵지만 비우기도 어렵다. 무슨 이치나 이론이 딱히 있는 것도 아니다. 그나마 이 산문집이 종종 졸음 쉼터 같을 때가 있다. 때때로 이 산문집은 쓰는 게 아니라 씌여지는 것만 같다. 이 산문집에 대한 변명 같기도 하지만 어떤 이유가 될 것 같다. 다만 시에 대한 사유가 끝이 없듯이 이 산문집도 끝이 없을 것만 같다.

172.

시라는 것도 어느 술꾼들처럼 잔칫집에 쌓아둔 그 많은 술과 음식을 놔두고 기어코 가까운 술집에 앉아 한잔 더 하겠다는 것이다. 시는 그렇게 좀 모자라고 엉뚱하고 실속이 없는 것 같다. 시가 실속을 쫓아다니는 것보다 실속을 쫓지 않으므로 그마저 잃는 것이다. 알고 보면 시는 실속도 없고 실리도 없는 걸 선택한다. 시는 이것저것 계산하면 무너진다. 시는 이것저것 계산할 일도 없다. 왜냐하면 시 이외 그냥 손해보고 사는 게 낫다고 오래 전에 생각해 두었기 때문이다. 그렇다고 또 영혼이니 정신이니 그런 말을 시 앞에 세우면 곤란하다. 시는 영혼이나 정신을 앞세운 적도 없고 또 그런 것 뒤에 선 적도 없다. 시는 영혼도 정신도 아니다. 시를 다 오해하고 잘못 이해한 탓이다. 여기선 오해나 이해가 다 한통속이다. 아, 한통속인 줄도 모르고 속았던 세월이 너무 많았다. 더 이상 속지 말자. 더 이상 누굴 속이지도 말자. 더 이상 속 썩지 말자.

주문진에서 남애리 지나 죽도항, 동산항에 이르는 겨울 바다가 보고 싶다. 그냥 소설 한 권 읽어보고 싶을 때가 있다. 외로운 시절에 만났던 사람이 그리울 때가 있다. 그러나 그 그리움은 외로움보다 더 먼 곳에서 산다. 외로움과 그리움은 한통속일까. 그들도 같은 핏줄일까. 이웃사촌일까. 동창생일까. 하! 시인만큼 언어에 민감한 사람도 있을까. 시인만큼 언어에 사로잡힌 사람도 있을까.

173.

어떤 낯짝으로 사는지 궁금할 때가 있다. 남의 낯짝이 아니라 본인들의 낯짝 말이다. 반질반질한 낯짝은 되지 말자. 대단한 걸 알았다는 낯짝도 되지 말자. 그리고 어떤 낯짝도 큰 의미를 두지 말자. 각자 본인들의 낯짝을 거울 앞에 세워놓고 보자. 물론 남의 낯짝을 누가 뚫어지게 바라보겠는가. (물론 남의 시를 누가 그렇게 뚫어지게 읽겠는가. 그럴 때마다 시는 덧없다. 시는 손에 쥔 것도 없으면서 또 덧없는 것을 손에 움켜쥐고 산다. 시는 아무리 움켜쥐고 아무리 펼쳐봐야 빈손일 뿐이다. 시도 고요할 때가 있다. 시의 고요!)

174.

　한 편의 시는 단지, 시 한 편이 아니라 그 한 편의 시를 뛰어넘는 곳에 있다. 한 송이의 꽃도 단지, 꽃 한 송이가 아니라 그 한 송이의 꽃을 뛰어넘는 곳에 있다. 어쩌면 그보다 더 복잡한 곳에 있다. 어떤 울림 같은 것도 그 뛰어넘는 곳에 있다. 그 꽃 한 송이로 마음을 나눌 수도 있고 마음 주고받을 수도 있지 않던가. 그때 그 꽃은 단지 꽃 한 송이가 아니었을 것이다. 시도 마찬가지다. 시가 마음까지 주고받을 순 없다 해도 그 존재가 단지, 시 한 편에 머물지 않을 것이다. 시는 또 시를 두고 떠날 것이다. 그리고 시는 또 시를 데리고 올 것이다. 시가 한 곳에 더 머물 수 없는 까닭이다. 수행자도 한 곳에 더 머물 수 없는 까닭이다. 수행도 단지 수행이 아니라 그 수행을 뛰어넘는 곳에 있다.

175.

　시도 또렷한 의식보다 무의식에 휩쓸릴 때가 있다. 그것은 시적 자아도 시인도 어떻게 할 수 없다. 시를 시적 자아나 시인이 좌우한다고 생각하는 것도 미련하다. 시를 좌우하는 것이 무의식일 땐 더 그러할 것이다. 시의 백그라운드가 무의식이라고 하여 시적 자아나 시인이 넋 놓고 있는 것도 아니다. 그러나 실은 넋 놓고 있을 때가 많다. 넋 놓고 시 쓰기, 얼마나 하고 싶었던 일인가. 아닌가. 마치 술 마시고 시 쓰기, 같은 것 아닌가. 아닌가. 정말 아닌가. 그럼, 다시 마음을 다잡고 시를 쓰자. 그러나 다잡으면 다 잃는다. 다만 의식이든 무의식이든 모든 것을 털어 넣어야 시가 된다. 시는 삶의 전부가 되었고 삶의 전부는 시가 되었다. 이제는 문학청년 시절처럼 그 전부가 다시 삶의 일부가 되곤 한다. 시를 삶의 전부로 받아들이면 시는 급기야 삶의 일부를 시로 뒤덮어 버리곤 한다. 그곳엔 또 열정도 있을 것이고 호기심도 있을 것이다. 시가 아직도 열정과 호기심을 먹고 살까. 그러나 열정과 호기심도 이 바닥을 떠났을 것이다. 시가 뭘 좋아하는지 식사나 한 번 대접하고 싶다. 시는 끝내 허영심마저 다 내놓아야 할 것이다.

176.

시도 방황하고 있는가. 시인들도 방황하고 있는가. 방황하지 않은 자가 있었을까. 방황하지 못하는 게 있을까. 방황하지 못하는 게 뭘까. 왜 방황하지 않았을까. 왜 방황하지 못했을까. 방황은 나쁜 걸까. 방황도 죄가 되는 걸까. 방황이 곧 시의 뿌리가 아닐까. 방황이야말로 시의 힘이 아니었을까. 무엇 때문에 방황하였을까. 풀리지 않은 수수께끼는 무엇이었을까. 지금도 방황하고 있을까. 지금도 방황하는 자는 누구인가. 머물지 않고 떠도는 자는 누구인가. 그들을 시라고 불러도 될까. 시인이라 불러도 될까. 이곳저곳 떠돌아다니면서 무엇을 하는가. 딱히 무엇을 하는 것도 아니다. 그들은 무엇을 하기 위해 떠돌아다니는 것도 아니다. 왜 그럴까. 그들이 집시일까. 보헤미안일까. 나르시스일까. 낙오자일까. 추방자일까. 왕따일까. 그들의 방황을 누가 방황이라고 하는 걸까. 그들은 또 누굴까. 그들은 정말 방황하는 걸까. 그냥 제 길을 가는 거 아닐까. 그들은 정상일까 비정상일까. 그들은 누굴까. 그/녀는 왜 학교를 때려치웠을까. 왜 조국을 떠났을까. 이 사막 같은 세상을 어떻게 건너갈 것인가. 시인은 어디 있는가. 시는 또 어디 있는가. 방황은 나쁜 걸까 좋은 걸까. 적당히 방황할 수 있을까. 적당히 방황하다 적당할 때 돌아설 수 있을까. 방황도 모든 걸 쏟아 부어야 할까. 방황도 시처럼 시인처럼 끝까지, 끝까지 가야 하는가. 방황은 고통일까 기쁨일까. 더 이상 방황하지 않겠다고 선언할 수 있을까. 방황하지 않는다면 시를 쓸 수 없다는 걸까. 방황하다 좀 쉬었다가 또 방황하다 그럴 수 없는 걸까. 방황의 끝이 있을까. 방황할 팔자만 방황하는 걸까. 방황은 누구의 몫일까. 방황하지 않기 위해 방황할 수 있을까. 차라리 방황할 수 있을 때 방황하고, 방황하지 않을 때 방황하지 말자. 방황의 뒷면은 안주(安住)이고 쾌락일까. 방황을 끝까지, 끝까지 밀고나갔던 자는 누굴까. 방황의 끝은 있을까. 시는 결국 방황과 고뇌의 산물일까 방황에도 적절한 길라잡이나 모범답안이 있을까. (하나 더 하면 방황은 비현실적인 행위가 아니라 생각보다 매우 현실적인 행위라는 것이다. 방황은 좋은 것도 아니고 나쁜 것도 아니다. 물론 맞는 것도 아니고 틀린 것도 아니다. 방황도 삶의 일부였다가 전부였다가 또 삶의 일부로서 천천히 다가왔다가 또 천천히 사라질 것이다. 방황이란 것도 삶의 일부로 끌어당겼다가 풀어놓았다가, 하고 싶은 대로 마음대로 할 수 있는 걸까. 김수영 식으로 말한다면 모든 방황은 인정되어야 한다.)

177.

삶이 삶을 돌아보지 않듯이, 시도 시를 돌아보지 않는다. 삶도 시도 멈출 수가 없기 때문이다. 삶이 바로 코앞에 있는 것 같지만 이 삶이 지나가면 곧 또 다른 삶이 닥쳐온다. 정확히 말한다면 시도 마찬가지다. 이 시가 바로 코앞에 있는 것 같지만 이 시가 지나가면 곧 또 다른 시가 닥쳐온다. 삶을 피할 수 없듯이 시도 피할 수 없다. 삶이 삶을 돌아볼 수 없듯이, 시도 시를 돌아볼 수 없다. 굳이 반성할 것도 없고 걱정할 것도 없다. 삶도 살아있고 시도 살아있다. 그러나 삶은 삶을 의심하지 않고 시는 또 시를 의심하지 않는다. 무엇이 문제인지 묻지도 않고 또 대답도 않는다. **무문무답.** 그러나 삶은 시를 의심하고 시는 삶을 의심하면 문도 있고 답도 있다. 그러나 시는 삶을 의심하지 않고 삶은 시를 의심하지 않는다. 학생은 학교를 의심하지 않고 시청자는 텔레비전을 의심하지 않고 시민은 시정(市政)을 의심하지 않고 소비자는 시장을 의심하지 않고 고요는 침묵을 의심하지 않고 독자는 베스트셀러를 의심하지 않고 국민은 국가를 의심하지 않는다. 그냥 조금씩 의심하고 조금씩 의심하다 그만 둔다. 그러나 시작(詩作)이야말로 끝이 없는 의심의 길이다.

178.

　시는 어느 대륙의 무역항을 향해 가는 상선(商船)과 같은 것이 아니다. 시는 바다 위에 떠 있는 한가한 요트와 같은 것이다. 아니다 시는 상선인지 요트인지 보물선인지 심지어 해적선인지 구축함인지 그런 의미나 목적이나 산적한 내용물 같은 것 다 뺀, 수평선 위에 떠 있는 그저 한 척의 고요한 돛단배일 뿐이다. 작은 종이배 같은 신세다. 시는 현역 마라토너가 아니라 백 야드쯤 왔다 갔다 하는 노인 축에 들 것이다. 아니다. 시는 거울 앞에 선 은퇴한 발레리나 같을 것이다. 시는 또 오리무중이며 때때로 물안개나 물거품과 같을 것이다. 시는 보잘것없는 지푸라기 같은 것이며 허풍쟁이의 허풍과 같을 것이다. 그러나 시는 또 나무도 아니고 마을버스도 아니고 옛 친구도 아니고 오로지 시인의 마음속에 담아두었던 혹은 저 백지 속에만 담아두었던 기쁨이거나 슬픔이거나 놀라움이거나 때로는 분노이거나 웃음이거나 추억일 뿐이다. 혹 불면 곧 날아가고야 말 것 같은 결국 아무것도 없는 연잎 위에 구르던 일회용 물방울 같은 것이다. 문단이 너무 조용한 것 같다. 이렇게 조용해도 되는가 싶다. 이런 무관심이 곧 무력함이 될 것이다. 시는 시선도 중요하지만 시야도 중요할 것이다. 그러나 신경 끄고 뒤안길이나 배회하시라. 문학도 은둔 중이거나 낙향 중일까. 아니면 외유 중일까. 팽팽한 침묵 중일까. 지리멸렬할까.

179.

시도 화해해야 하는가. 무엇과 무엇을 화해해야 하는가. 시는 끝내 화해할 수 없는 그 무엇 아닌가. 화해할 수 없는 그 마지막에 남은 것은 무엇인가. 시는 왜 화해할 수 없는가. 사상과 감정은 화해할 수 없는 것인가. 지성과 감성도 화해할 수 없는가. 대상과 자아도 화해할 수 없는가. 의미와 구조는 끝내 화해할 수 없는 것인가. 이른바 이성은 이성이고 감정은 감정인가. 그들도 결국 양극단인가. 시는 화해나 화합이나 타협이나 그런 것과 거리가 먼 것인가. 그냥 뚝 떨어져 끝내 화해하지 못하는가. 그것이 결국 시적인 화해인가. 의미와 구조는 한 집에서 살아야 하나. 이런 갈등과 불화가 시의 형식 아닌가. 이런 것이 시의 상징인가. 냉랭한 사이가 시의 관계일까. 시는 따뜻할 수도 없고 어떻게 또 떨어져 살 수밖에 없는 것인가. 화해를 해야 하는가. 불화를 겪어야 하는가. 화해의 뒤에도 불화가 있고, 불화의 뒤에도 화해가 있지 않을까. 아니면 화해의 뒤에는 화해가 없고, 불화의 뒤에는 불화가 없을까. 돌아보면 불화도 화해도 그냥 관념 덩어리 아닌가. 화해는 결코 화해할 수 없으며 그곳엔 오직 불화만 남을 것인가. 그곳에 시가 있을 것인가. 시는 결코 그 무엇과도 화해할 수 없는 것인가. 이런 것도 일종의 인식의 결과물인 것인가. 이런 것도 시의 치부가 될 것인가. 살다 보면 또 시를 쓰다 보면 속아주기도 하겠지만 속일 때도 있을 것인가. 또 많이 속고 살았겠지만 또 많이 속지 않으려고 도망도 다녔을 것 아닌가. 무언가 속지 않으려고 무언가 자꾸만 끄적거리고, 끄적거린 것 아닌가. 자꾸만 속이는 그 어떤 것과는 끝내 화해할 수 없는 것 아닌가. 시는 끝끝내 화해할 수 없는 곳에 살아야 하는 것 아닌가. 화해할 수 없는 불화의 세계가 곧 시의 세계 아닌가. 아닌가.

180.

고등학교 때 읽은 로버트 프로스트의 시는 그 제목만으로도 시의 길을 제시하였고, 삶의 길을 제시하였다. 특히 시는 그 제목처럼 '가지 않은 길'을 가는 것이다. 최인호의 장편소설은 그 제목만으로도 시의 길을 제시하였고 삶의 길을 제시하였다. 특히 시는 그 소설 제목처럼 '길 없는 길'을 가는 것이다. 시는 길 없는 길을 향해 가는 것이다. 시는 굳이 길 아닌 길을 찾아가는 것이다. 그렇다고 시는 길을 만들거나 길에다 이정표를 세우는 것도 아니다. 그러나 또 하나의 방향이나 좌표 노릇은 할 것이다. 시의 길은 길 없는 길이고 가지 않은 길일 뿐이다. 시의 길은 또 묻고 묻는 것이다. 시의 길은 네비게이션의 길이 아니다. 어쩌면 네비게이션이 지시하는 길을 따르지 않고 국도나 샛길로 새는 것이다. 시의 길은 삶과 부딪칠 때 받은 상처일 것이다. 무모하다는 것도 알고 있고, 불필요하다는 것도 알고 있다. 그게 시의 길이다. 시가 없는 곳에 시가 있고, 시가 있는 곳에 시가 없다. 시는 망했지만 망국의 비애 같은 그곳에 시가 있다.

181.

시를 쓰는 것은 거룩한 것도 아름다운 것도 아니다. 시를 쓰는 것은 깊어지는 것도 높아지는 것도 아니다. 시를 쓰는 것은 문학이 삶이 되는 것도 아니고 삶이 문학이 되는 것도 아니다. 시를 쓰는 것은 슬픔이 또 슬픔이 되는 것도 아니고 슬픔이 눈물이 되는 것도 아니다. 시를 쓰는 것은 말할 수 없는 것을 말하는 것도 아니고 오래 전에 사랑한 사람을 잊으려는 것도 아니다.

시를 쓰는 것은 아주 조그맣게 말하는 것도 아니고 술을 마시는 것도 아니고 무얼 알거나 모르는 것을 말하는 것도 아니고 어쩔 수 없다는 것도 아니고 기득권에 줄서겠다는 것도 아니고 어제의 관습을 따르겠다는 것도 아니고 위에서 아래로 흐르는 물 같은 것도 아니고 높이 치솟는 분수도 아니고 어떤 근사한 포즈도 아니고 길을 모르는 것도 아니고 끝을 모르는 것도 아니고 시적 자아가 당사자가 되는 것도 아니고 제3자가 되는 것도 아니고 제3자의 생각이나 감정이라는 것도 아니고 입장 바꿔서 생각하는 것도 아니고 영화관 좌석이 불편하다고 분노하는 것도 아니고 무대상도 아니고 비대상도 아니고 내용에 치우치는 것도 아니고 시의 끝을 알 필요가 없다는 것도 아니고 시가 의지할 곳이 없다는 것도 아니고 시대상이니 당대성이니 그런 것을 잊어먹은 것도 아니고 시적인 인물들에 대한 지속적인 관심을 포기하는 것도 아니고 견딜 수 없는 것을 조용히 견디는 것도 아니고 시는 언어 이외 또 무엇이 있다는 것도 아니고 시는 어떤 경우에도 환호할 수 있는 게 아니고 시가 산문이 된다는 것도 아니고 시는 달관의 세계도 아니고 시는 질문 자체로 끝나버린 것도 아니고 강한 목적이 있다는 것도 아니고 시를 내려놓았다고 내려놓은 것도 아니고 (시를 쓰는 것이) 자본의 논리에 맞다고 생각한 것도 아니고 다시 '시가 철학적인 표현을 해야 한다는 것도 고정관념에 사로잡혀 있을 가능성이 많다'는 오규원 선생의 말을 잊은 것도 아니고 대한민국 시인 김관식이라는 명함을 들고 다닌 선배 시인의 배짱을 잊은 것도 아니고 방향을 잃은 한국 시를 모르겠다는 것도 아니고 어떤 소통도 꿈꾸지 않겠다는 것도 아니고 돈이 되겠다는 것도 아니고 가도 가도 끝이 없다는 것도 아니고 가도 가도 끝이 있다는 것도 아니고 이루어질 수 없/있는 사랑도 아니고 기성 정치의 정치적 논리와 거리를 두고 살겠다는 것도 아니고 그렇다고 비판적 태도나 입장을 철회하겠다는 것도 아니고 굴복하겠다는 것도 아니고 타협하겠다는 것도 아니고, 아니고, 아니고…. 이런 것도 부지불식간에 시를 쓰는 이유가 될 것이다. 딱히 방향도 없는 방황과 같은 것이리라. 길을 잃지 않으려다 오히려 길을 잃은 적도 있으리라. 시는 그 여정에서 참을 수 없었던 독백이며 기록일 것이다. 시는 멀리 있는 것도 아니고 가까운 곳에 있는 것도 아니다. 이제니 시가 생각난다.

　"내게서 가장 멀리 있는 것은 바로 나 자신이다/ 수풀은 그리 멀지 않은 곳에 있었다"(「녹색 감정 식물」 부분)

182.

시도 형식보다 내용에서 벗어나고 싶고 허구보다 뻔한 현실에서 벗어나고 싶고 삐딱한 얼굴보다 정색한 얼굴에서 벗어나고 싶고 부정적인 사유보다 긍정적인 사유에서 벗어나고 싶고 따분한 언사보다 고분고분한 언사에서 벗어나고 싶고 주제도 갖다버리고 시적 대상도 잊어먹고 이곳저곳 팽배한 소위 양대 산맥 같은 진영논리에 빠져서 또 그것만 쳐다보며 안주하는 것도 시적 경험도 소재도 메시지도 시적인 것만 남겨놓고, 죄다 갖다버리고 싶다. 말도 안 되는 말도 버젓이 하고 싶다. 마치 차도 포도 다 떼고 병졸 몇 개만으로 장기판서 놀고 싶다. 그러나 시는 그저 눈앞의 현실에서 마주치고 또 마주치는 것에 대한 사유 혹은 고뇌의 한 단면일 것이다. 눈앞의 그 현실을 변화시킬 순 없어도 국면을 또 전환시킬 순 없어도 그러한 일단의 생각의 흐름을 타이핑한 것이다. 눈앞의 현실을 다른 것으로 죄다 바꿀 순 없어도 새롭게 인식하고 새롭게 또는 다르게 생각한 것을 허망한 언어로 또 기록한 것이다. 그것은 또 오래된 철학이나 역사의 영역이 아니다. 그러나 또 한 번 더 생각하면 새로운 것도 없고 다른 것도 없다. 그런 것의 기준도 어딘가 무엇을 의지하고 있기 때문이다. 분별심의 발로일 것이다. 말이 많다는 것도 분별심의 발로일 것이다. 그리고 소위 시적 정서만으로 움직일 수 있는 것은 없는 걸까. 고독한 자의 것이든 단독자의 것이든 그 시적 정서라는 것도 조용히 침몰하고 말아야 하는 걸까. 단지 그 일순간의 기쁨이나 황홀경일 뿐일까. 그냥 제 가슴에 살짝 닿은 A4 반장만 한 종이에 씌여진 한 편의 시가 다 그런 것일까. 그게 끝일까. 아니면 이게 꿈인가 생시인가 하고 아주 크게 헷갈릴 때 모호할 때, 시적 정서는 움직이는 걸까. 두루뭉술할 때, 바로 그 때가 시적 정서일까. 시는 언제 움직이는 걸까. 또 독자를 약간 변하게 하고 독자를 조금씩 생각하게 하고 독자를 아주 조금 움직이게 하는 게 뭘까. 앗! 시의 독자는 이미 오래 전에 이 바닥을 떠났다는 걸 잠시 잊고 있었다. 독자가 떠났다는 것은 두렵지 않다. 두려움의 대상은 언제나 시인 자신일 것이다. (대선은 끝났다는데 이긴 것은 무엇이고 진 것은 또 무엇인가.) 무엇보다 시는 무엇을 변하게 하는 것도 아니고 생각하게 하는 것도 아니고 더구나 독자를 움직이게 하는 것도 아니다. 그냥 나 혼자만의 사랑 같은 것이리라. 잠시 문맥을 놓쳤다. 어디서라도 독자 운운하지 마라. 독자는 돌아오지 않는다. 독자들한테 섭섭한 것도 아니다. 떠난 자를 원망하는 것도 아니다. 사실 시의 독자는 본래부터 없었다. 시의 독자는 온 것도 아니고 간 것도 아니다. 시는 빈 들녘의 들풀과 같은 것이리라. 다만 시인 각자 그대의 시흥이나 취흥을 잃을까 두려워할 뿐이다. "시를 쓴다는 것이 무엇인지를 알면 다음 시를 못 쓰게 된다. 다음 시를 쓰기 위해서는 여태까지의 시에 대한 사변(思辨)을 모조리 파산을 시켜야 한다. 혹은 파산을 시켰다고 생각해야 한다."(김수영)

이제는 집 콕 정도가 아니라 시는 시와 함께 아예 장기간 칩거할 때가 되었다. 때론 중랑천 물소리나 들으며 시와 함께 천변이나 떠돌아다니길 바랄 뿐이다. 다음을 기약하지도 말고 훗날을 도모하지도 마라. 시의 세계에선 훗날을 도모하고 기약하고 말 것도 없다. 게임은 끝났다. 판이 끝나면 판을 떠날 줄도 알아야 할 것이다. 그저 들녘의 들풀처럼 시는 홀로 흔들릴 뿐이다. 어둑한 골방에서 타이핑 소리 벗 삼아 살으리랏다.

183.

김수영이나 김지하를 보면 시는 누구나 할 수 있는 말을 하는 것이 아니라 누구도 차마 할 수 없는 말을 대놓고 하는 것 같다. 그들의 문학이 한 시대의 어느 한 부분을 감당했다는 것도 한국문학사는 동의해야 할 것이다. 이 산문집은 그들의 문학을 논하기엔 여러모로 역부족할 것 같다. 여기선 그런 것보다 또 한 시대의 어느 한 부분을 감당한 시인을 찾는다면 김남주를 빼놓을 수 없을 것 같다. 한국 시의 전후 맥락은 그런 것을 외면할 수 없다.

물론 사일구, 오일륙 이후 1960년대, 3선 개헌과 유신헌법 및 긴급조치로 뒤덮인 1970년대, 광주 이후 1980년대… 그 어느 시대라 해도 그 시대에 그들만 그 시대의 시를 쓴 것은 아니다. 당대 시인 동지들이 그들의 시를 지지하고 그들의 시를 옹호하였을 것이다. 그러나 또 그렇다고 하더라도 그들의 시가 그 시대를 혼자서 다 감당하지는 않았을 것이다. 그들만이 그 시대의 문학을 다 장악했다고 할 수도 없다. 그러기엔 또 많은 시인들이 있었고 또 많은 시가 있었기 때문이다. 실록을 기초하는 사관도 아니기에 이 자리에서 일일이 다 거론할 수 없다.

그러나 앞에서 말한 그들은 앞에서도 말했지만 누구나 쓸 수 있는 시를 쓴 것이 아니라 누구도 차마 쓸 수 없는 시를 썼다는 것이 그들의 시로 하여금 그 시대를 더 어둡지 않게, 더 부끄럽지 않게 했던 것 아닌가. 시가 빛이 되었던 시절은 그런 것이다. 암튼 그들도 외로웠겠지만 또 당대 많은 시인들도 무지 외로웠을 것이다. 그야말로 전투적인 용기는 없었다 해도 부끄러움이나 외로움을 속으로 또 부단히 태웠을 것이다. 과거 일제강점기의 윤동주처럼 말이다. 좀 늦었지만 **윤동주** 시를 정중히 모셔다놓고 읽어야 하겠다. 입 밖으로 소리 내지 말고 속으로 읽기를 바란다. 부끄럽고 또 조금 더 외롭게….

"죽는 날까지 하늘을 우러러/ 한 점 부끄럼이 없기를,/ 잎새에 이는 바람에도/ 나는 괴로워했다.// 별을 노래하는 마음으로/ 모든 죽어가는 것을 사랑해야지/ 그리고 나한테 주어진 길을/ 걸어가야겠다.// 오늘 밤에도 별이 바람에 스치운다."(「서시」 전문)

184.

시가 가령, 시 창작이나 현대시론이나 시문학 특강 같은 곳에서 이루어지는 커리큘럼 등을 그대로 따라다닐 수 있을까. 그 길이 시의 길일까. 시가 그렇게 안전한 길로만 다닐 수 있을까. 술도 안 하고 길도 안 헷갈리면서 잘 다닐 수 있을까. 시의 만행이란 게 없을까. 시야말로 만행 아닐까. 시의 길은 누가 만들어놓은 게 아니다. 시의 길이야말로 각자 자기가 터득한 길을 가는 것 아닐까. 누구한테 묻고 누구한테 인가를 받고 화두를 받는 게 아니다. 스승도 없고 화두도 없고 겨우 도반만 있을 뿐이다. 텍스트도 없고 나침반도 없고 매뉴얼도 없다. 그런 것이다. 아무것도 없는 것이다. 그 어떤 것도 없다. 시도 어쩌면 무(無)자 화두일 것이다. 말하자면 시에 대한 의심이 지속되도록 하는 것이다.

다시, 시는 그냥 외롭고 단독적이고 독립적이고 주체적이고 고심하고 지상에 발을 제대로 딛지도 못하고 떠돌다 헤매는 것이다. 정말 보잘것없고 쓸데없고 버림받고 그냥 내버려두고 약간 삐딱하고 그리고 시는 바람이고 구름이고 물소리이고 패자의 눈물이고 러시아의 포격에 외벽이 무너진, 내부가 훤히 보이는 우크라이나 하르키우 한 아파트이고, 심호흡이고 마을버스 소음이고 미니멀리즘이고 놀이터에서 아이들 노는 소리이고 노트북 키보드 소리이고 화장실 물 내리는 소리이고 빗소리이고 피땀이고 아무도 알아주지 않는 열정이고 헛수고이고 속지 않으려고 그렇게 애를 썼지만 또 속고 말았고 빛바랜 추억 같은 흑백사진이고 가물가물한 기억이고 버리지도 못하는 낡은 속옷 같은 것이고 더 이상 돌아보지 않겠다는 또 하나의 다짐과 같은 것이다. 그 다짐이든 저 다짐이든 시는 무엇보다 지속적으로 쓰는 것이다.

시는 한곳에 머물지 않는다. (不住於相) 시는 일정한 거처가 없다. 시는 따로 약속할 것도 없다. 시는 차라리 약속하지 않는다. 시는 수비형이 아니다. 시는 올 코트 플레싱 전술이다. 시는 차라리 무모할 정도의 공격형이다. 시는 돌아오지 않는 전사들이다. 시는 축구에서 말하는 공격형 미드필더와 비슷할 것 같다. 아니다, 골문을 지키는 골키퍼 같을까. 아님 벤치에 앉아 있는 교체 선수일까. 시의 포지션은 어딜까. 어떤 포지션의 문제보다 자기 자신의 문제로 귀결되는 것 아닐까. 자신의 삶을 툭 치고 나가는 것 아닐까.

185.

여기서 거론하기엔 좀 부적절하겠지만 학교든 학원이든 대학이든 수업시간의 일정 부분을 할애하여 학생들이 질문하는 코너를 마련하면 어떨까. 그 일정 시간엔 오직 질문만 하게 하는 그런 시간 말이다. 굳이 어떤 답변도 필요하지 않을 정도의 그냥 많은 질문이 쏟아지게 말이다. 질문이 없는 사회는 마치 술 권하지 않는 사회와 닮지 않았을까. 일방적으로 자기 말씀만 하는 회의 석상은

회의 석상이 아니라 그냥 A4 몇 장 붙여놓은 사내 게시판과 다름없다. 사내 게시판이라도 해도 일방적인 게시물은 피하고 가급적 쌍방향 소통의 플랫폼이 필요하다. 에스앤에스나 단톡방이나 댓글은 다 권장할 사항이다. 어쨌든 중요한 것은 질문할 수 있는 창구와 또 제안할 수 있는 창구도 필요하다. 급하게 개인적으로 제안한다면 열린 내부 창구가 있다면, 익명의 질문 혹은 익명의 의견 개진 집중 게시판 같은 것 오픈하면 어떨까. 엿 먹을 짓인가. 내부 구성원만 활용할 수 있는 익명의 게시판이나 혹은 단체 채팅방이나 오프라인 워크숍이나 이런 것들이 엿 먹을 일인가. 무엇을 할 수 있고, 무엇을 할 수 없는 것인가. 특히 사소한 사안이라도 MZ 세대들에게 한 번 더 물어보라. 시범적으로 시행해 보라. 라떼를 경계하고 예스맨을 경계해라.

아무리 작은 조직의 리더라 해도 리더는 쓴소리를 먹고 살아야 한다. 리더는 중국의 어느 황제처럼 묻는 것을 즐겨야 한다. (好問) 공적이든 공개적이든 어떤 경로를 통해서든 탁 터놓고 의견 개진할 수 있는 때때로 비판하고 항의하고 항변할 수 있는 시스템을 공공연하게 허용하면, 회사든 학교든 어느 사회든 어느 집단이든 어느 한 시대든 매우 다이내믹하고 파워풀하게 흘러갈 것이다. 그런 것이 민주주의 아닌가. 그런 것이 광장 아닌가. 그동안 질문도 않/없는 시절이 꽤 길었던 것 같다. 어둠이나 터널이 그런 것이다. 어디서든 언로를 막지 마라. 특히 공적 영역에선 언로를 개방하라. 발상의 전환이 아니라 패러다임과 시스템 전체를 통째로 바꾸어야 할 때가 되었다. 그래서 제3자의 견해나 시각이 중요하다.

또 바로 앞에서 축구 얘기 나왔는데, 거스 히딩크나 파울루 벤투 감독 같은 경우가 여기에 해당하지 않을까. 앞뒤 양면만 갖고 있는 동전을 아무리 잘 던져봐야 그 동전은 또 앞뒤 양면 중의 하나일 뿐이다. 그렇다면 비유가 마땅치 않겠지만 제3자 같은, 제3의 캐스팅 보트 같은, 가령 유럽식 군소정당 같은 것도 생각할 수 있지 않을까. 암튼 질문도 좀 하고 비판도 하고 의견 개진도 좀 하고, 좀 낯설게 하고 새로운 세계를 좀 경험하게 하고, 인식의 전환이나 변화도 좀 겪게 하는, 그야말로 새로운 대변혁의 시대가 무르익지 않았을까. 좀 더 익어야 하는 걸까. 소위 뜸을 더 들여야 하는 걸까.

그렇다면 시는 또 무엇을 기다리는 일에 열중하리라. 시의 미학 중에 하나가 기다림이기 때문이다. 시는 그 기다림 곁에서 늘 외로웠던 것이다. 시의 미학 중에 하나는 또 외로움이기 때문이다. 시는 대체로 외로움도 지지하지만 기다림도 지지할 수밖에 없다. 시는 또 제3자와 같은 방관자도 지지하지만, 방관조차 할 수 없는 더 많은 방관자도 지지할 수밖에 없다. 시는 다수를 지지하기보다 소수를 지지할 수밖에 없다. 시가 크고 높은 것에 대해 의구심을 갖는 것도 오래된 습성일 것이다. 시는 외롭기 때문에 외로운 것에 대해 자꾸 눈을 또 돌릴 수밖에 없다. 김소월이 일찍이 한국 근대시의 모두(冒頭)에서 직접 발언하였지만 시는 '저만치 혼자서 피는 꽃'이리라. 시는 혼자서 필 줄 알아야 하리라. 시는 대열에서 이탈하여 혹은 혼자 뚝 떨어져 청천(靑天)을 날아가는 낙오된 저 외기러기 심경과 같은 것이다. 시가 무소속이나 무국적자 같을 때가 있다. 망명자나 국외자 같을 때도 있다. 그럴 때마다 어떤 고정관념에서 벗어나고 또 고정관념을 하나씩 하나씩 지우고 싶은 까닭이다. 어떤 독점적 기득권 논리에서 벗어나고 싶은 까닭이다. 동전의 양면에서 벗어나고 싶은 까닭이다. 그러나 아, 시의 자리가 없어졌다.

186.

시한테 무얼 얻어갈 것이 있는가. 미안타. 시는 무얼 줄게 있는가. 없다. 어떤 독자는 자꾸 어떤 의미나 내용을 내놓으라 하고 또 어떤 독자는 자꾸 어떤 목적이나 메시지를 얻으려고 하는데, 시는 그런 것이 아니다. 한때 시는 그런 것을 손에 쥐고 또 나누어주던 시대가 있었다. 그러나 이제는 독자에게 줄 것이 없다. 작가도 딱히 챙길 것이 없다. 시는 이제 그런 신념도 아니고 그런 웅변도 아니다. 시는 시의 길을 가고 철학은 철학의 길을 가는 것이다. 각자도생의 길만 남았다.

시한테 시 이외 다른 어떤 사상이나 관념을 요구하지 않기를 바랄 뿐이다. 그렇다 시는 그저 언어일 뿐이고 시도 그저 하나의 평범한 사물이 되어 버렸다. 그곳으로부터 시는 다시 시작할 것이고 다시 또 패배할 것이다. 시적 상상력이야말로 대전환의 시적 정서일 것이다. 단순한 묘사나 이미지나 상징이나 발견이나 인식이나 통찰이나 각성이나 표현이나 모방이나 욕망이나 쾌락이나 분노나 경험이나 역설이나 넋두리나 푸념이나 아이러니나 수사만으로 어떤 전환을 기대할 수 없으리라.

187.

가령, 어떤 시를 좀 더 자세히 읽어보면 그 시는 사실도 아니고 현실도 아니고 경험도 아니다. 그렇다고 객관적인 것도 아니다. 누차 오고갔던 말이지만 시는 객관적이거나 사실이거나 현실이거나 경험과는 일정한 거리를 둘 수밖에 없다. 시는 그곳에 있기도 하지만 시는 그 너머 있기도 하다. 시는 그 너머를 넘지 않아도 시는 그 너머에 무엇이 살고 있는지 알아야 한다. 앞에서도 잠깐 말한 적이 있었지만 시는 차라리 통째로 하나의 상징이 되는 것이다. 하나의 시적인 사물이나 시적인 사건이 되는 것이다.

말하자면 시인의 내면 혹은 시의 내면에서 갓 피어난 장미 한 송이와 같은 것이다. 여기서 또 장미 한 송이는 비유와 이미지가 힘을 합쳐 만든 복잡하고 구체적인, 찐 상징이 되는 것이다. 시를 다 읽고 나서 떠오르는 어떤 메시지가 있으면 기쁠 것이고 없으면 또 없는 대로 기뻐할 일이다. 또 다 읽고 나서 뭉클하다면 즐거워할 것이고 뭉클할 것도 없으면 또 없는 대로 허전할 것이다. 시가 어떤 한 구절이나 한 컷을 툭 칠 때가 있다.

188.

시는 새로운 소재나 참신한 소재를 발굴해야 한다. 그러나 그보다 그 소재를 참신하게 혹은 새롭게 가공할 줄도 알아야 한다. 시는 또 그 소재 저 고개 너머 있을 것이다. 시간이 되면 마을버스를 타고 돌아다니든가 그것도 아니면 집에 들어앉아 본인의 내면을 들여다보든가 아니면 어떤 과거라도 되새김질하면서 되뇌어 보든가 해야 한다. 그러나 냉장고에 있는 것을 갖다가 뚝딱뚝딱 만들어 내놓는 것처럼 그저 옆에 있는 소재를 갖다가 뚝딱뚝딱 시를 만들 줄 알아야 한다. 그럼에도 불구하고 시가 주제에 빠지는 것도 경계해야 하겠지만 소재에 빠지는 것도 경계해야 한다. 시가 환기하는 것이 꼭 어떤 소재나 주제에 의한 게 아니기 때문이다. 삶이든 시든 뭔가 들어 있는가. 없다. 아무것도 없다. 다만, 정직함이란 것은 있다. 그런 것도 없다. 아무것도 없다. 그런 것은 있다.

예컨대 어떤 연작시를 보면 이 말의 의미를 납득할 것이다. 여기서 소재나 주제의 경계를 한방에 불식시킨 '세상 뜨면 풍장 시켜' 달라던 황동규의 연작시 「풍장」 70편 읽어보면 알 것 같다. 죽음에 대한 새롭고 참신한, 그리고 반복적인 변주일 것이다. 죽음에 대한 내적 사유이며 죽음에 대한 상징적 사유일 것이다. 개인적인 소견이지만 그 연작은 어떻게 보면 죽음에 관한 존재론적 혹은 긍정적인 사유일 것이다. 혹은 죽음에 대한 또 하나의 새로운 경지이며 철학이며 은유이며 환유가 되었을 것이다. 연작시가 천착한 즐거운 매력이란 이런 것이다. 매우 귀한 연작시다. 관심 있는 독자는 찾아볼 것이다. 인문학은 스스로 찾아가는 것이다. 그리고 방황하고 고뇌하는 것이다. 의심하고 또 의심하는 것이다. 그리고 묻고 또 묻는 것이다. (廻光返照)

189.

시는 의미가 되었는가. 무의미가 되었는가. 무엇이 되었는가. 시는 형식이 되었는가. 내용이 되었는가. 무엇이 되었는가. 시는 무엇이 되었는가. 시는 의미가 되었는가. 구조가 되었는가. 시는 메시지가 되었는가. 환기가 되었는가. 은유가 되었는가. 환유가 되었는가. 상징이 되었는가. 패자가 되었는가. 승자가 되었는가. 무엇이 되었는가. 정서가 되었는가. 시는 그 모든 것 너머 그 무엇이 되었는가. 무엇이 시가 되었는가. 아닌가. 시는 꽃이 되었는가. 구름이 되었는가. 광장이 되었는가. 국회의사당이 되었는가. 논리가 되었는가. 감정이 되었는가. 상상력이 되었는

가. 경험이 되었는가. 신화가 되었는가. 버스는 떠났는가. 시는 또 무엇이 되었는가. 인식이 되었는가. 구체적인 것이 되었는가. 무엇이 되었는가. 객관적 묘사가 되었는가. 주관적 묘사가 되었는가. 시는 어떻게 되었는가. 신념이 되었는가. 이념이 되었는가. 관념이 되었는가. 비유가 되었는가. 무엇이 되었는가. 시는 직선인가. 곡선인가. 시는 시 이외 아무것도 아닌가. 시는 시 자체일 뿐인가. 시는 무엇인가. 무엇이 시인가. 주체인가. 객체인가. 시를 읽어야 하는가. 시를 써야 하는가. 소시민이 되었는가. 알바생이 되었는가. 무엇이 되었는가. 시는 그 모든 것 너머 그무엇이 되었는가. 어둡고 낯선 내면세계가 되었는가. 무엇이 되었는가. 무엇과 동일시 할 것인가. 무엇과 동일시 할 필요가 없는 것인가. 시는 **독립**할 수 있을까. 시는 화해할 수 있을까. 시는 **통합**할 수 있을까. 시는 무엇을 할 수 있을까. 시는 슬픔일까. 기쁨일까. 웃음일까. 비웃음일까. 시는 또 속고 살아야 하는 걸까. 시는 삶의 갱신과 인식의 갱신을 동시에 지향할 수 있을까. 시는 도대체 뭘까. 인공지능은 이런 것에 대한 고민이 있을까. 그도 방황이란 걸 할 수 있을까. 그도 의기소침할 수 있을까. 그도 마음이 여릴까. 그도 글쓰기의 괴로움과 즐거움을 알까. 그도 옛 생각에 마음 졸일 때가 있을까. 시는 가짜일까. 시

는 진짜일까. 시를 믿어야 하나. 시를 버려야 하나. 시는
무거운 걸까. 시는 가벼운 걸까. 시는 또 비유가 아니라
상징이라는 걸 그도 알고 있을까. 본인은 알고 있을까. 시
는 내용 같은 것도 갖다버려야 할까. 시는 형식 같은 것
도 갖다버려야 할까. 시의 내용은 있어도 그만 없어도 그
만일까. 시의 형식도 있어도 그만 없어도 그만일까. 누가
시의 내용을 읽어내고 누가 시의 형식을 기억해 내겠는
가. 시의 형식과 내용이 어디에 있어야 할까. 형식과 내용
을 뜯어말리는 사이에 형식과 내용은 보란 듯이 내연 관
계가 되어 버렸나. 이제는 더 뜯어말리지도 못하는 관계
가 되고 말았나. 정말 그렇게 불이(不二)가 되고 말았나.
그렇다면 또 문학과 철학도 테이블에 앉혀놓고 화해할 수
있는 걸까. 잠시, 이른바 일상적 진실과 당위적 진실도 화
해할 수 있는 걸까. 아니면 마침내 화해할 수 없는 것일
까. 시는 이 장벽 같은 것을 무너뜨릴 수 있을까. 그냥 또
이를 테면 불화를 겪으며 살아야 할까. 그냥 적당히 공존
하는 걸까. 적당히 화해했다 하고 그냥 또 살아야 하나.
시는 그 모든 것 너머 그 무엇이 되었는가. 어둡고 낯선
어떤 사내의 복잡한 심경이 되었는가. 빈센트 반 고흐의
자화상을 보라. 그 자화상을 보리라.

그리고 이제는 거대한 기득권 세력만 남았다. 가슴높이 쯤에서 살고 있는 것은 무엇인가. 더 이상 패배하지 않고 남아 있는 것은 무엇인가. 시는 남아 있는가. 이제 장렬하게 패배할 수 있는 전쟁터조차 없다. 아무도 패배하지 않고 더 이상 패배 따위는 없는 것인가. 패배도 없고 싸움도 없다는 것인가. 마치 거대한 음모 같은 것만 남아 있을 뿐인가. 아무도 패배하지 않는다는 것은 마치 해가 지지 않는다는 것과 같은 거 아닐까. 또 패배할 곳이 없다는 것은 싸울 곳조차 없다는 말과 같은 거 아닐까. 아픈 자도 없고 슬픈 자도 없고 어디서 우는 자는 더 이상 울음소리가 들리지 않는다는 걸까. 우는 자는 울지 않고 웃는 자가 울고 있는 것은 또 무엇일까. 웃는 자가 저 울음마저 가져가 버렸다는 것일까. 어디서 누구와 또 울어야 할 것인가. 이것도 절대 질문이 되었을 것이다. 적도 없다. 아니다. 싸움만 남았다. 아니다, 싸우는 자도 없고 우는 자도 없다. 오직 자기 자신과의 싸움만 남았을 뿐이다. 아무도 싸우지 않고 아무도 패배하지 않는다.

　그러나 시는 또 패배하고 또 싸워야 할 것이다. 시는 늘 패배하면서 또 그 패배를 겪으면서 돋아나는 것 아니었던가. 시는 패배할 때마다 씌여지는 것 아니었던가. 시도 오래된 연민과 오래된 분노의 역사 아니었던가. 시는 이미 무력화 되었더라도 저 연민과 분노는 무력하지 않았으리라. 저 연민과 분노도 시처럼 오랫동안 차곡차곡 쌓였던 것 아니겠는가. 그러나 시는 제 몸 하나 가누기도 힘들다. 공허한 말 같지만 한꺼번에 한 세대 건너서 세대 교체하면 어떻게 되겠는가. 아직도 한국 사회를 모르겠는가. 아직도 한국 정치를 모르겠는가.

시가 시 이외 할 수 있었던 카드를 다 썼다. 헤어졌으면 돌아볼 일도 없어진 것 아닌가. 각자 본인의 키보드만 잘 두드리면 되는 것 아닌가. 시는 시 이외 더 두드릴 것도 없다. 앞에 있는 키보드도 잘 알고 있는 일이다. 이 부분도 어떤 비유가 아니라 곧 어떤 상징과 같은 것이다. 또 헛꿈을 꾸었던 것이고 무대 위에 잠시 서 있었던 것뿐이다. 삼국지의 도원결의처럼 복숭아밭은 아니더라도 강문 바닷가 허름한 주점에서, 헛꿈 같은, 결의에 찬, 시가 있었고 문학청년들이 있었다. 그 〈섬〉 동인은 어디 가고 늦은 저녁 강문 바닷가에서 왜 혼자 배회하고 있는가. 다시 저 패배의 끝을 향해 가자, 다시 떠나자. 각주 삼아 덧붙인다면, 기존의 시스템에 대한 분노는 기존의 시스템에 대해 적응하지 못한 불평이나 불만과 전혀 다르다. 분노도 일단의 창의성과 감수성의 원천이다. 통찰력의 일환이다. 개혁과 변혁에 대한 욕망이다. 기성 정치권을 향한 저항이다. 항변이다. 더 이상 속지 않을 것이다. 더 이상 전망도 없고 더 이상 절망도 없을 것이다. 시는 더 이상 빛도 아니고 길도 아니다. 차라리 그대가 빛이 되었고 길이 되었다. 떠나라. 그 빛은 그 길은 또 누구의 것이었더냐. 내 것인가 네 것인가.

190.

평생 낚시라는 걸 딱 한 번 해봤다. 중학교 다닐 때 강원도 거진항 축항 끝에서 바다낚시를 했다. 동해바다라도 한 번 낚아보겠다고 했으면 장차 큰 외항선이라도 탈 수 있었을 텐데, 기껏 놀래미 한 마리 얻으려고 두어 시간 매달렸다. 잘 모르지만 낚시의 핵심은 어군탐지기처럼 바다 속을 꿰뚫어보는 통찰력일 것이다. 그리고 마음 비웠다 해도 치어 한 마리라도 손에 넣으려고 낚싯대 든 것 아닌가.

아님 강태공처럼 낚싯대만 던져놓고 세월을 낚아보든가. 그것도 아니면 낚싯대를 던져놓고 시를 읽든가. 아니면 현 단계 정국 구상을 하든가. 그것도 아니면 정약전의 『자산어보』처럼 초보자를 위한 어류도감이라도 작성하든

가. 시는 여기서 강태공처럼 세월을 낚는 것이리라. 월산 대군의 풍류처럼 '무심한 달빛만 싣고 빈 배 저어 오는' 것 이리라. 아니면 유능한 낚시꾼 옆에서 허드렛일이나 거들 어주든가. 무위도식하든가. 시는 월산대군의 시조처럼 하나의 사물이 되었다는 것 아닐까. 시는 마치 현실세계에선 도저히 도달할 수 없는 어떤 이상세계 혹은 상상계 같은 거 아닐까. 아님 허공계 같은 거 아닐까. 아님 아주 미 (美)친 짓일까.

191.

이 산문집 쓰는 것도 **중독**일 때가 있다. 자다가 일어나 봉창 두드리는 게 아니라 자다가 일어나 키보드 두드릴 때가 있다. 뭔가 입에서 중얼거리니까 그 소릴 받아 적겠다는 것은 알겠지만 너무 늦은 시각이다. 그래도 키보드 두드리는 소리 죽여 가며 두드려야 한다. 키보드 두드리는 소리가 모기만 한 소리라도 남에게 피해를 주면 민폐가 된다. 암튼 입에서 쏟아지는 것을 미처 받아내지 못해 밤잠을 설치는 것보다 자리를 박차고 일어나 이 키보드 앞에 앉는 게 훨 낫다.

이 산문집 쓰는 동안 또 이런 일도 있었다. 어느 늦은 밤 산책길에선 미처 받아쓰지도 못하고 다 기억하지도 못하고 혹 날아간 것 땜에 길에서 한참 서 있었다. 시 땜에 그랬다면 시의 첫 줄이라도 얻었을 텐데 이 산문집은 어느 구절인지 다 잊어먹고 말았다. 펜을 준비하고 이면지를 챙겼지만 펜을 꺼내는 순간, 또 달아나고 말았다. 오죽하면 휴대폰 녹음 버튼을 켜놓고 다닌 적도 있었다. 암튼 하루 일과 중 노트북 앞에 앉아 있을 때가 많다.

이 산문집도 시 못지않게 피 흘리며 쓰고 있다. 또 이 산문집도 때로는 시 못지않게 어떤 힘에 의해 씌어지고 있다. 지금도 코로나 밀접 접촉자로 자가 격리 중이지만 쉬지 않고 쓰고 있다. 좌우지간 이 산문집이 출간되면 기출간된 시집과 나란히 서재 책꽂이에 꽂아둘 것이다. 똥딴지같지만 살아있는 모든 것은 평등하다. 물론 **불평등** 하나 없는 세상이란 존재할 수 없다. 그러나 불평등을 조금씩 개선하기 위해 또 불평등이 더 심화되기 전에 안간힘을 써야 하지 않을까. 이제는 대안이나 제안이 필요한 것도 아니다. 이미 쏟아진 정책 대안이나 제안만 잘 들여다보아도 불평등 개선안은 눈에 띌 것이다. 이를 테면 지난해 어느 대선 경선 캠프 공약 중 '성평등 임금 공시제와 최고 임금법 도입(살찐 고양이법)' 같은 것만 봐도 무엇을 해야 하는지 알 수 있는 거 아닌가. 그런데 하물며 불평등을 더 조장하거나 더 심화시킨다거나 그보다 불평등끼리 갈등을 더 겪게 한다면, 이게 무슨 짓이란 말인가. 이 세상에서 불평등을 해결하겠다는 것은 거의 불가능한 일인가. 그러나 시는 바로 그런 불가능한 것들을 꼬집어 드러내고 그 불가능한 세계를 가능한 세계로 선회하기 위해 문제점을 제기하는 것 아닌가. 문제점을 더 덧나게 하는 것 아닌가. 이미 다 지나간 격변기 때 얘기를 꼰대처럼 중얼거리는 것인가. 이 산문집은 이 산문집 이외 그 어떤 것도 아니겠지만 헤겔의 단언처럼 과거를 탁 끊고 다시 이 산문집으로 돌아가자. 능력 밖의 일이기도 하겠지만 이 산문집은 그런 논쟁의 격전장이 되기엔 턱없이 부족하다. 이런저런 것을 불쑥 언급한 것은 시에서 다 못했기 때문이다. 이 산문집은 오직 시에 관한 사유(思惟)이며 그저 그런 하찮은 비망록일 뿐이다. 어느 한 구절 참고할 것도 없고 그냥 한 번 읽고 지나가면 그만이다. 한 번 읽지 않고 지나가도 그만이다. 자다가 일어나 이 산문집에 대한 구구한 변명을 잠꼬대처럼 늘어놓은 것 같다. 코로나 19 비인두 pcr 검사 결과 문자 몇 시간 전이라 긴장한 탓도 있을 것이다. 이런 심경을 시에다 쓰지 못하고 이 산문집에서 헤매는 걸 보면 내적 동요가 심하다는 탓이다. 요즘엔 잘 한 것보다 잘못 한 일이 더 크게 보일 때가 많다. 다시, 시의 담론이 사라졌다는 것도 서글픈 노릇이다. 딱히 해명이나 변명을 찾기도 쉽지 않지만 담론이 사라졌다는 것은 이미 여러 관련 경로를 통해 소명되었을 것이다. 시인이든 시든 고작 단기필마 주제에 거대 담론에 대해 무얼 더 논할 수 있겠는가. 늦었지만 늙은 노새의 등짐을 덜어줘야 할 때가 되었다. 일상이든 당위든 시의 시대는 돌아올 수 없고 시는 그저 시인들의 손바닥 반만 한 손거울 속으로 다 들어간 것만 같다. 거듭 말하지만 시의 빛도 시의 길도 시의 힘도 시의 별도 시의 사명도 운명도 거울 속으로 다 빨려 들어갔다. 그럼에도 불구하고 할 수만 있다면 그야말로 오랫동안 고정된 기성 시의 형식과 내용을 벗어나 새로운 내용과 형식을 독립적으로 도모할 때가 되었다. 그리고 또 이쪽에서 써야 할 시가 있고 저쪽에서 써야 할 시도 있을 것이다. 어쩌면 이미 이쪽에서든 저쪽에서든 큰 손들은 떠났겠지만 그래도 결사항전의 투쟁 의지로 끝까지 가자. 투쟁! 파이팅! 아님 군소정당끼리 힘을 합칠 때도 되었다. 물론 군소정당 백을 합쳐도 큰 손 하나를 이길 수가 없다. 그래도 다시, 시는 단지 시를 위해서라면 퇴폐와 광기와 악마와 분노와 비현실과 비논리와 무의미와 추상적인 것과 한 발 더 나간 시적인 것과 시 아닌 것과 심지어 과학이나 철학과도 손을 잡아야 하는 것 아닌가. 비록 덧없는 일이겠지만 덧없지만 않을 것 같다. 물론 시는 덧없음이나 서글픔에서 벗어날 수 있는 적절한 출구가 아니다. 시는 스스로 무문(無門)이 되었다. 시는 아이러니하지만 있는 것도 차마 없다고 해야 한다. 졸시 한 구절 끌어다놓는다. "희망은 희망이 사라진 곳으로부터/ 절망도 절망이 사라진 곳으로부터" 또 하루를 시작하리라. 어느 자영업자의 돌직구처럼 여기서 먹고 살아야 하는데 이 구멍가게를 다 엎을 순 없지 않은가. 시의 첫 줄이 자영업자의 입에서 흘러나왔다.

192.

시를 뒤집어 보고 엎드려놓고 보고 똑바로 눕혀놓고 흔들어 보고 그리고 또 잔뜩 의심하고 그리고 또 뚫어지게 쳐다보고 옆에 나란히 누워 한잠 같이 자고 일어나서 다시 읽어보아도 괜찮은 시가 있을까. 시는 시인의 손만 떠난 게 아니다. 시가 사라진 곳에는 꽃도 사라졌고 꿈도 사라졌다. 시가 사라진 곳에는 폐허만 남았다. 시가 폐허 속에서 폐허가 될 것인지 시의 자존심을 견딜 것인지 그 모든 것도 시인의 손에 다 넘어갔다. 다시 옛 전우 같은 시와 동고동락하리라. 그러나 또 시와 함께 옆에 앉아서 도

란도란 이야기꽃 피우던 시절의 시가 아니다. 시는 무참히 짓밟힌 진흙탕 같은 개똥밭이 되었다. 시가 무엇이 되겠다거나 무엇이 되었던 시절이 아니다. 시가 무엇을 대역하던 시대도 아니다. 시는 이제 지하철을 갈아타고 마을버스 타고 떠났다. 그것도 아니면 시베리아 횡단열차 타고 떠났을 것이다. 난민처럼 망명객처럼 말이다. 각자 낯선 거리에서 만나자. 만나지지 않으면 그냥 가던 길을 가자. 만나봐야 반갑지도 않고 더 궁금할 일도 없다. 차라리 옥탑방 같은 곳에서, 창문 하나 없는 고시텔 같은 곳에서, 시는 웅크리고 있을 것이다. 새파란 문학청년처럼 또 하루를 보낸다. 시는 하루하루의 삶을 넘어서 그 어떤 곳에 있을 것이다. 어쩌면 힘겹고 또 무책임한 하루일 것이다. 혈세를 받는 고위공직자도 아닌데 그렇게 책임질 하루도 아니다. 맘 놓고 하루를 살아보자. 선을 넘어도 되고 선을 잠깐 밟고 있어도 된다. 단도직입적으로 말하면 시는 이제 무책임하고 무목적적일 수밖에 없다. 시는 영향력이 있는 제사장도 아니고 권위 있는 현역 사제(司祭)도 아니다. 오히려 맘 놓고 각자도생하자. 맘 놓고 자력갱생하자. 하루를 지내놓고 하루를 돌아보면 희망만 사라진 것도 아니다. 돌아보면 동시에 절망도 사라졌을 것이다. 그곳에 또 예민한 어떤 문청 같은 혹은 강박관념에 사로잡힌 어떤 중년 같은, 시인이 시를 옆에 끼고 배회하고 있을 것이다. 좀 더 배회하게 내버려두자. 그리고 그동안 오랫동안 간섭 받고 살았던 지배 체계로부터 벗어나자. 또 가까운 곳에 걱정거리를 쌓아두지 마라. 지나간 신문도 쌓아두지 마라. 입지 않는 옷을 쌓아두지 마라. 인연이 끝난 인연을 곁에 두지 마라. 상투적인 것을 쌓아두지 마라. 차 마실 땐 차 마셔라, 옆에 쌓아둔 책도 보지 마라. 시인은 굳이 발언도 하지 말고, 그냥 쓰고 또 쓰기만 해라. 딱히 정해진 것도 없다. 한국 시가 딱히 도착할 곳이 없다. 그 지점이 한국 시의 통점일 수도 있다. 그러나 시는 아프지도 않고 슬프지도 않다. 시는 시를 떠났고 시인도 시인을 떠났다. 지루하고 지리멸렬한 일만 남았다. 길을 떠나는 자도 없고 길을 찾아가는 자도 없다. 시는 길이 아니고 시인은 길을 찾지 않는다. 시는 길이 아니고 꽃도 아니고 별도 아니다. 이런 것도 해방이고 자유다. 가령, 문학 사회주의와 문학 개인주의가 각자의 영역에서 최선을 다하던 그런 시대는 돌아오지 않는다. 이제는 각자 본인의 영역에서 전력투구하면 되는 것이다. 즐거움을 안고 살든지 깨달음을 먹고 살든지 외롭게 살든지 나무를 심든지 무시민이 되든지 못시민이 되든지 알아서 잘 쓰고 잘 살면 끝이다. 아마추어가 되든지 프로페셔널이 되든지 삶의 전부가 되든지 삶의 일부가 되든지 그 또한 각자의 몫이 되었다. 문단도 없고 문학사도 없고 문학의 역사도 없어졌다. 돌아볼 것도 없고 쳐다볼 것도 없다. 시는 당신을 쓸 것이고, 당신은 또 시를 쓸 것이다.

193.

시는 끝이 없다. 시의 끝은 끝이 아니고, 다시 끝을 향한 끝없는 끝이다. 여기서 심심풀이로 끝을 꿈으로 바꾸면 어떨까. 바꾸어 읽어도 괜찮지 않은가. 그러고 보니 꿈이나 끝이나 다 거기서 거기 아닌가. 아닌가. 잠깐 시는 꿈과 끝 사이를 헤매고 떠도는 것 아닌가. 그 헤맴과 떠돎을 어느 성실한 작자가 놓치지 않고 받아쓰는 게 시 아닐까. 하루의 끝과 하루의 꿈 사이에서 헤매지 않고 떠돌지 않는 자가 있으랴. 아무리 개념 없이 살아간다 해도 다 그렇고 그런 삶과 꿈을 갖고 사는 것 아닌가. 헤매고 떠도는 순간, 시도 되고 시인이 되는 것이다. 떠도는 자여 헤매는 자여 그대는 결코 떠도는 것도 아니고 헤매는 것도 아니다. 그대 곁에는 시가 있고 시인도 있다. 떠돌고 헤매는 것은 살아있는 구름이나 바람과 같다. 구름이나 바람도 마음대로 되지 않는다. 설령 마음먹었다고 마음대로 되는 것도 아니다. 본인이 먹은 마음이라 해도 본인이 다 먹을 수도 없다. 다 먹을 수 있는 것은 없다. 얼마만큼 먹고 나서 다 먹었다고 말하는 것이다. 다 먹을 수 있는 것은 없고, 다 말할 수 있는 것도 없다. 시는 또 거기쯤 떠도는 것이다. 최근에 들었던 말 중에서 압권은 다음과 같다. "사람의 말을 믿어요?" 그 발언자는 누구보다 사람을 믿었고 사람의 말을 믿었다. 그 발언자는 사람의 말을 잘 따랐고 사람의 말을 의심하지 않았다. 어쩌면 그는 속지 않았고 속지도 못했다. 그렇게 산 것이 잘못이었다. 그의 잘못은 사람의 말을 너무 믿었던 것뿐이다. 너무 믿었기 땜에 믿지 않겠다는 것이다. 역설이 아니다. 진실이고 진심이다. 사람의 말이든 언어든 시든 시인이든 세상이든 다 믿을 것은 아니다. 무얼 더 믿을 것도 아니다. 그렇다. 더 믿어야 할 것도 없고, 다 믿어야 할 것도 없다. 그렇지 않은가. 그 발언자의 입장을 생각하면 다 믿은 것도 애달프고, 더 믿은 것도 애석할 뿐이다. 그 발언자는 어쩌면 다 믿고 싶었고, 더 믿고 싶었을 것이다. 그 발언자는 더 믿을 것도 없고, 다 믿을 것도 없어지자 매우 자유로워졌다. 그 발언자의 자유는 곧 해방이었다. 웃음도 되찾았다. 시도 그 어디쯤에서 헤매고 있을 것 같다. 필자와 지근거리에 있던 지인이었다.

194.

다 믿었다 해도 다 믿은 것도 아니고 더 믿었다 해도 더 믿은 것도 아니리라. 다 또는 더는 어딘가 부족하고 어딘가 채워지지 않는다, 위험하다. 어딘가 더 채울 수 없는, 어딘가 다 채울 수 없는, 당신의 술잔 같은 것이다. 당신과 술잔이라도 주고받은 지가 오래되었다. 시국 탓이라고 하는 것도 아주 좋은 핑계일 것이다. 끝내 채워도 또 채워도 다/더 채울 수 없는 당신의 술잔 같은 것은 또 뭘까. 시의 길이 여기 어디쯤일까. 철학의 길도 여기 어디쯤일까. 사랑이란 것도 우정이란 것도 여기 어디쯤일까. 제 가슴만 답답할 뿐인가. 담담할 뿐인가. 그곳에 가도 당신이 없을 것 같다는 생각은 당신도 그곳에 없다는 말인가. 그래도 당신을 찾아가는 길이 시의 길일 것이다. 그 길도 철학의 길일 것이다. 당신은 그곳에 없겠지만 당신은 또 다른 그곳에도 없을 것이다. 이번엔 당신을 시로 바꿔서 불러 보자. 몇 해 전 한글을 막 깨친 춘천의 노인들이 광화문광장에서 시화전을 열었다. 놀랄 만한 일이지만 놀랄 만한 일도 아니다. 익명의 크리스천이란 말이 있듯이 더 많은 익명의 시인들이 경향 각지 도처에서 시를 준비하고 있을 것이다. 이미 각지에서 각자의 삶을 살고 있듯이 또 각지에서 각자의 언어로 각자의 시를 쓰고 있을 것이다. 시여 어서 오라. 시인이여 어서 오라. 아니다, 오라 가라 할 것도 없이 이미 그들은 그들의 세상을 그곳에 만들었다. 아니다, 이미 문단의 권리 당원이 되었다. 판이 바뀐 것이 아니라 판이 뒤집어졌다. 소수의 시인들만 모르고 사는 것 같다. 시도 즉각 버리고 즉각 떠날 줄 알아야 한다. 시인만 꼭 들으라는 말도 아니다. 시의 영역이 따로 있고 삶의 영역이 따로 있는 것도 아니다. 시인의 영역이 따로 있고 익명의 영역이 따로 있는 것도 아니다. 남의 말을 너무 믿을 것도 아니고 남 앞에서 너무 말을 많이 할 것도 아니다. 스마트폰을 들여다보듯이 본인의 마음을 잘 들여다보라. 그대 마음은 그대 마음이 다스릴 수밖에 없다. 하루의 끝에서 한 번쯤 할 수 있는 일이다. 시가 그대 가슴을 뚫고 지나갈 수 있는 화살이 될지 뭐가 될지 아무도 모른다. 그러나 시는 그대 가슴을 향해 가는 길 위에 있을 것이다. 그러나 시는 그대 가슴을 또 빗나갈 것이다. 알고 보면 시가 가지고 있는 화살은 없다. 그대 가슴 뚫고 어쩌고 한 것도 다 허사고 허언이다. 시가 어느덧 허사가 되고 허언이 되고 말았다. 시는 깊어지는 것도 아니고 시적 사유도 깊어지는 것이 아니다. 그런 말은 어느 텍스트에서도 찾을 수 없다. 이런 말까지 나서서 할 필요가 없겠지만 시의 역사는 사라지고 시인의 역사도 사라지고 있다. 시인의 인구가 늘었다는 작금의 통계와 시인의 역사는 주파수가 다르다. 시인이 늘어났다고 시인의 역사가 만화방창한 것은 아니다. 눈길 가는 곳마다 꽃이다. 곳곳에 꽃이 만발하였다.

195.

당신은 눈물을 흘렸지만 당신의 당신은 눈물을 흘리진 않는다. 아마도 돌아서서 웃고 있을 것만 같다. 시가 가끔 세상을 그대로 베껴야 할 때가 있다. 이긴 것도 아니고 진 것도 아닌, 우는 것도 웃는 것도 아닌, 제3자적 현타는 또 무엇일까. 한 발짝 떨어져서 보면 진 것도 없고, 이긴 것도 없다. 물론 이겼다고 웃고 졌다고 운다. 조금만 지나면 이 겼다고 울고 졌다고 또 웃는다. 말장난이나 말을 비트는 게 아니다. 웃고 우는 사이에 시가 왔다 간다. 시가 왔다 가는 사이에 울던 자는 웃고 웃던 자는 울고불고 난리다. 어디선가 더 크게 웃는 자가 있다. 어디선가 더 크게 우는 자가 있다. 어떻게 보면 또 웃는 것도 우는 것이고 우는 것도 웃는 것이다. 한 발짝 떨어져서 눈을 씻고 보면 큰 차이가 없다. 우는 소리도 웃는 소리 같고 웃는 소리도 우는 소리 같다. 웃는 것도 우는 것도 다 같은 것이다. 그 러나 웃으면 같이 웃고, 울면 같이 우는 것이다. 이것도 오랜 시간 지속된 거대한 권력 같은 것이다. 어떻게 보면 거대 권력 같은 관습적 인식이란 것도 그냥 웃고 울 수밖에 없는 것 같다. 예컨대 비웃음도 없고 흐느낌도 없다. 서러움도 없고 허전함도 없다. 마치 흑백만 있고 회색은 없다. 편의점보다 더 작고 왠지 그보다 더 없는 것 같다. 시적 상상력도 교육적 상상력도 정치적 상상력도 사회적 상상력도 뭔가 태부족한 것만 같다. 이상하리만큼 어두운 것도 어둡지 않다. 누군가 큰 그림을 뒤에서 통제하고 있다는 생각이다. 큰 밑그림이 있다는 것이다. 아주 조용하게 할 때는 아주 조용하게 하고 아주 시끌벅적하게 할 때는 또 아주 시끌벅적하게 한다. 큰 손이 뒤에서 움직이는 것만 같다. 뭔가 적절하게 통제하고 뭔가 적당하게 조절하는 것 같다. 조용하고 또 차분하다. 발언하는 자도 없고 분노하는 자도 없다. 시가 없다는 것도 이런 것과 같을 것이다. 시인이 없다는 것도 이런 것과 같을 것이다. 울음을 참을 수도 있고 웃음을 참을 수도 있는 것은 무엇인가. 아무도 볼 수 없는 타자의 힘인 것 같다. 그 힘에 의해 살아지는 것 같다. 그 타자의 매뉴얼에 의해 돌아가는 것 같다. 그렇기 때문에 자꾸만 '나는 누구인가?' 하고 되묻고 되물어보라는 것 아닌가. 아닌가. 시도 그 근처에 있기 때문에 자꾸만 시가 무엇인가? 하고 되묻고 또 무엇이 시인가? 하고 되물어보라는 것 아닌가. 아닌가. 설사 그런 것이 아니라 해도 나는 누구인가, 시는 무엇인가 하고 되묻는다면 이미 시의 길에 들어선 것이다. 인문학의 길에 들어선 것이다.

196.

이미 인공지능이 클래식을 작곡하고 인공지능하고 바둑을 두는 시대가 되었다. 그가 오면 웃고 울고 할 사이도 없다. 이제 웃고 우는 것조차 그의 손에 달렸는지 모른다. 곧이어 시도 그들의 손에 넘어갈지 모른다. 이미 어디선가 습작하고 있을 것 같다. 아니다. 습작이 아니라 곧 바로 기성 문단에 끼어들 것 같다. 피도 눈물도 없는 인공지능하고 싸워야 할 때가 도래했다. 이 판에서 그들은 오직 직진만 할 것이다. 그들이야말로 노빠꾸일 것이다. 시도 알고 보면 노빠꾸다. 시는 인공지능과 끝까지 싸울 것이다. 그리고 일승일패를 반복할 것이다.

그들은 거대 권력과 같고 그들은 거대 자본과도 닮았을 것이다. 그들이야말로 거대한 대역 배우를 닮았을 것이다. 판만 바뀐 것이 아니라 선수들까지 다 바뀌었다. 누구를 위한 판이고 누구를 위한 선수인가. 판은 판을 위한 것이고 선수는 선수를 위한 것인가. 시는 어디로 가고 있는

가. 시는 무엇을 하고 있는가. 그러나 그들은 누굴까. 그들은 거대한 대역을 위해 충실한 대역이 되었을 뿐일까. 그들 앞에서 시가 할 수 있는 일은 뭘까.

197.

이러지도 저러지도 못하는 사이에 시가 왔다 간다. 시도 알고 보면 틈새를 노려야 한다. 마음의 틈이든 사물의 틈이든 언어의 틈이든 그곳에서 시가 나온다. 또 마음의 틈새를 메우기 위해 시를 쓴다. 마음의 틈새에 오래된 잡지든 노래든 간혹 여행이든 뭐든 하나 갖다 구겨 넣을 때가 있다. 그럴 때 시가 온다. 시는 누가 가르쳤고 시는 어디서 배웠다는 걸까. 어디서 무엇을 배웠다는 걸까. 시도 배울 수 있는 걸까. 시를 가르칠 수 있다는 걸까. 도대체 누가 시를 배우고, 누가 시를 가르쳤다는 걸까. 누구한테 아무것도 배우지 않은 자가 시를 쓰리라.

늦은 밤 폐지를 손수레에 담아 밀고 가는 노인을 뒤에서 바라보았다. 아무리 다가가려 해도 마음이 더 좁혀지지 않았다. 수레 쪽으로 몇 발짝 옮겨보았지만 마음은 좁혀지지 않았다. 시 한 편 써서 마음의 틈에다 억지로 구겨 넣었다. 마음이 또 불편했다. 다음엔 시를 쓰지 말고 손수레를 밀고 같이 가자. 아예 폐지 집합장까지 직접 수레를 끌고 가자. (실은 얼마 전 늦은 밤, 수레를 끌고 동네 폐지 집합장까지 다녀왔다. 딱 한 번 다녀왔기 때문에 여기다 쓰기 어려웠다.) 그리고 폐지 가격도 좀 인상하라고 외치자. 이왕 나선 김에 **폐지 가격 현실화 촉구 소시민 결의대회**도 개최하자. 그리고 폐지 가격 현실화 촉구 소시민 연대 공동선언문도 공지하고 발표하자. 이렇게 또 세상 물정도 모르고 산다.

시와 삶의 긴장 관계가 완화된 것 같다. 본래 시와 삶의 관계에서 긴장은 존재하지 않는다. 인정! 그래도 긴장 관계는 유지하자. 인정! 긴장 관계를 유지하는 것도 꼭 시와 삶의 관계만은 아니다. 조금만 더 넓혀서 보면 시와 삶의 관계뿐만 아니라 연극 무대도 그렇고 영화와 관객도 그렇다. 세상은 거대한 연극 무대이며 어느 영화 한 편과 같을 때도 있다. 그런데 그 긴장이나 갈등은 관객이나 독자의 몫이 아닌데도 불구하고 무대 밖에서 관객이나 독자가 겪을 때가 있다. 아직 과거가 되지 못한 과거가 많다. 과거는 또 흘러갔다.

그렇게 오랫동안 민주화 운동 시대를 겪었고 또 오랫동

안 엄청난 대가를 치렀는데 이른바 그 민주화는 다 이루어진 것인가. 다 이루어졌다는 것도 어떤 무엇에 의한 착각 아닐까. 착각을 자각할 수 없는 것은 또 무엇일까. 이 착각은 집단적 착각일까. 개별적 착각일까. 시도 이런 것을 알고 있을까. 시는 모르는 일일까. 무엇 때문에 아직도 많은 대가를 치르고 있는 걸까. (가령, OECD에서 국가별로 발표하는 각종 통계 지표는 각종 숫자일 뿐일까. 노인 빈곤율, 자살률, 부동산 가격 상승률, 이산화탄소 배출 증가율 및 재생 에너지 비중 등등.)

시와 삶은 긴장 관계를 좀 더 유지하고 지속해야 할까. 아니면 지속할 것도 없이 다 무너진 걸까. 모든 긴장 관계는 필요 없는 것일까. 모든 긴장 관계는 앞에선 긴장하고 뒤에선 풀어놓는 것인가. 그렇다면 지금 이 순간 모든 긴장 관계는 떠나라. 작은 오징어게임이든 큰 오징어게임이든 오징어만 남겨두고 가라. K-드라마의 명성과 열정만 남겨두고 가라. 떠나라. 시는 다 떠난 뒤에 홀로 남아 있어라. 시는 눈물 흘리는 자와 피 흘리는 자의 곁에 있어라. 약자와 패자의 옆에 있어라. 시는 그들의 눈물과 피와 마주 보라. 그들의 피와 눈물을 기록하라. 시는 24시간 풀가동해야 한다. 그러나 시는 또 조용히 살 수밖에 없으리라.

어렵겠지만 시가 독자들의 반응에 부합할 일은 아니고 시대적 이슈에 또 앞장설 일도 아니다. 아니다. 또 나서긴 해도 시민의 한 사람으로서 조용히 나서면 될 일이다. 아니다, 한 발짝이라도 더 앞장서야 할 것이다.

198.

시는 아무리 비워도 마지막에 남은 어떤 내용(간혹 어떤 형식)까지 다 비울 순 없다. 김춘수의 말을 그대로 인용하면 '무의미시라는 것도 무의미라는 의미, 즉 내용'(앞의 김춘수 『사색 사화집』)은 남아 있는 것이다. 그것도 시에 남아 있는 시의 내용이다. 내용(간혹 어떤 형식)이 없는 시는 없다. 내용이 없는 아름다움은 있지만 내용을 싹 다 비운 시는 없다. 그것이 메시지든 구조든 이미지든 상징이든 아무튼 마지막에 남은, 그 어떤 내용은 남는다. 그럼에도 불구하고 또 남아 있는 것은 시가, 시가 되려면 내용만 읽히지 않도록 해야 한다. 시라는 것도 선택과 집중이 필요하다. 무엇을 선택하고 무엇을 집중할 것인가. 가령 메시지를 선택할 것인가. 그래도 시를 선택할 것인가. 아니면 십자가를 짊어지더라도 둘 다 선택할 것인가. 그래도 또 남는 것은 무엇을 선택하고 무엇을 집중할 것인가. 아니면 시가 스스로 해야 할 일인가. 시를 너무 억압하지 말

자. 시를 너무 괴롭히지 말자. 시를 너무 간섭하지 말자. 시도 독립해야 한다. 시인도 독립해야 한다. 촛불도 태극기도 독립해야 한다. 외로움이야말로 비로소 독립이다. 개인 유튜버처럼 우후죽순하자. 독립하자.

199.

시적 세계와 일상적 세계는 분별없이 연속적이다. 불연속적일 수가 없다. 또 일상적 세계가 시적 세계가 되고, 시적 세계가 일상적 세계가 되는 것이다. 불연속적인 것은 없다. 그럼에도 불구하고 시가 되는 순간엔, 불연속적일 수밖에 없다. 시의 세계는 거두절미의 세계다. 그리고 일상적 세계와 시적 세계는 마땅치 않겠지만 비빔밥과 같은 것이다. 아니다, 잡채밥과 같은 것이다.

이승훈 교수처럼 적어도 20년 정도 지치지 않고 시켜 먹어야 일상적 세계가 시적 세계가 되는 것이다. 일상적 세계와 시적 세계가 만나서 비로소 시의 세계가 되는 것이다. 아무나 잡채밥 같은 시를 쓰는 게 아니다. 아무나 무림의 고수가 되는 게 아니다. 아무나 일상을 시로 만드는 게 아니다. 굉장히 섬세한 화술과 일상이 만났을 때, 시가 되는 것이다. 아무나 무턱대고 만나는 것도 아니고 아무나 손닿았다고 도달할 수 있는 것도 아니다. 도를 얻은 자의 도를 어찌 감히 짐작할 수 있겠는가. 이승훈의 시를 또 언급하는 것도 차마 참을 수 없는 일종의 어떤 무의식 같은 것이리라. 그렇다면 이 산문집도 결국 어떤 무의식의 흐름일 것이다. 말이 되는지 모르겠지만 좀 더 적극적인 무의식의 흐름이라고 할까. 생각의 흐름이라고 할까. 어떤 사유의 흐름이라고 할까. 아주 지나친 개인적인 편견이겠지만 좋은 시는 가끔 마음이 아플 때가 있다. 이승훈의 시를 마음속으로 나직하게 읽자. '등을 구부리고 앉아… 고개 숙이고' 한 줄 한 줄 읽어보자.

"학교 연구실에서 20년 매일 잡채밥을 시켜 먹는다 지치지도 않으십니까? 빗물 묻은 우비를 걸치고 배달 온 청년이 묻는다 다른 건 잘 못 먹어요 청년이 나가면 연구실 낮은 탁자에 등을 구부리고 앉아 맛없는 잡채밥을 먹는다 학생들이 연구실에 앉아 잡채밥 먹는 걸 보면 실망할지 몰라 문을 잠그고 비가 오나 바람이 부나 오전 열한시 반 낡은 잠바 걸치고 앉아 고개 숙이고 잡채밥 먹는다 물론 다 먹지 못하고 남긴 그릇을 신문지에 싸서 연구실 문 밖에 내놓는다"(「잡채밥」 전문)

200.

살다 보면 때때로 부정적 사유가 긍정적 사유보다 더 긍정적일 때가 있다. 긍정적으로 생각하고 긍정적으로 살다 보면 아예 풀 죽은 삶이되기 일쑤다. 고시조 '다정도 병인 양 하여'가 아니라 긍정도 병이 될 수 있다. 가급적 속으로나마 부정적 사유를 놓치지 말자. 정신도 마음도 가끔 긍정보다 부정에 의해 용솟음칠 때가 있다. 시도 그러할 것이다. 직접 나서서 저항하고 반항하지 않더라도 부정적 사유만 해도 시는 친구처럼 찾아올 것이다. 시는 결국 부정적 사유의 열매다. 너무 긍정하지 말자. 너무 그렇게 긍정하지 않아도 긍정으로 돌아간다. 너무 긍정만 하다 보면 오히려 부정으로 돌아간다. 부정이야말로 새로운 사유의 생명력일 수 있다. 시의 시작일 것이다. 그리고 또 좀 다르게 살아도 된다. 남과 좀 다르게 살아도 된다. 좀 삐딱하게 살아도 된다. 좀 다르게 하고 좀 낯설게 하는 게, 그게 시의 생얼이다. 부정적인 것은 나쁘고, 긍정적인 것은 좋다는 것도 저 앞의 오규원 선생 말처럼 관습적 인식, 즉 고정관념이다. 긍정의 힘이 어딘가 있다면, 부정의 힘도 분명 어딘가 있을 것이다. 부정의 힘은 또 부정하는 힘이니까 덮어놓고 부정하는 것도 아니다. 그것은 부정의 힘을 잘못 기른 것이다. 부정의 힘은 새로운 인식의 출발이다. 시의 시작이다. 부정의 힘은 더 큰 용기이며, 고착화된 기존의 지배체계에 대한 창의적 사유의 한 방편일 것이다. 부정적 사유야말로 시 한 줄과 바꿀 수 있다. 그리고 어떻게 예스맨만으로 살 수 있겠는가. 그대가 가지고 있는 패러다임과 사고체계와 세계관을 바꾸고 또 한 번 바꾸어 보라. 시도 마찬가지다. 차마 어려운 말이지만 뭐 하고 뭐만 빼고 다 바꾸라는 것 아닌가. 그래야만 새로운 판의 패러다임이 생겨날 것이다.

201.

관념이 추상이라면 언어도 추상일 것이다. 여기 꽃이란 언어가 있고 풀이라는 언어가 있다. 이 꽃과 이 풀이라는 언어도 그냥 하나의 추상이며 관념일 뿐이다. 알맹이가 없는 빈껍데기일 뿐이다. 언어도 추상도 관념도 풀도 꽃도 빈껍데기일 것이다. 그래도 시는 시가 되는 그 순간만이라도, 하나의 투명한 혹은 분명한 관념이 되고 언어가 되고 추상이 되고 또 사물이 된다.

202.

시는 마음에서 우러나오고, 그 마음도 아주 진심을 다해야 얻을 수 있다. 그 무엇보다 마음고생이 많다. 머리보다 손끝보다 마음을 쏟을 때가 많다. 때로는 마음 가는 대로, 마음 흘러가는 대로, 시는 성실히 쫓아다니겠지만 마음의 상처가 생길 때도 많다. 마음을 움켜쥐고 마음이 흘러내릴까 봐 노심초사한 적도 있지만 맨가슴만 남을 때도 많다. 모든 시는 다 가슴 언저리 어디쯤 있는 것만 같다. 하여 술도 시도 사랑도 담배도 노래도 가슴 언저리 어딜 향해 마음을 다해 먹고 마셨다. 그러나 마음을 다해도 시도 술도 사랑도 담배도 노래도 오지 않는다. 결국 무얼 하지도 못하고 마음만 부둥켜안고 살았을 것이다. 그래도 마음을 안고 있으면 시를 안고 있다고 생각했던 것이다. 그러나 시는 마음의 끝이 아니라 손끝에서 씌여지는 것이다. 때때로 발끝에서 씌여지는 것이다. 마음 놓고 시를 쓸 때가 있다. 어쩌면 마음 밖에서 또 마음을 뛰어넘어야 시를 쓸 수 있다. 헤어질 결심이 아니라 헤어지고 난 다음, 어떨 땐 마음 없이 어떤 마음도 없이 경중경중 뛰어다니면서 시를 쓰고 있었다. 그리고 또 이젠 마음을 다해 시를 읽던 시절도 아니다. 마음을 깃발처럼 앞세우고 다니던 젊은 날도 아니다. 마음만 믿고 따르던 그런 시절도 아니다. 이제는 마음을 다해 쓰지 마라. 애쓰지도 마라. 마음을 다 쏟지 않아도 된다. 마음이 통하던 그런 세월이 아니다. 마음 깊숙이 찔리던, 그렇게 시를 읽던 그런 시대가 아니다. 시를 그렇게 마음 다해 읽지 않아도 된다. 그렇게 마음을 다해 시를 쓰지 않아도 된다. 마음 쿡 찌르는 시를 쓰지 않아도 된다.

203.

시는 누군가 불러주는 것을 그대로 받아 적을 때가 있다. 그럴 때가 있다. 그럴 땐 타이핑 소리가 되게 빠르다. 시는 또 마음에 떠오른 영감을 놓치지 않기 위해 받아 적을 때가 있다. 그럴 때가 있다. 그럴 땐 타이핑 소리가 더 빠르다. 시도 급하고 타이피스트는 더 급하다. 이 산문집도 이에 못지않게 빠를 때가 많다. 미처 감당하지 못할 때가 있다. 암튼 되게 빠르고 급하다. 대체로 이 업계가 급하고 빠르다. 불같다. 예컨대 불같은 시가 있다면 혹은 물같은 시가 있다면 그것은 누구의 것인가. 우선 타이피스트 것인지 물어보아야 한다. 그러나 타이피스트는 아니다. 타이피스트는 끝내 시적 세계에 입장할 수 없는 걸까. 시는 외부인 출입금지 구역일까. 시도 일종의 외인부대일까. 시는 출구도 없지만 입구도 없는 걸까. 시의 세계도 구중

궁궐 같은 중세시대 요새 같은 곳일까. 아니면 남대문시장 같은 곳일까. 골목시장 좌판 같은 것일까. 도봉산 원통사 절집 마당 같은 곳일까. 시의 세계엔 시의 세계만 따로 있는 걸까. 시의 세계는 이미 독립하였고 독립한 세계가 되었는가. 시적 세계는 그곳에서 그들만의 내면화를 지속하면서 그들만의 내적 세계를 유지하고 그들만의 네트워크를 구축할 것인가. 매우 개인적이며 동시에 이기적일 수밖에 없는 것인가. 그것이 냉정한 시의 세계인 것인가. 그들만의 세계인 것인가. 아주 성실하고 매우 안목 있는 독자만 드나들 수 있는 통로가 따로 있는 것인가. 앞에서 말한 누군가 불러주는 대로 받아쓴다면 그때 시는 쓰는 것보다 씌여지는 것인가. 누가 시를 쓰는 것인가. 누가 나를 쓰는 것인가. 삶도 마찬가지인가. 살아가는 것보다 살아지는 것인가. 그럴 때가 있다.

204.

시는 설명도 싫어하지만 분석도 싫어한다. 시는 관념도 이념도 싫어하지만 상투적인 것도 관습적인 것도 고정관념이란 것도 다 싫어한다. 시는 논리도 싫어하지만 이성도 싫어한다. 시는 담론도 싫어하지만 거대담론도 싫어한다. 시는 기만도 싫어하지만 교만함도 싫어한다. 시는 기득권도 싫어하지만 기득권 논리나 진영 논리도 싫어한다.

205.

시는 독자들이 언짢아해도 좀 불편하게 하는 게 맞다. 시는 결코 아부하고 아첨하는 장르가 아니다. 시는 양호함보다 불량함에 가까울 것이다. 시는 긍정보다 부정에 가까울 것이다. 시는 또 가능성보다 불가능에 더 가까울 것이다. 시는 이 현실이든 저 현실이든 비판적인 인식을 감출 수 없다. 저 현실이든 이 현실이든 시의 눈엔 뭔가 탐탁하지 않고 마땅치 않다는 것이다. 그런 것도 현실에 대한 인식이며 태도일 것이다. 음풍농월할 수 있는 세상은 어디 있는가. 시가 태평가를 노래했다 해도 그게 태평성대를 노래한 태평가는 아닐 것이다. 그야말로 역설이고 아이러니일 것이다.

시는 또 아무리 사소한 것도 좋은 게 좋다는 식으로 인식하지 않는다. 시는 개뿔도 아니지만 비판적 안목이나 발언을 멈추지 않을 것이다. 시는 아무데서나 덥석 동의할 수 있는 게 많지 않다. 시가 헛소리라 해도 시가 모기소리보다 더 작아졌다 해도 어떤 경고를 멈추지 않을 것이다. 시가 어디로 가는지는 모르겠지만 조금씩 길에서 길을 잃기도 하고 길에서 떠돌기도 하면서 또 끝까지 갈 것이다. 시는 아주 편한 길도 조금씩 불편하게 할 것이다. 시도 조금씩 불편할 것이다.

오늘 저녁엔 가슴 한 번 제대로 편 적 없는 사람들 앞에서 시를 낭독하자. 시도 잘못 든 골목 같을 때가 있다. 막다른 길 같을 때도 있다. 막다른 골목을 향해 뛰어가는 아해 같을 때도 있다. 막다른 골목을 끝까지, 끝까지 달려가자. 말 달리자. 시여! 동지여! 도저히 갈 수 없는 곳도 가자. 굳이 가지 않아도 될 곳도 가자. 한 번 갔던 곳도 가자. 시가 없는 것도 가자. 시가 아닌 곳도 가자. 길 없는 길도 가자. 길이 무너진 길도 가자. 다 돌아선 길도 가자. 온몸을 다해 가자. 최선을 다해 가자. 공부도 하자. 여행도 하자. 친구도 사귀자. 술은 끊지 말자. 남의 아픔을 외면하지 말자. 사회적 정치적 문제에 대하여 비판적 태도를 잃지 말자. 열여덟 살 때, 교과서 밖에서 읽었던 참여시의 그 본령을 잊지 말자.

(잠깐, 교과서에서 시를 배울 땐 교과서 시밖에 몰랐지만, 교과서 밖에서 시를 배울 땐 교과서 밖에 또 시가 많았다.) 그럼에도 불구하고 '예술은 인생이 아니며 또한 사

회의 산파역도 될 수 없다'는 오든의 말은 한 귀로 듣고 또 한 귀로 흘려 보내지 말자. 또 '시는 시 이외에 아무것도 아닌 것'이라는 이승훈의 말도 흘려 보내지 말자. 어디서 든 펜을 놓치지 말자. 가자.

그래도 시는 도망가지 않을 것이다. 시는 어떤 출구를 찾지 않을 것이다. 어떤 출구를 향하지 않을 것이다. 시는 바람 부는 들녘의 너절한 허수아비가 될 것이다. 146번 버스를 타고 삼성동 코엑스까지 갔다 오자. 어느 날엔 장대비 뚫고 도봉산 둘레 길도 가자. 먼 곳까지 가자. 아무리 급해도 앞지르지 말자. 헛걸음하더라도 가자. 가자. 동지여! 시붕이여! 시집이 팔리지 않고 시가 읽히지 않고 신작 시집을 내놓아도 리뷰 한 줄 없어도 서운해 하지 말자. 기죽지 말자.

206.

"시는 온몸으로, 바로 온몸으로 밀고 나가는 것이다. 그것은 그림자를 의식하지 않는다. 그림자조차도 의지하지 않는다. 시의 형식은 내용에 의지 않고 그 내용은 형식에 의지하지 않는다. 시는 그림자에조차도 의지하지 않는다. 시는 문화를 염두에 두지 않고, 민족을 염두에 두지 않고, 인류를 염두에 두지 않는다. 그러면서도 그것은 문화와 민족과 인류에 공

헌하고 평화에 공헌한다."(「시여 침을 뱉어라」 부분)

   김수영 산문에서 인용했다. 그의 산문을 시처럼 '온몸으로 바로 온몸으로' 읽고 또 읽었다. 그의 산문은 주 종목인 그의 시 못지않게 살아있다. 시와 산문, 즉 투 트랙에서 모두 일정한 문학사적 업적을 이룬 작가는, 개인적 소견으론 우선 이상과 김수영을 꼽을 수 있다. 위의 산문은 그의 유수한 산문 중에서도 압권이다. 비록 일부 인용했지만 그의 고민이 예민하게 또 정직하게 드러난다. 그의 시에 관한 비평 자료만큼 그의 산문에 관한 비평 자료도 필요한 지점이 있을 것이다. 지금 읽어도 그의 산문은 늙지 않고 오히려 더 젊어진 것 같다.

207.

   시적 대상이란 없다. 왜냐하면 시적 대상을 묘사한 것조차 시적 화자의 정서적 표현이기 때문이다. 모든 시는 시적 화자의 총체적인 심경일 수밖에 없다. 대상은 없고 심경만 있을 따름이다. 그리고 시도 퉁 치고 가는 것이다. 독자도 퉁 치고 읽을 줄 알아야 한다. 그것도 객관적이 아니라 오직 주관적인 판단에 의해 퉁 치고 가는 것이다. 독자 운운 했지만 이제 실은 시의 독자는 없다. 시의 독자는 돌아오지 않는다. 시의 첫 독자와 제일 끝의 독자도 시적 화자일 것이다. 결국 또 돌고 돌아 시인만 남았을 뿐이다. 시를 들고 시 밖으로 나갈 수도 없다.

좀 다른 말이지만 많은 사람들 앞에서 시를 낭독하는 것도 코미디일 것이다. 많은 사람들 앞에서 춤을 추는 것도 코미디일까. 시는 시인이 잠시 시적 화자가 되어 안방 화장실에서 혼자 낭독하는 게 맞다. 북도 치고 장구도 치고 그렇게 시는 혼자 하는 것이다. 만 원짜리 한 장 꺼내 놓고 나서야 친구 앞에서 반려견 얘기도 꺼낼 수 있다는 세월이다. 남의 수다 들어주기보다 본인 수다 꺼내기에 더 바쁜 세월이다. 남의 수다를 들어주고 남의 시를 읽어주던 시절이 아니다. 시를 들고 여기저기 흔들지 말자. 신작시를 써도 조용히 읽고 서랍에 넣어 두자. 노트북에 저장하고 일어서자. 그리고 또 시를 쓰자.

208.

적대감을 키웠다. 너무 커서 나중에 적대감은 큰 부메랑이 되었다. 달라이 라마에 의하면 적도 선지식으로 받아들이라고 한다. 오죽하면 적을 통해 관용과 인내를 배웠다고 하겠는가. 생생한 선지식이다. 적에 대한 적대감 때문에 고생한 마음은 알고 있다. 적대감을 풀지 않고 끝까지 적대적 감정을 유지하는 것도 쉽지 않다. 적대감도 시적 화자의 입장에선 존재 이유이며 존재에 대한 분명한 인식일 것이다. 시적 화자는 또 고민할 것이다. 어떻게 존재할 것인가. 혹은 어떻게 인식할 것인가. 시적 화자가 좀처럼 잠들지 못하는 이유가 여기 또 있을 것이다

209.

시적 화자가 잠들지 못하는 이유가 여기 또 있다. 김준오 교수의 『시론』(177쪽)을 보면 풍자에 관한 내용이지만 '부조리한 현실을 극복하여 당위적 현실을 지향하는' 그런 마음 때문에 잠을 이루지 못하는 시적 화자도 있을 것이다. 물론 많은 시적 화자가 이 때문에 잠을 이루지 못하는 건 아니다. 시적 화자가 잠을 이루지 못하는 이유도 잠들지 못하는 밤처럼 많을 것이다.

가령, 어떤 화자는 안방 열쇠 구멍 앞에서 혹은 '칼끝'으로 닫힌 문을 열었어도 잠을 이루지 못한다. 시적 화자는 그렇게 잠을 이루지 못하고 또 이렇게 시를 이루는 것이리라. 시는 불면증을 먹기도 하고 '어둡고 환한 방'을 먹기도 한다. 문득 시가 잡식 공룡일 것 같다. 그러나 편식이

강한, 아주 강한 편식 공룡일 것 같다. 천수호의 시를 읽자. 시를 읽기 딱 좋은 너무 깊은 밤이다. 이런 시를 낮에 읽었다면 어떨. 혹은 이 시를 낮에 들었다면? 그때는 이 시를 어디서 만났는지 알 수 있었지만 지금은 이 시를 어디서 읽었는지 들었는지 알 수가 없다. 어디서 들은 것도 같다. 〈당신의 밤과 음악〉….

"네가 다가와 가만히 내 어깨에 손을 얹었다/ 그렇게 온건히 열리는 세상을 본 적이 없어서/ 더 세게 눈을 감았다/ 극약처방이라는 말이 열쇠 소리를 절거덕거렸지만/ 너는 마침내 새파란 칼끝을 내보였다/ 겁먹은 내 얼굴 위로 네 그림자가 포개지면서/ 칼끝이 문틈을 찔렀다/ 내가 오래 흔들던 손잡이를 너는 가볍게 비틀었고/ 어둠을 와락 넓히며 너는/ 나의 큰 키를 방 안으로 밀어 넣었다/ 좁고도 넓고 어둡고도 환한 방이었다"(「불면증」 부분)

210.

이보다 좀 더 깊어진 밤에 읽기 좋은 시가 또 하나 있다. 그런데 이 시의 시적 화자와 마찬가지로 이 시의 독자도 잠 못 들어야 하리라. 잠을 잘 드는 자가 있다면 굳이 무슨 시가 당기겠는가. 시의 역사는 잠들지 못하는 자의 역사일 것이다. 잠을 푹 드는 자는 굳이 역사를 이룰 것도 없고, 역사를 기록할 것도 없으리라. 역사는 잠 못 드는 자의 것이고, 시는 또 잠 못 드는 자를 위해 씌여지는 것이리라.

또는 이 시의 부제처럼 어떤 '당당한' 사나이 사마천을 위해 씌여지는 것이리라. 이 시를 위해 먼저 부제부터 그대로 옮겨보자. "투옥 당한 패장을 양심과 정의에 따라 변호하다가 남근을 잘리는 치욕적인 궁형을 받고도 방대한 역사책 사기를 써서 '인간이란 무엇인가'를 규명해낸 사나이를 위한 노래". 아 그 노래를 한 번 깊은 밤처럼 들어보자. 그리고 여기 이천 년 전 중국의 어느 사나이 때문에 잠 못 드는 시적 화자가 있다. 그런데 시적 화자가 갑자기 마스크를 확 벗어던질 것만 같다. 시인의 얼굴이다. 문정희였다.

"세상의 사나이들은 기둥 하나를/ 세우기 위해 산다/ 좀 더 튼튼하고/ 좀 더 당당하게/ 시대와 밤을 찌를 수 있는 기둥// 그래서 그들은 개고기를 뜯어먹고/ 해구신을 고아먹고 산삼을 찾아/ 날마다 허둥거리며/ 붉은 눈을 번득인다// 그런데 꼿꼿한 기둥을 자르고/ 천년을 얻은 사내가 있다/ 기둥에서 해방되어 비로소/ 사내가 된 사내가 있다// 기둥으로 끌수 없는/ 제 속의 눈/ 천년의 역사에다 댕겨놓은 방화범이 있다// (…중략…) // 천년 후의 여자 하나/ 오래 잠 못 들게 하는/ 멋진 사나이가 여기 있다"(「사랑하는 사마천 당신에게」부분)

제4부
환상과 경험을 넘나드는 것

211.

지나친 편식이겠지만 가령, 순두부 먹을 때 양념 하나 넣지 않고 말간 채로 먹는다. 미식가 근처엔 갈 수 없는 개인적 취향일 뿐이다. 양념 한 숟가락이 순두부나 순댓국 맛을 방해하는 것도 아닌데 그 한 숟가락을 허용하지 못한다. 까다로운 입도 아닌데 스스로 당혹스럽다. 양념도 좀 넣고 대충 먹을 줄 알아야 할 텐데 그게 어렵다.

노모가 계시는 시골집에 들르면, 들어서자마자 벽에 걸린 약간 기울어진 큰 거울만 한 달력에 먼저 눈이 가고 재빨리 손을 댄다. 식구들도 놀라고 필자도 놀랄 때가 있다. 왜? 그게 그렇게 문제가 되는가. 아주 미세하지만 달력의 평형을 맞추기 위해 잠시 또 애를 쓸 수밖에 없다. 그런 걸 그냥 넘어가지 못한다.

그러나 저러나 지나친 것도 문제지만 전혀 미치지 못한 것도 문제 아니었던가. 과욕도 문제지만 무능이나 방관은 더 큰 문제 아닌가. 어떻게 몇 차례 반복된 무능이나 방관을 정당화할 수 있는가. 그 무책임이야말로 더 큰 책임 아닐까. 무엇이 더 큰 문제였는지 돌아보라.

212.

속이 허한 시가 있다. 속이 공한 시가 있다. 구멍이 뻥뻥 뚫린 허공 같은 시가 있고 다 내려놓은 시가 있다. 명퇴한 시가 있고 정년을 채운 시가 있다. 책상에 앉은 시가 있고 산책길의 시가 있다. 환상의 시가 있고 경험의 시가 있다. 풍경의 시가 있고 심경의 시가 있다. 풍경과 심경 그 너머 또 시가 있다. 젊은 시가 있고 늙은 시가 있다. 멀쩡한 시가 있고 넋 놓은 시가 있다. 읽을 만한 시가 있고 읽지 않아도 될 시가 있다. 이름이라도 들어본 시인의 시가 있고, 이름을 전혀 들어본 적도 없는 시인의 시도 있다. 갱년기 시도 있고 노년기 시도 있다. 아주 쪼그라든 시도 있고 아주 찌그러진 시도 있다. 남쪽으로 내려간 시도 있고 북쪽으로 올라간 시도 있다. 그곳에 남은 시도 있고, 이곳에 남은 시도 있다. 일본에 간 시도 있고, 미국에 간 시도 있다. 교과서에 나온 시도 있고, 수능이나 수능 모의고사에 나온 시도 있다. 강릉에서 쓴 시도 있고 서울에서 쓴 시도 있다. 밤에 쓴 시도 있고, 아침 일곱 시에 쓴 시도 있다. 스마트 폰에 쓴 시도 있고 A4 이면지에 쓴 시도 있다. 술자리에서 쓴 시가 있고 잠자리에서 쓴 시도 있다.

213.

또 시는 경험에 기울 때가 있고 환상에 기울 때가 있다. 혹은 반추상에 기울 때도 있다. 암튼 시적 화자조차 종잡을 수 없다. 시는 시적 화자가 이끌어가는 게 아니라 시적 화자도 슬슬 끌려 다닐 때가 많다. 시적 화자는 운전대도 잡지 않고 본의 아니게 그냥 무임승차할 때가 있다. 가면 가고, 서게 되면 서는 것이다. 그럭저럭 가는 것이다. 맥 빠지는 게 아니라 그냥 가는 것이다. (無爲道常) 삶은 열정적으로 살되, 시는 좀 덜 열정적으로 하자. 시는 시인의 삶을 외면하지 않고, 시인의 삶은 시를 외면하지 않으면 되는 것이다. 아니다 더 치열하게 더 열정적일 때 시가 오는 것이다. 삶은 한가해도 시는 결코 한가하지 않다. 시는 외면하는 것이 아니라 정면으로 적극 대면하는 것이리라. 시는 정면 돌파하는 장르다. 글구 시는 이제 도박장이 아니더라도 더 이상 한몫 잡을 것도 없고 더 이상 한몫 잃을 것도 없다. 그러나 시를 잡지도 말고 시를 잃지도 마라. (爲者敗之 執者失之) 시도 술술 풀릴 때가 있다. 너무 힘쓰지 말자. 너무 애쓰지 말자. 시도 알고 시적 화자도 알고 독자도 안다. 같이 사는 시인만 모른다. 시인만 모르는 게 많다. 시인은 시를 모른다. 시인은 시만 모르는 것도 아니다. 돈도 모르고 사람도 모르고 권력도 모르고 분

수도 모르고 이해타산도 모르고 사랑도 모르고 길도 모르고 상식도 모르고 시간 가는 줄도 모르고 프로 야구 연고지도 모른다. 그러나 그보다 또 시를 의심해라. 그리고 또 무얼 가르치려고 하지 마라. 차라리 시시때때로 시는 무엇인가 하고 물어 보자. 무엇이 시인가 하고 지속적으로 되물어보자.

214.

시는 특히 서정시는 자신의 생각을 표현하는 것, 그 이상도 그 이하도 아니다. 그러므로 시는 자전적이며 자기 무릎 위에 뚝뚝 떨어뜨린 눈물 같은 고백일 수밖에 없다. 그 눈물은 또 자신을 향할 뿐이다. 시의 화자도 시의 독자도 결국 시인 자신을 향하고 있는 것이나 다름없다. 가령, 거북하겠지만 바리스타의 커피도 제빵사의 빵도 셰프의 요리도 알고 보면, 결국 자신을 향하고 있는 것 아닌가. 야구 선수도 축구 선수도 농구 선수도 공을 멀리 보냈다곤 하지만 그 공은 결국 자신을 향한 것이리라. 모든 화살은 적을 향하는 게 아니다. 보라! 저 수많은 시들도 결국 독자를 향하는 게 아니다.

215.

주제는 무겁고 표현은 가볍다. 그러나 무거운 주제를 가볍게 표현하는 것이 시가 할 일이다. 비단 시한테만 국한되지 않을 것이다. 무거운 것을 가볍게 하는 것도 삶의 기술이다. 농담도 좀 하고 잡담도 해야 그럴 때마다 무거운 삶을 좀 가볍게 할 수 있지 않을까. 농담도 잡담도 없는 삶은 황량한 들판 같을 것이다. 삶이든 시든 가벼울 때가 있고 싱거울 때도 있다. 아무리 퍼내고 또 퍼내도 삶도 그렇고 시도 그렇게 가볍지 않고 무겁기만 할 것이다. 그럼에도 불구하고 무겁지 않게 살자. 삶은 언제나 무겁고 꿈은 언제나 가볍다. 봄꿈은 더 가볍다. 일장춘몽이다. 이 세상 모든 사람들은 다 '한 많고 설움 많은' 과거를 살아가고 또 그 과거를 살아내고 있다. 과거를 묻지 마세요. 과거로 돌아갈 수 있는 과거란 없다.

216.

시의 화자가 아예 눈에 띄지 않을 때가 있다. 청자도 눈에 띄지 않을 때가 있다. 화자는 오십대 중년남자도 아니고 육십대 여자도 아니다. 그냥 어느 행간에 숨어 있는지 뵈지도 않는다. 그야말로 익명의 화자이며 익명의 청자라고 할 수 있다. 한국 시가 미처 개척하지 못한 영역 같기도 하고 누군가 가다가 그만 둔 것도 같다. 함께 가자는 말도 없고 뒤에 오라는 말도 없다. 완전 노터치 시라고 할까. 이럴 때 시는 비현실적인 세계에 들어선다. 이 세계의 시는 뭘 가리키는 것도 없고, 굳이 무얼 가르치는 것도 없다. 그래도 더 넓은 눈으로 보면 그 또한 이미 허구의 세계에 입문한 것이나 다름없다. 경험과 환상의 세계라는 것도 동전의 양면처럼 둘 중의 어느 하나가 아니다. 그 경험과 환상의 세계라는 것도 분명하지 않고 불분명할 수밖에 없다. 애매모호할 수밖에 없다.

시는 이른바 시적 자아만 시의 전면에 세워놓고 그 경험적 자아는 발을 뺀다. 시는 이른바 기둥서방/얼굴마담 같은 시적 자아도 없이, 경험적 자아가 그냥 팔 걷어 부치고 홀로 시의 전면에 나설 때도 있다. 시적이든 경험적이든 시에 맞는 각각의 배역만 있을 뿐이다. 그렇다고 시적이다 경험적이다 이 배역만 놓고 시를 판단하지 않을 것이다. 배역에 따라 시의 성패가 결정되지도 않는다. 마땅치 않은 배역이더라도 그 배역을 뒤집어쓰고 살다 보면 피가 되고 살이 된다. 살다 보면 남의 삶을 살 때도 있다. 또 그렇게 어긋날 때 시가 밧줄을 타고 내려온다. 시 내림이다. 범 내려온다. 시 내려온다. (괜히 문학비평 혹은 시론 수

엽시간처럼 경험적 자아니 시적 자아니 했지만 알고 보면 다 시인의 대리인이거나 분신일 것이다. 시도 시인의 삶을 부분적으로 기록한 것이다. 그리고 시는 시인의 경험과 환상 사이를 넘나들던 헛걸음 같은 것이다. 헛꿈 같고 봄 꿈 같다.)

217.

그냥 살면서 꿈도 꾸고 또 꿈을 지우면서 살기도 한다. 시도 마찬가지 아닐까. 시를 쓰면서 살아가고 또 살아가면서 시를 지우기도 한다. (시를 쓰면서 사는 것과 살면서 시를 쓰는 것은 또 얼마나 다른 걸까. 아님 얼마나 같은 걸까.) 꿈속에서도 살아보고, 시 속에서도 살아본다. 삶속에서 시를 살고, 시 속에서 삶을 산다. 때론 경계가 모호하다. 이게 신지, 이게 삶인지, 이게 꿈인지, 이게 산문집인지 시집인지 모를 때도 있다. 마치 인생도 한바탕의 꿈과 같은 것, 즉 순우분의 남가일몽(南柯一夢)과 같은 것이다. 가끔 〈당신의 밤과 음악〉 행간에서 이 산문집이 살 때가 있고, 이 산문집 행간에 그가 또 왔다 간 적도 있다. 그럴 땐 키보드도 산문집도 잠시 쉰다. 그러다 시 낭독 타임과 맞닥뜨리면 마음은 더 분주하다. 실은 몸이 더 분주할 때도 있다. 그럴 땐 시가 음악보다 더 빠르다.

218.

　시는 체험이다. 시는 결국 기억이고 과거다. 시는 결국 삶이고 삶의 현장이다. 시는 결국 인생이고 그냥 인생사이다. 시는 결국 개인적인 기록이고 사적인 사초(史草)인 셈이다. 시는 결국 의식적이고 무의식적이다. 시는 결국 텍스트이고 메시지이다. 시는 결국 능동적이며 또 수동적이다. 시는 결국 자의 반, 타의 반에 의해 굴러가는 것이다. 구르다 잠시 멈춘 것이다. 시도 영락없이, 패망한 왕조 그 유신(遺臣)의 넋두리 같은 것이다.

219.

　좀 극한 발언이지만 보들레르의 말을 상기하자. 이 현실 세계에서 고립된 자신의 존재를 '살아있는 시체'로 인식한다는 것이다. 반어다 역설이다 경험적 자아다 시적 자아다 우울이다 심지어 권태다 나르시시즘이다 아나키스트다 해도 또 그렇게 말하기 전에 위의 말은 우선 매우 극적인 인식이며 존재론적 인식 아닌가. 어떻게 인식하느냐가 시의 첫 단추이기 때문이다. 당신은 지금 어떻게 살아있다고 인식하는가 말이다.

220.

　앞에서 시는 그냥 인생사라고 했는데, 여기 어떤 일상사가 있다. 외람되지만 일상사보다 어느 문학사 같다. 다른 지면에서도 언급한 바 있지만 선배 시인들의 이름이 줄줄이 나오는 시를 만나면 반갑고 고마울 수가 없다. 내놓고 말하기 어려운 개인적 취향일 것이다. 짧은 시 한 편에 시인이 무려 여섯 명이나 등장한다. 시적 화자인 시인까지 도합 일곱이다. 출판기념회 당사자 시인까지 합하면 여덟 분인가. 출판기념회에 참석한 시인들까지 합하면 도대체 몇 명이란 말인가. 시 한 편이 이렇듯 실로 어마어마할 때가 있다. 한국 문단사가 기억해야 할 장면일 것 같다. 흐릿한 흑백이지만 흑백이 아니라 '살아있는 다큐' 같다.

　목월의 촉촉한 육성이 들리는 것 같다. 수영의 영결식장에 참석한 목월의 뒷모습도 보인다. 이 시를 읽으면 시는 더 이상 말이 필요 없다는 생각도 든다. 시가 무엇인지, 시를 왜 쓰는지 알 것 같다. 그리고 이 시를 읽으면 좋은 시다 혹은 잘 쓴 시다 이런 것도 다 쓸데없고 불필요하다는 걸 알게 된다. 좋은 시 잘 쓴 시 그런 못된 편견이 오래 되면 고정관념이 된다. 아주 나쁜 사유체계가 된다. 한 줄 한 줄 천천히 묵독할 수밖에 없다. 시인이 백작 같던 시인이 지성인 같던 시대가 있었다. (원문과 다르게 한자는 괄호 속에 넣었다. 편견이겠지만 시인의 이름이 그만큼 소중한 고유명사였기 때문이다.)

"청마(靑馬)는 가고/ 지훈(芝薰)도 가고/ 그리고 수영(洙暎)의 영결식/ 그날 아침에는 이상한 바람이 불었다./ 그들이 없는/ 서울의 거리,/ 청마도 지훈도 수영도/ 꿈에서조차 나타나지 않았다./ 깨끗한 잠적/ 다만,/ 종로 2가에서/ 버스를 내리는 두진(斗鎭)을 만나/ 백주노상에서/ 몇 마디 이야기를 나누고/ 어느 젊은 시인의/ 출판기념회가 파한 밤거리를/ 남수(南秀)와 거닐고/ 종길(宗吉)은 어느 날 아침에/ 전화가 걸려왔다."(「일상사」 부분)

221.

감기 증상이 있어 알약을 먹었다. 밤 산책도 피했다. 그런데 그런 증상 말고 마음에도 어떤 증상이 있는 것 같았다. 알약으로 해결할 수 없는 마음 갈피에 끼어 있는 이 증상은 무엇일까. 이런 증상은 또 시가 나서서 감당해 주었다. 고맙다. 이런 증상이 도질 때마다 번번이 시를 불러낼 수도 없고…. 그러던 어느 날 이 산문집이 '그럼, 내가 한 번…' 이렇게 시작한 일이었다. 이런 일에 익숙해 있던 시가 이번엔 자리를 살짝 비켜주었다. 여러모로 평안한 일이었다. 처음엔 출렁다리 위를 걷는 것처럼 불안하고, 자꾸 시를 떼어놓고 배교하는 것만 같았다. 좀 지나다 보니 여기도 살 만하고 여기도 글 쓰는 곳이라는 생각이 들었다. 마음 놓을 순 없어도 마음을 꼭 움켜쥐지 않아도 될 것 같았다. 다행히 이 산문집을 집필하면서도 시는 느닷없이 들이닥쳐 한바탕 뒤흔들어놓고 간다. 이 산문집이 어딘가 흔들린 구석이 있다면 불쑥 찾아왔던 그의 탓일 것이다. 어쩌면 흔들린 만큼 어떤 틀도 조금씩 흔들렸을 것이다. 삶이든 이런 산문집이든 질서정연한 것은 아니다. 질서정연하다면 자칫 기성 질서에 빠질 위험이 많다. 삶도 너무 질서정연하면 늙어 버리거나 쓸데없이 엄숙해진다. 꼰대가 된다. 본인의 삶을 본인 주도 하에 좀 흔들어줘도 괜찮다. 누군가 때려주지 않아서 그렇지, 물어보면 다 울고 싶은 심정 주머니 하나씩 달고 산다. 어제도 오늘도 울지 않기 위해 웃고 흔들리지 않기 위해 제식 훈련하듯 씩씩하게 걷는다. 위대한 삶도 없고, 성공한 삶도 없다. 제3자 입장에서 보면 도토리 키 재는 격이다. 몇 해 전 런던 지하철역에서 만났던 **홈리스 피아니스트** 소냐의 해맑은 웃음이 생각난다. 그녀는 아직도 그곳에 있을까. 그녀는 울지 않기 위해 웃는 게 아니라 그냥 웃고 또 웃는 것 같았다. 그녀는 실패한 삶을 사는 것도 아니고 성공한 삶을 사는 것도 아니다. 그냥 본인의 삶을 사는 것이었다. 시도 마찬가지다. 그냥 본인의 시를 쓰는 것이다. 그리고 또 백수(白壽) 노인이 다 산 것 같아도 눈을 뜨면 또 어김없이 살아야 할 날이 다가온다. 또 본인이 반드시 살아야 할 날이다. 시도 마찬가지다. 어느 삶이든 완전한 것도 없고 완벽한 것도 없다. 억울해 할 것도 아니고 걱정할 것도 아니다. 시도 마찬가지다. 시집 열 권 냈다 해도 노트북 키보드를 또 두드려야 할 날이 다가온다. 어느 시든 완전한 것도 없고 완벽한 것도 없다. 가만, 어제 쓴 시도 다시 열어 보아야 하고, 오늘 또 써야 할 시도 손을 들고 있다. 여기도 있어요! 시집과 산문집, 말하자면 두 집 살림하기가 이렇게 바쁠 줄 몰랐다. 그래서 아주 특별하고, 두 집 드나드느라 모든 화력을 쏟아 붓고 있다. 메뚜기도 한 철이라는데, 이 한 철 놓칠 순 없지 않겠는가. 이렇게 한 번 살아봐야 하지 않겠는가. 기회는 이렇게 찾아오는 것이다. 누구는 노트북 여섯 대, 누구는 노트북 두 대 두고 산다더니, 노트북 한 대에 두 집 살림 하다 보니 왠지 더 부대끼지만 즐겁고 정겹다. 감사하고 또 미안할 뿐이다.

222.

소설이 아니더라도 스토리를 장착한 시가 있다. 스토리가 어색하면 서사라는 말로 바꿀 수도 있다. 서사라는 말이 어색하다면 설화라는 말로 바꿀 수도 있다. 비록 짧은 시 속에 들어 있는 작중 서사라고 해도 무지 서럽고 또 애달프기 짝이 없다. 또 소설처럼 메인 스토리도 있고 등장인물도 있다. 우선 떠오르는 시는 백석의 「여승」이 있고, 미당의 「신부」가 있다. 고등학교 문학 시간에 다 읽혔던 시 같아 굳이 게재는 삼가고 언급만 한다. 물론 장르는 다르지만 한 편의 단편소설을 맛볼 수도 있다. 단순한 에피소드가 아니라 시에서 이런 스토리의 힘을 맛볼 수 있다는 것도 소중하다. 미당과 백석의 힘을 느낀다. 시의 힘엔 이런 것도 있었다.

분단 이후 미당은 남쪽에 있었고, 백석은 북쪽에 있었다. 참고로 백석은 1912년 평북 정주 생이고 미당은 1915년 전북 고창 생이다. 백석은 1996년 1월 7일, 미당은 2000년 12월 24일 타계하였다. 소월 바로 뒤에 꼭 붙여놓아야 할 시인이다.

그러나 지금은 미당의 시대도 백석의 시대도 아니다. 그 시인의 이름은 이미 고전이 되었고 박물관이 되었다. 그들의 시를 읽어야 할 시대도 아니고 구태여 그들의 시를 꼭 배워야 할 시대도 아니다. 그들이야말로 한국 시의 레전드가 되었다. 레전드는 애석하지만 그의 시대가 종료되었고, 박제가 되었다는 뜻이다. 지금은 시가 문학 고유의 장르가 아니라 인터넷 쇼핑몰 신상 같을 때도 있다. (지하철 역 스크린 도어 벽시 같을 때도 있다. 볼 때마다 뜯어내고 싶지만 다 뜯어낼 수도 없다.)

223.

시는 일상적 체험을 복사한 것이다. 다만 뭔가 떡 주무르듯 주물러줘야 한다. 심하게 주무르면 떡도 아니고 시도 아니다. 적당히 주물러서 떡이 되게 하고 시가 되게 해야 한다. 소위, 기술도 필요하고 언술도 필요하고 인식도 세계관도 필요하고 역사의식도 필요하다. 시선도 필요하고 언어에 대한 예민한 감각도 필요하다. 경험도 체험도 필요하고 환상도 상상력도 필요하다. 필요하다고 다 갖다 쓸 수 없다. 다 갖다 쓰다 보면 떡도 아니고 시도 아닐 수 있다. 암튼 그 일상적 체험이란 것도 아주 사소하고 소소하고 또 시시한 것일수록 좋다. 다들 무시하고 개무시하고 팽개친 것일수록 좋다. 시는 모름지기 그런 것에 눈독을 들여야 한다. 허름하고 허접한 것일수록 시가 된다. 아주 작고 또 남루하고 눈에 띄지도 않는 것일수록 시와 친하다. 힘도 없고 빽도 없는 것일수록 시의 눈에 띈다. 진짜보다 가짜가 시의 눈에 더 밟힐 때가 많다. 가짜를 반듯하게 시로 만드는 것이 또 시의 기술이다. 또 치부를 부끄러워하기보다 소매를 슬쩍 걷으면서 칼자국 그 칼끝을 보일 듯 말 듯 드러내는 것이 시의 한순간이다. 다 드러내지 않으면서 뾰족한 칼자국만 내보이는 것이 시의 첫 줄이다. 시는 별난 것도 아니고 유별난 것도 아니다. 시는 일상적이고 매우 일상적인 체험이다. 그러나 시는 다시 도둑처럼 담장 너머 환상을 넘보기도 하고 담장을 넘나들며 경험과 환상을 넘나들기도 한다. 그 모든 것 너머 어딘가 또 도사리고 있는 것이다. 밤 도깨비가 되는 것이다. 밤의 트럼펫 소리에 잠시 등을 기댄다. (도봉산 김수영 시비 바로 앞에서 큰 비 온 뒤의 거센 물소리 들었다. 봇물 터지는 것이 아니라 봄물 터지는 소리 같았다. 휴대폰에 그 소리를 녹음해 두었다. 이 길을 지날 때 김수영 시비를 한 번도, 그냥 쉽게 휙 지나친 적이 없다. 어떻게든 잠깐 머물기도 하고, 휴대폰을 꺼내 인증 샷이라도 남겨야 안심이 된다. 시도 시인도 어둑한 초저녁처럼 또 외로울 것만 같았다.)

224.

여기서 할 말이 아닌 것 같아 지웠다가 다시 되살려둔다. 시는 개인적 논의 과정을 거쳐 종이로 인쇄하거나 sns 등지에 업로드 하면 비로소 공적 메시지가 되는 것이다. 그러나 시 이외 모든 공적 메시지는 사적인 관계가 아니라 반드시 공적 관계에 의한 공적 논의 과정을 거쳐야 한다. 다시 시작(詩作) 과정을 제외한 모든 공적 논의는 공적 논의 과정을 거쳐야 한다. 그리고 그 모든 **공적 논의 과정**은 조선왕조실록 사관의 사초처럼 낱낱이 빠짐없이 기록하고 그 기록은 반드시 남겨두어야 한다. 특히 공적 논의 영역은, 예컨대 병풍 뒤에서 속닥거리지 말아야 한다. 또 공적 논의 과정을 거치지 않은 의제는 공적 의제가 될 수 없다. 공적인 수면 위로 부상할 수도 없어야 한다. 전반적으로 사적인 것은 풀고, 공적인 것은 더 옥죌 필요가 있지 않을까.

한국 사회는 사적인 것은 차치하더라도 공적 논의 과정조차 존중되지 않는 이상한 시스템이 되고 말았는가. 이를 테면 사극에 종종 등장하는 어전회의 같은 토론을 하고 있는지 궁금할 때가 많다. 암튼 사적인 것과 공적인 것을 구별할 줄 아는 시스템은 어디서 배워야 할까. 아니면 어디서 가르쳐야 할까. 특히 국민의 혈세가 단돈 십 원이라도 들어가는 공적 영역에서는 그 어떤 사적 용도도 개입해선 안 되고 허용되어도 안 된다. 너무 오래된 이야기 같지만 판공비를 절약하고 또 절약하여 잔액을 국가에 반납한 공직자도 있었고, 아예 판공비를 한푼도 건들지 않고 전액을 반납했다는 공직자도 있었다. 귀감이 될 만한 공직자는 또 많을 것이다. (판공비 포함 각종 활동비 등등 공적 용무 이외 단 십 원도 허투루 쓸 수 없게 사전, 사후 감시체계가 엄격해야 한다. 공적 영역에서의 판공비 등 각종 활동비는 결코 사적 영역의 용돈이나 푼돈이 될 수 없다. 비자금도 아니다. 더구나 사적으로 축재할 수 있는 개인 재산도 아니다.)

225.

"정치적 자유를 인정하지 않는 사회에서는 개인의 자유도 인정하지 않는다. 내용을 인정하지 않는 사회에서는 형식도 인정하지 않는 것이다."(김수영)

김수영 산문에서 일부 인용하였다. 여담이지만 김수영 시는 피한 것 같은데 그의 산문은 이 산문집에서 마주칠 때가 있다. 가급적 피해 다니려고 한다. 그러나 또 개인의

자유는 인정하였는가. 정치적 자유는 인정하였는가. 어떤
형식은 인정하였는가. 어떤 내용은 또 인정하였는가. 김수
영이 다시 묻는 것도 아니다. 우리가, 우리 모두가, 당신이,
당신이, 당신보다 먼저 본인이, 본인이 또 스스로 진심으
로 되물어야 하는 것 아닌가.

다시, 어떤 내용도 인정하였는가. 어떤 형식도 인정하였
는가. 개인의 어떤 자유도 인정하였는가. 어떤 정치적 자
유도 인정하였는가. 김수영이 다시 묻는 것도 아니다. 우
리가, 우리 모두가, 당신이, 당신이, 당신보다 먼저 본인이,
본인이 또 스스로 진심으로 되물어야 하는 것 아닌가. 그
렇지 않은가.

226.

시를 탈고하고 일어나도 남는 게 있다. 돌아보면 다 쓴
시가 웃고 있는데 말이다. 그래도 뭔가 남아 있다. 마치 시
의 행간에 한 줄 더 끼워 넣어야 할 것도 같고 막상 한 줄
끼워 넣을 행간도 없으면서 말이다. 시의 표면도 시의 이면
도 뭔가 할 말이 남았다는 듯이 뒤척이는 것도 같다. 막상
다가가서 뒤집어 보면 멀쩡할 뿐인데 뭔가 할 말이 있는
듯이 손을 들고 있다. 아니다, 손을 들고 있는 것도 같고

손을 내려놓은 것도 같다. 시를 털고 나면 돌아보지 말아야 한다. 돌아보지 않아도 시 뒤에는 또 시가 있다. 시 밑에도 또 시가 있다. 그 시 뒤에도 시가 있고 그 시 밑에도 시가 있다. 시의 발톱이 어디까지 뻗어 있다는 걸까. 그대 생각보다 시는 복잡하지 않다.

227.

여기 시가 있다. 그러나 여기 있는 이 시는 그 시의 전부가 아닐 것이다. 그 시의 일부일 뿐이다. 그 시의 일부는 또 남아 있을 것이다. 그러나 그 남아 있다는 일부는 시가 되지 않는다. 그 비슷한 것도 시가 되지 않는다. 또 여기 있는 시는 그 시의 일부가 아니라 그 시의 전부가 되는 셈이다.

시는 밤하늘의 많은 별들 중에서 별 하나만 노래하는 것이다. 밤하늘에 별이 많다고 하여 그 많은 별들이 다 시가 되는 것도 아니다. 또 시가 별 하나보다 못하다 해도, 모든 별이 다 시가 될 수도 없는 노릇이다. 문득 그 많은 별 들 중에서 시가 된 별이 생각났다. 그러나 이중섭의 뒷모습도 아래 시의 뒷모습도 어두운 밤하늘과 같다.

김춘수의 많은 시 중에서 왜 하필 이 시가 생각났을까. 이 시가 필자의 무의식 속에 들어 있었던 것 같다. 오래되었다고 낡은 것은 아니다. 앞에서도 언급했지만 이 산문집은 시 해설서도 아니고 명시 감상 코너도 아니다. 이 산문집을 쓰면서 그때그때 떠오른 시를 급하게 초대할 뿐이다. 산문과 인용한 시의 짝을 맞추기 위한 어떤 의도도 없다. 시를 먼저 앉혀놓은 게 아니라 산문을 먼저 앉혀놓았기 때문에 불가피한 면이 많았을 것이다.

"광복동에서 만난 이중섭은/ 머리에 바다를 이고 있었다./ 동경에서 아내가 온다고/ 바다보다도 진한 빛깔 속으로/ 사라지고 있었다./ (…중략…)/ 한참 뒤에 나는 또/ 남포동 어느 찻집에서/ 이중섭을 보았다./ 바다가 잘 보이는 창가에 앉아/ 진한 어둠이 깔린 바다를/ 그는 한 뼘 한 뼘 지우고 있었다./ 동경에서 아내는 오지 않는다고."(「내가 만난 이중섭」 부분)

228.

시는 어디서 오는가. 술독에서 오고 친구와 담소 중에 오고 가난한 생활 속에서 오고 선배 시인들의 에피소드 속에서 오고 밤 산책 중에도 오고 여행 중에도 오고 추억 속에도 오고 아픔 속에도 오고 슬픔 속에도 오고 상상 속에도 오고 삶에서도 오고 생활의 발견 속에서도 오고 언어 밖에서도 오고 언어 속에서도 오고 손끝에서도 헛걸음 속에서도 눈길(視線) 속에서도 가슴속에서도 머릿속에서도 몸에 살짝 돋은 감수성에서도 실연 끝에도 이처럼 이중섭 씨의 등 뒤에서도 온다. 그러나 시는 시가 오는 것을 눈치 채지 못한다.

229.

시는 복잡하고 또 복합적이다. 시인도 복잡하고 또 복합적이다. 이 세상에 단순한 시는 없고 단순한 시인도 없다. 아무리 단순한 시라 해도 단순한 것이 아니다. 예컨대 단 두 줄짜리 시라고 해도 단 두 줄짜리 시가 아니다. 시는 그 두 줄보다 훨씬 더 복잡하고 복합적이다. 비록 아무것도 진술하지 않은 시라고 해도 그 시는 아무것도 진술하지 않았다고 할 수 없다. 그것을 또 상징이니 암시니 아이러니니 역설이니 그런 말로 하지 않아도 이미 복잡하고 또 복합적이다. 그런 시가 나타났다. 단지 제목 딱 한 줄짜리 시라고 하지만, 두 쪽, 세 쪽 꽉 채운 시보다 훨씬 복잡하고 복합적이다. 단, 한 마디 말도 섞지 않았지만 그렇다고 또 무슨 거창한 침묵도 아니다. 이 시의 제목만 보면 시가 이미 죽었다는데 마치 시가 살아있다고 거듭 항변하는 것만 같다.

그 순간 이 시의 시적 화자는 초인이 되었을 것이다. 아니면 제3자가 되었을 것이다. 마치 살아있다는 듯이 말이다. 시는 이미 오래 전에 죽었고 시인도 죽었는데 말이다. 아주 낯설고 텅 빈 시를 주의 깊게 들여다보자. 박세현 시를 보자. 그의 시를 구경하러 가자. 단지, 제목만 딱 한 줄 있고 텅 빈 백지 한 장이 「마치 살아있다는 듯이」가 그 시의 전문이다. 이 시 이후 아무도 그의 시를 흉내 낼 수 없게 되었다. 매우 독자적이고 독립적이다. 익히 알고 있는 여백의 미, 그런 것도 전혀 아니다. 결코 단순하지 않다. 그렇다고 평이하지도 않다. 오히려 모호하고 또 역시 복잡하다. 어리둥절하다. 위도 없고 아래도 없다. 입도 없고 밑도 없다. 이른바 시의 표면도 없고, 시의 이면도 없다. 그러나 자세히 더 자세히 읽어보면 또 시의 표면엔 뭔가 드리워져 있고, 시의 이면엔 뭔가 숨겨져 있다. 그게 뭘까. 그게 뭘까, 하고 되물을 때 시의 표면에 뭔가 드러나고 시의 이면에 뭔가 드러난다. 아무것도 없는데 아무것도 없는 것도 아닌 것 같다. 다시 처음부터 제목부터 본문까지 다시 천천히 읽어보자. '마치 살아 있다는 듯이…'

같은 시집의 다른 시 한 편을 더 보자. 아주 경쾌하다. 먼저 독자도 알고 있는, 평범한 말이지만 널리 회자되고 있는 바, 시도 좋은 독자를 만나야 하고 독자도 좋은 시를 만나야 한다. 이 시는 시인도 시적 화자도, 특히 독자가 무지 즐거운 시다. 유쾌하고 즐거운 시가 드문 것도 한국 시의 민원사항이고 고민이다. 한국 시는 어떤 면에선 너무 무겁고 어둡고 슬프고 아프다. 또 교훈적이고 상투적이고 기승전결이다 뭐다 하면서 이론적이다. 한국 사회를 반영하고 또 한국 사회를 변명하기 위해서라도 시는 어둡고 무겁고 또 슬프고 아팠을 것이다. 위의 시와 마찬가지로 이번에도 유난히 공간이 많은 것이 눈에 들어온다. 시의 뒷공간이 많다는 것도 눈여겨본다. 한국 시는 시의 뒷공간을 남겨두지 않고, 빽빽하게 채우려고 했던 것 같다. 그동안 한국 시는 너무 말이 많았고, 너무 시가 길었다. 뒷공간은 물론이거니와 공간 활용을 잘 못한 것도 같다. 한국 시는 그만큼 숨 쉴 공간이 부족했다. 산소가 턱없이 부족한 물고기였다. 시 읽을 차례가 되었다.

"무슨 소린지 모르고 썼는데// 독자가 알아서 읽네"(「독자 만세」 전문)

230.

여기서 왜 또 이런 말을 해야 하는지 모르겠다. 다른 지면에서도 토로한 적이 있었지만 한국 시가 그렇게 선뜻 다가가지 못했던, 제3지대 같은 시는 어떤 것일까. 소위 한국 시의 양대 산맥 같은 것 말고, 김춘수가 언급한 번외(番外) 같은 시는 어떤 것일까. 마치 양당 정치 같은, 양강 구도를 벗어나 제3당 제4당 제5당… 등 새로운 정당 구도가 필요하듯이 말이다. 마치 극소수 몇 개 대학 중심의 구도를 벗어나 가령 포스텍, 한예종, 한국관광대학 그리고 가칭 한국음식 전문대학. 실용메이크업 전문대학… 등등 새로운 대학 구도가 필요하다. 또 대학은 이미 학령인구 급변 등으로 자연스럽게 구조 개혁이나 구도 변화가 일어날 수밖에 없다. 모든 것은 변하고, 변하고, 또 변한다. 무위이화(無爲而化)….

어쩌면 한국 시도 대략 2000년 이후 급변하였을 것이다. 2000년 이후 등장한 시인들과 그들의 시를 보라. AI보다 그들이 먼저 깃발을 꽂은 것 같다. 그들은 그들만의 새로운 시적 영토를 구축하였다. 새로운 제국을 위하여! 경축. 그러나 그 앞의 많은 선배 시인들은 갈 곳을 잃었다.

231.

"사회학은 자아 분열을 객체 아와 주체 아로 나누어 기술하는데 먼저 객체 아는 인간으로 하여금 공동체 구성원이 되게 하고 관습적이고 인습적인 인간이 되게 한다. 이에 반하여 주체 아는 객체 아에 반응하는 자아다. 또 주체 아는 객체 아를 반성하는 자아다. 때로는 상황의 요구에 반대되며 인간을 독자적이게 하고 비인습적 인간이 되게 한다."(김준오)

시론이란 책조차 아주 귀하던 시절에 만났기에 김준오의 『시론』은 더욱 소중한 기억이 남아 있다. 위의 인용문에 나오는 주체 아와 객체 아를 설명하기 위한 다음 시를 보면 시적 화자의 얼굴은 낯익은 얼굴과 낯선 얼굴이 교차하고 있다. 특히 차창에 비친 낯선 얼굴이 그의 주체 아일 테고, 낯익은 얼굴이 그의 객체 아일 것이다. 그(너/나)를 위해 낯익은 얼굴을 뒤집어쓰고 객체 아로 사는 것이 삶의 안전한 길에 이를 수 있다고 믿기 때문이다. 그리고 주체 아는 객체 아를 반성케 하는 자아다. 독립적이고 독자적이고 주체적인 인간이게 하는 자아일 것이다. 위 시론에 조금 의지하면서 김광규 시를 읽어보자.

"가을 연기 자욱한 저녁 들판으로/ 상행 열차를 타고 평택을 지나갈 때/ 흔들리는 차창에서 너는/ 문득 낯선 얼굴을 발견할지도 모른다/ 그것이 너의 모습이라고 생각지 말아 다오/ (…중략…) / 옛부터 인생은 여행에 비유되었으니/ 맥주나 콜라를 마시며/ 즐거운 여행을 해 다오/ 되도록 생각을 하지 말아 다오/ 놀라울 때는 다만 '아!'라고 말해 다오/ 보다 긴 말을 하고 싶으면 침묵해 다오/ 침묵이 어색할 때는/ 오랫동안 가문 날씨에 관하여/ 아르헨티나의 축구 경기에 관하여/ 성장하는 GNP와 증권 시세에 관하여/ 이야기해 다오/ 너를 위하여/ 나를 위하여"(「상행」 부분)

(참고로 늦은 감이 없지 않아 있지만 만약 이 호흡으로 쉬지 않고 산문집 제2권을 이어서 쓰게 된다면 제1권에서 인용한 선배들의 시와 시론보다 좀 더 젊은 시인들의 시와 시론을 픽업하고 싶다. 어쩌면 1, 2권 계획하면서 나름다 계획이 있었던 것 같다. 그러나 또 제1권은 제1권대로, 제2권은 또 제2권대로 불가피한 인연이 있을 것이다.)

232.

터무니없이 과장하는 것도 문제지만 턱없이 겸손한 것
도 문제다. 과장도 하지 말고 겸손도 하지 말자. 어떤 날은
시도 읽지 말고 드라마도 보지 말자. 떠돌지도 말고 헤매
지도 말자. 떠들지도 말고 침묵하지도 말자. 읽지도 말고
쓰지도 말자. 놀지도 말고 놀러 가지도 말자. 또 어떤 날
은 욕하지도 말고 욕먹지도 말자. 자지도 말고 졸지도 말
자. 먹지도 말고 굶지도 말자. 눕지도 말고 앉지도 말자.
보지도 말고 듣지도 말자. 또 어떤 날은 이기지도 말고 지
지도 말자.

233.

오늘의 시는 어제의 시를 부정하고, 아직 오지 않은 내
일의 시는 오늘의 시를 부정할 것이다. 시는 이렇게 많은
부정을 통해 오늘의 시가 되고, 어제의 시가 되고 내일의
시가 될 것이다. 시는 이렇게 많은 부정과 많은 반항을 통
해 또 많은 방황을 하게 되는 것이다. 시는 쓰는 게 아니
라 이렇게 방황하는 것이며, 시와 함께 사는 게 아니라 시
와 함께 이렇게 방황하는 것이다. 가끔 생각하다 보면 이
런 부정이나 방황이 쓸데없는 것 같지만 정신을 차려보면
이런 것이 시의 민낯일 것이다. 이 민낯이 시의 속살이고

시의 속마음일 것이다. 이 모든 것은 또 끝이 없을 것만 같다. 이상할 것도 같지만 시가 끝났다는 것과 시의 끝은 끝이 없다는 것은 전혀 다른 의미일 것이다. 그렇다면 시의 끝은 또 끝이 없을 것만 같다.

234.

그러나 시의 끝을 운운하기 전에 부정과 반항의 누적 통계와 일일 통계 수치를 살펴보아야 하지 않을까. 매일 오전 11시 30분쯤 받아보는 코로나 19 신규 확진자 숫자에는 일희일비 하면서 부정이나 반항에 대한 수치는 까맣게 잊고 산다. 하기야 반항이나 부정도 이 확진자 문자 받아보는 것만큼 지쳤을지 모른다. 그러나 이것은 생활의 생활이기 때문에 지칠 수도 없다. 문학이나 예술계에선 감수성과 호기심과 긴장감이 현격히 감퇴하면 독자들이 알기 전에, 업계 종사자들이 알기 전에 제 보따리부터 싸야 한다. 조금 남은 본전이라도 챙기려면 결단해야 한다. 아님 일일 통계를 잘 보고 누적 통계를 잘 보면서 거듭 새롭게 다르게, 부정과 반항과 방황을 이어가야 한다. 지금 시의 길을 말하고 있는 것이다. 이 산문집에서 문득 끼어드는 시 이외 의제들은 시의 길에서 만나던 길동무 같은 것이다. 불편한 점이 있었다면 양해를 바랄 뿐이다.

중랑천을 헤매든가 변산반도를 헤매든가 주문진 바닷가를 헤매든가 술집을 헤매든가 방구석에서 뒹굴고 있든가 강릉과 서울을 왔다 갔다 하든가 그것도 아니면 아주 나약하고 별 볼일 없는 인간이 되어 안으로, 안으로 쥐구멍이나 찾아다니든가. 아님 진정한 용기 있다면 어느 대문호처럼 새벽에 집을 나가든가. 어떤 궁핍도 어떤 고난도 없이 살고 있다면 어느 날 갑자기 시가 그대를 두고 집을 나가버릴 것이다. 시도 속을 썩을 만큼 썩었을 것이다. 시도 그대를 읽을 만큼 읽었을 것이다. 시도 눈이 있고 입이 있다. 시도 대선 결과라든가 정당 득표율이라든가 제3 정당의 진로에 대해 생각하고 있을 것이다. 시가 향후 국정 로드맵을 구상하는 인수위는 아니더라도 국정 현안에 대한 통찰과 인식을 정확하게 갖고자 할 것이다. 그런 것에서도 시적 방황은 싹틀 수 있기 때문이다. 시나 시인의 위상이 크게 위축되었다고 해도, 시와 시인의 위상이 크게 위축된 것도 아니다. 그런 것도 다 시와 시인의 자존심에 관한 문제일 것이다. 시나 시인의 위상은 언제나 시나 시인의 자존심에 의해 좌우되기 때문이다. 그 자존심은 시나 시인의 성실한 집중력에 의해 또 좌우될 때가 많기 때문이다.

명함이나 계급장이나 문학상 수상이력이나 학벌이나 은퇴 전 직장이나 아파트나 시골 땅이나 통장 잔액이나 교우 관계나 저서 목록이나 관련 서지(書誌)나 메이저 출판사의 관련성이나 방송 출연 횟수나 지지 정당이나 대선 지지 후보나 골프장, 헬스장 회원권이나 데뷔 연도나 인품이나 의상 브랜드나 자동차 배기량에 의해 시는 결코 좌우되지 않는다. 그런 것은 동전의 양면만 들여다보는 편견과 같으며 그 또한 아주 썩어빠진 고정된 틀과 같은 것이다.

위와 같은 발언은 나르시시즘 요소이거나 또는 자기 고백과 같은 제스처일 것이다. 불쌍하다. 결국 물에 비친 제 얼굴이나 쳐다보고 사는 것 같다. 그렇다. 물에 빠진 제 얼굴이나 물끄러미 쳐다보는 게, 시가 할 노릇이다. 그럼, 어때? 시가 프로 축구도 아닌데 쓸 때마다 승점을 꼭 얻어야만 하겠는가. 시는 비루한 삶과 애틋한 심경을 반영하고 남은 것이다. 정직하게… 그리고, 괜한 걱정하지 마라. 시는 결코 사라지지 않는다. 아니다. 시는 오늘도 무사히 살아내고, 내일도 또 내일도 잘 살아낼 것이다. 보라, 이 세상엔 좋은 시도 많고 좋은 시인도 많다.

235.

문설주 아래쪽에 바퀴벌레 한 마리가 붙어 있었다. 옆집에서 들었으면 불이야! 하고 불난 줄 알았을 것이다. 그놈도 놀랐는지 꼼짝 않고 문설주에 매달려 있었다. 구청에서 배포한 한 번도 펴보지 않은 소식지를 구겨들고 힘을 빼고 탁 내려쳤다. 최대한 힘을 다 쓰지 않고 순간적으로 한 30퍼센트만 쓰려고 했다. 30 정도 힘이면 그 놈도 정신을 잃을 것이다. 그 이상 힘쓰는 것도 과한 짓이다. 비록 미물이라 해도 상대에 얼추 맞는 맞상대적인 태도라는 것도 있다. 이것 또한 늙었다는 말이다. 늙으면 힘을 뺄 수밖에 없다. 남은 힘을 안배할 수밖에 없다. 술잔도 들었다 내려놓을 때가 많고 그마저 반쯤 꺾어 마시게 된다. 그러나 술이나 시는 아껴가면서 하는 게 아니다. 그것은 술도 시도 될 수 없다.

그럼에도 불구하고 이 일련의 산문집이나 불쑥불쑥 찾아오는 신작시에 매달릴 땐, 30프로가 아니고 맞상대적인 것도 아니고, 거의 모든 화력을 100 프로 다 쏟아 부울 때가 많다. 막상 닥치면 또 그렇게 되는 것이다. 무모한 것도 잘 알면서 또 첫사랑 같을 때가 많다. 화력을 좀 비축해둬야 하는 것도 잘 알면서 마치 애인에게 올인하듯 또 그렇게 다 쏟아 붓고 마는 것이다. 시가 무슨 비즈니스도 아니고 LPGA 챔피언십 골프 대회도 아니고 대선 전략도 아니고 정치공학적인 것도 아니기 때문이다. 때론 정말 다 털 수밖에 없고 다 털릴 수밖에 없다. 한순간 잠시 그 뭉클함 때문일까. 그 뜨거움 때문일까. 그 공허함 때문일까. 그 허탈한 뒤끝 때문일까. 차마 견딜 수 없는 그 무거움 때문일까. 아님 가벼움 때문일까.

236.

　시는 어디로 갔을까. 시는 어디서 읽히고 있을까. 시는 어디서 소모되고 있을까. 잠깐 페이스북? 인터넷? 트위터? e북? 시는 어디서 살고 있을까. 시는 누가 가까이 하고 있을까. 시는 누굴 쳐다보고 있을까. 시는 누가 갖다 다 치웠을까. 시는 어디서 무엇을 하고 있을까. 시는 누구의 손에 있을까. 시는 어느 책상 위에 있을까. 누가 시를 쳐다보고 있을까. 누가 시를 데려 갔을까. 시가 누군가의 옆에 앉아 있어도 시는 혼자 앉아 있을 때가 많다. 시를 알아주는 이도 없고 시를 아는 이도 없다. 시는 혼자 걸을 때도 있다. 시는 혼자 늦은 밤 시를 생각할 때도 있다. 시는 아무도 없는 빈방에서 혼자서 중얼거릴 때도 있다. 시가 혼자 울고 있을 때도 있다. 시는 혼자 밥을 먹고, 혼자 차를 마신다. 시는 무거운 마음 같지만, 알고 보면 시는 가볍다. 시는 경쾌하다. 시는 뒤에서 시를 씹지 않는다. 특히 나라를 팔아먹지 않은 한, 선배 시인을 비난하지 않는다. 시도 시의 시대가 있었다는 걸 알고 있다. 시는 시가 나이 들었다는 것도 알고 있고, 시의 독자들도 이미 나이 들었다는 것도 알고 있다. 그러나 시는 나이 먹은 것을 후회하지 않는다. 시는 제 나이를 잘 기억하고 있다. 시는 이 세상에 변하지 않은 것은 없다는 것도 알고 있다. 시도 변했다. 시는 시가 고고한 것도 순결한 것도 아니라는 걸 알고 있다. 시는 누가 시를 읽어야 하는지 알고 있다. 시는 누가 시를 읽지 않아도 되는지 알고 있다. 다시, 시인들은 시를 읽지 않고 독자들도 시를 읽지 않는다. 또 시를 읽지도 않고 시를 쓰는 시인들만 많아졌다는 것도 알고 있다. 시를 왜 읽어야 하는지 모르는 시인들이 많다는 것도 알고 있다. 참 다행스러운 일이다. 왜냐하면 다 같이 어디론가 가고 있기 때문이다. 시는 이제 열정도 필요 없다. 시는 이제 술을 마실 일도 없다. 시는 이제 문우를 만날 일도 없다. 얼마나 좋은가. 또 이 시국에 무슨 모임을 갖겠다는 말인가. 시는 알고 있다. 이 시국에 만나지 못하면 이 시국을 지나도 만나지 않겠다는 것을 잘 알고 있다. 어떤 연락도 주고받지 않는다. 얼마나 좋은 시국인가. 아무도 만나지 않고 아무도 헤어지지 않는 시국이다. 시도 없고 시인도 없다. 시는 이제 더 이상 가슴이 뜨거워지지 않는다. 가슴이 뜨거웠던 시인은 오히려 가슴을 식히고 있고, 가슴이 뛰었던 시인은 가슴을 쓸어내리고 있다. 시도 알고 있다. 시가 가슴 뛰던 시대도 아니고, 시가 가슴 뜨겁던 시대도 아니라는 걸 알고 있다. 시는 모르는 게 없다. 어쩌면 시는 대선 이후 6월 지방선거 결과도 알고 있을 것 같다. 그러나 시는 말이 없다. 시는 입이 없다. 시는 뭣도 없다. 시는 오히려 당당하다. 시는 이제 일반인도 쓸 수 있고 일반인은 또 시와 함께 살 수도 있다. 얼마나 다행스러운 일인가. 태평성대가 따로 없을 것이다. 이런 말을 오해하지도 말고 곡해하지도 마라. 그냥 세상이 그렇게 되고 말았다. 시도 오다 보니 여기까지 왔을 것이다. 누군가 서점을 오픈했다가 닫았다고 한다. 누군가 시를 썼다가 지웠다고 한다. 누군가 혼자서 시를 읽고 버렸다고 한다. 누군가 한숨을 쉬었고 누군가 시를 후회하고 있다고 한다. 차라리 기술이라도 배울 걸 하고, 차라리 커피집이라도 할 걸 하고 자리를 털고 떠났다. 잘못된 만남 같은 시/인도 있다고 한다. 오늘 같은 날은 김종삼도 김수영도 백석도 임화도 박태원도 멀리서 보고 있을 것만 같다. 예정에 없던 시가 또 불쑥 온다. 김종삼이다. 혼자 읽으면 된다. 병

거지 모자 쓴 채 읽어도 되고 무릎을 꿇고 읽어도 된다. 뒷부분은 후렴처럼 한 번 더 읽으면 좋겠다. 고해성사하듯 속으로 한 번 더 읽으면 어떨까.

"바로크 시대 음악 들을 때마다/ 팔레스트리나 들을 때마다/ 그 시대 풍경 다가올 때마다/ 하늘나라 다가올 때마다/ 맑은 물가 다가올 때마다/ 라산스카/ 나 지은 죄가 많아/ 죽어서도/ 영혼이/ 없으리"(「라산스카」 전문)

237.

시인은 일반인의 삶을 살 수 있을까. 가령, 퇴근 후 돼지 갈비도 물어뜯고 늙으면 늙어 버리고 맛집도 찾아다니고 동호회도 하고 산악회도 하고 골프장도 하나 정해놓고 동창회도 나가고 이웃집과 인사도 하고 아파트 경비아저씨와 수인사도 할 수 있을까. 카톡도 하고 언팔도 하고 맞팔도 하고 또 외식도 하고, 분리수거 요일도 잊지 않고 단골 카센터도 있고 단골 사우나도 하나 있고 옛 직장동료도 가끔 만날 수 있을까. 가끔 친구도 모르게 만나는 또 다른 친구도 있을까.

시인이든 일반인이든 조용히 말하는 것도 인격이다. 북

미 인디언들의 교훈처럼 남의 가슴에 상처가 되는 말을 삼가라. 그래 그 상처는 남에게도 또 본인에게도 상처가 되리라. 그리고 무엇보다 하고 싶은 말을 다하지 말아야 한다. 말이든 시든 다 하지 않고 좀 남겨두는 것이다. 식소(食小)라는 말도 있지만, 언소(言小)라는 말도 있다. 덧붙여 사소(思小)라는 말도 있다. 말 많이 하지 마라. 특히 아무리 작은 집단의 리더라 해도 리더는 가급적 침묵하라. 차라리 미소를 머금어라. 진정한 리더는 휴식시간조차 없다. 남수단의 이태석 신부님을 보라. 한 번이라도 보라. 그리고 또 남의 말을 한 번 더 경청해라. 그리고 또 침묵하라. 과거가 아니라 현재를 살아보라

238.

길가 벤치에 앉자 담소를 나누었다. 시가 시시해졌다는 말을 삼키고 또 삼켰다. 시가 시를 몰라볼 때까지 온 것 같다. 시를 읽고 시를 불태우던, 시와 맺었던 인연도 많이 흘러갔다. 시도 가고 사랑도 가고 시인도 간 것 같다. 남아 있는 자가 시인이 아니라 이미 이 바닥을 떠난 자가 시인인 것 같다. 멀쩡하게 생긴 나무가 한쪽 팔을 툭 내려놓았다. 누군가에게 했던 말보다 누군가에게 차마 하지 못했던 말이 더 많았던 밤이다. 마음 밖에다 마음을 데려다

놓고 겨우 돌아섰다. 어떻게 할 말을 다 하고 살 수 있겠느냐. 또 어떻게 말을 다 삼키고 살 수 있겠느냐. 누군가 꽃을 꺾어 보냈지만 또 누군가 꽃을 찍은 사진을 보냈지만 그 꽃도 힘든 날이 많았을 것이다. 기쁜 것도 더 기뻐하지 않고, 또 슬픈 것도 더 슬퍼하지 않는다. 오히려 한 번 더 돌아보게 되고 한 번 더 앞을 내다보게 된다. 아파트 엘리베이터를 이용하지 않고 계단 두 칸씩 걸어서 올라왔다. 근데 돌아서면 자꾸 후회하게 된다. 돌아보지 마라. 그러나 생각보다 끝까지 후회하지 않고 중간쯤에서 끊는다. 현자의 삶을 배웠다 해도 현자의 삶을 살지 않는다. 다 각자 자신의 삶을 사는 것이다, 아니다, 다 각자 남의 삶을 열심히 살고 있는 것 아닌가. 내 삶이 어디 있는가. 내 시가 어디 있는가. 그래도 또 기쁜 것은 기쁜 것이고 서운한 것은 서운한 것이다. 서러운 것은 서러운 것이고 후회되는 것은 또 후회되는 것이다. 삶이든 문학이든 또 소소한 것과 시시한 것과 가볍게 부딪칠 수밖에 없으리라. 너무 큰 의미를 둘 것도 없다. 그때가 지나면 즉시 그때를 다 잊으리라.

239.

고정된 것은 없다. 시의 해석도 시의 의미도 고정된 것은 없다. 계속 변하고 또 변할 수밖에 없다. 또 변하고 변해야만 한다. 귀에 걸면 귀걸이고 코에 걸면 코걸이가 되는 것이다. 하나만 고집할 수도 없다. 고집하는 순간 망하는 것이다. 부드럽고 탄력적인 사고가 중요하다. 이것도 버릴 줄 알고 저것도 버릴 줄 알아야 한다. 다 버릴 줄도 알아야 한다. 손에 쥔 것 하나 없는 빈털터리가 비로소 시의 세계일 수밖에 없다. 답도 없고 문도 없다. 답을 찾지도 말고 답을 묻지도 말자. 다 그런 것이다. 허망할 뿐이다.

그래도 남는 것은 개떡 같은 빈주먹뿐이다. 개떡 같은 빈주먹이 오히려 시가 되어 허공을 한 번 툭 찔러본다. 사랑스럽다. 귀엽다. 이 산문집도 그저 빈주먹 하나 되어 허공이나 한 두어 번 쿡 찔러볼 것이다. 선전(善戰)하기를 빈다. 문학은 입에 넣을 떡도 아니고, 손에 넣을 개떡도 아니다. 말하자면 서러운 떡이다. 허무한 떡이다. 불쌍한 떡이다. 불떡이다. 입에 넣을 것도 손에 쥘 것도 아닌 개떡보다 못한 불떡은 또 무엇이람?

240.

　들어보았는가. 오죽하면 문학은 모국어가 아니라 외국어로 한다는 말도 있다. 근데 여태 모국어로 시를 쓰고 모국어로 사유하고 모국어로 시집을 내고 모국어 서점에 내다놓고 있다. 노벨문학상과 전혀 상관이 없다 해도 이 시가 다른 언어권에서 먹힐까 안 먹힐까 한 번쯤 심각하게 생각해 보지도 않았다. 모국어 권에서만 먹히는 시는 무엇이 또 문제일까.

241.

　시적 화자는 아무리 강해도 약자일 수밖에 없다. 물론 아무리 약하다 해도 또 약자는 아니다. 다만, 시적 화자는 연약하고 불안하고 불완전하다. 또 망설이고 찌질하고 어눌하고 어리석다. 또 겸손하고 한심하고 삐딱하고 불편하다. 시적 화자는 또 스스로 왕따가 되는 것이다. 스스로 약한 것도 감수할 수밖에 없다. 또 감당할 수밖에 없다. 시적 화자도 잠시 눈 감은 채 가령, 코끼리 허리를 만지는 격이다.

242.

시가 갖고 있던 어떤 신념조차 사라졌다. 시라면 으레 끓고 있던 열정도 열망도 사라졌다. 시가 혼자 들녘에 남아 있는 것 같다. 갑자기 소나기가 쏟아지는데 우산도 없이 혼자 빗속에 처박혀 있는 것 같다. 무슨 장엄한(?) 세례식 같기도 하다. 시인 동지들도 자리를 떴는데 혼자 남아 반군(叛軍)이라도 된 것 같다. 무모하다. 혼자 깃발을 붙들고 있어 봐야, 시는 돌아오지 않는다. 이미 엎질러진 물이다. 그 뜨겁던 불같던 시가 이토록 물이 되었다는 걸까. 시가 물이 되어 맹물이 되어 밍밍한 물맛이 되었다. 물맛도 없는 물맛이 되고 말았다. 시를 너무 험담하지 말자. 시는 달콤한 아이스크림도 아니었고 초콜릿도 아니었다. 그러나 그 열정과 열망으로 버티고 지켜냈다. 이 전선엔 그런 무명용사들의 전력이 있었다. 어느 높은 경전을 믿는 신앙은 아니었지만 어떤 법령을 따르는 모범적인 공직자도 아니었지만 그들은 그곳에선 있었고 그들의 시도 그곳에선 있었다. 지나가던 여학생들의 대화에서 유난히 귀에 꽂히던 말은 존나였다. 존나. 시는 한눈 한 번 팔지 않고 지속적으로 반복적으로 시의 삶을 살았던 자의 몫이다.

243.

가칭 골방사수전국문학인연합회(약칭 골전연) 같은 것 창립하면 누가 뭐라고 할까. 그럼, 가칭 변방문학전국시인동지회(약칭 변전동) 혹은 무명시인독자노선 시도(市道) 중앙연합회 누가 또 풀이라도 뜯어 던질까. 볼펜이라도 집어 던질까. 그럼 가칭 문학존속 및 문학지킴이 작가연대 이것 또한 무슨 시민단체로 착각할 것 같을까. 저 1980년대 말 '구속문인 석방하라!' 굵은 붓글씨 아래서 농성하던 시절도 생각난다. 그리고 늦은 밤 아현동 작가회의 바로 앞의 호프집으로 이동하여 무거운 술잔을 들었다. 선배 시인들 테이블에 끼어 앉아 또 술잔을 들었다. 문단 말석 하나 얻어 살던 시절이었다. 어느 날엔 시인 조태일 옆에 앉아 있었다. 그리고 아주 사적인 대화도 잠깐 나누었다.

"내가 딛는 땅은 내 땅이 아니다./ 내가 읽는 글은 내 글이 아니다./ 내가 하는 말은 내 말이 아니다./ 내가 하는 노래는 내 노래가 아니다./ 내가 눕히는 아내는 내 아내가 아니다."(「모기를 생각하며─국토 1」 부분)

244.

시를 쓰고 또 시를 쓴다. 이 반복적인 너무나 반복적인 이 시 쓰기의 일상은 또 무엇일까. 또 이 시가 쌓이면 시집으로 묶을 것이다. 이 반복적인 너무나 반복적인 이 시집을 묶는 관성 혹은 관습적 인식은 또 과연 무엇일까. 고민도 없는가. 갈등도 없는가. 이 반복은 어떤 반복일까. 이런 반복적인 행위와 사유는 또 시적인 것일까. 시인적인 것일까. 인간적인 것일까. 맹목적일까. 무개념일까. 누가 속고 누굴 또 속이는 걸까. 아무도 속지 않고 아무도 속이지 않는 걸까. 이런 것도 어떤 시스템일까. 어떤 타성일까. 어떤 수렁에 빠진 걸까. 그냥 가고 그냥 가는 걸까. 그냥 탈고하고 교정 보고 종이에 인쇄하고 그러는 걸까. 시를 꼭 종이에 인쇄해야 할까. 시를 쓰고 시를 또 읽어야 하는 걸까. 시를 꼭 읽어야 할까. 시를 쓰지 말라고 한들 누가 듣지도 않겠지만, 또 시를 좀 읽어라 한들 누가 듣지도 않겠지만, 아무도 발언하지 않는다.

아무도 남의 눈물을 눈여겨보지 않듯이, 아무도 남의 말을 듣지 않는다. 좌우지간 남의 얼굴을 자세히 쳐다보지도 않듯이, 남의 일을 자세히 들여다보지도 않는다. 다들 본인 얘기하기에도 턱없이 부족하고, 본인 얼굴 들여다

보느라 눈코 뜰 사이 없이 바쁘고 또 그런 시절이다. 세상이 변하고 본인들도 그만큼 변한 것이다. 그런 것도 세상의 이치일 것이다. 본인 탓도 아니고 남 탓도 아니다. 다만 어떤 반복을 또 반복할 땐 그 반복의 의미를 되돌아보아야 한다. 이 반복은 도대체 무엇일까.

245.

여기서 이런 말을 하면 정말 안 되겠지만, 뭐 눈에는 뭐만 보인다더니 필자의 어두운 눈에는 이런 게 잘 보이는 걸 어쩌겠는가. 좀 급해서 먼저 양해를 구한다. 방금 포털에 뜬 기사를 보면 미국 하버드대학은 지난 해 12월, 코로나19가 확산하자 향후 4년간 대학입학자격시험(SAT)과 대학입학학력고사(ACT) 시험 성적을 반영하지 않기로 했다. 다만, 지원자의 고등학교 각종 기록, 발전 가능성 자료 등을 참고한다고 했다. 하버드대 외에도 시험 점수를 요구하지 않는 대학이 늘고 있다고 한다(연합뉴스, 2022. 4. 2).

한국 대학에선 상상조차 못할 일 아닌가. 그만한 일로 말하자면 수능 성적을 1점도 반영하지 않겠다는 것인데, 한국에선 단 한 번도 검토조차 할 수 없는 일 아닌가. 임란 때도 과거 시험을 치렀던 나라에서, 시험에 관한 한 변함없는 전통과 역사의 나라에서, 소수 의견이라 해도 아무도 개진조차 할 수 없을 것이다. 아니다, 그 소수 의견조차 생각할 수 없을 것이다. 이 또한 기성의 관습적 인식에서 한 발짝도 벗어나지 못하고 있는 것이다. 좀 거칠게 말하면 한국 대학에선 거의 역대급이며 역모급 발상일 것이다. 똑같이 팬데믹이라는 코시국을 겪어도 태평양을 건너면 이렇게 다른가. 왜 이런 퀄리티 높은 아이디어는 태평양을 건너오지 못하는 걸까. 귤이 회수를 건너면 탱자가 된다더니 과연 그러한 것인가. 스티브 잡스의 아이디어가 왜 미국에서 나왔는지 슬몃 알 것도 같다. 말이 나온 김에 좀 오래되었지만 그가 스탠포드대학 졸업식에서 했던 축사를 일부 인용하고자 한다.

"I had been rejected, but I was still in love. And so I decided to start over. (나는 거절당했지만 여전히 일에 대한 사랑에 빠져 있었습니다. 그래서 다시 시작하기로 결심했습니다.) (…중략…) Sometimes life hits you in the head with a brick. Don't lose faith. (때때로 인생은 벽돌로 머리를 때립니다. 신념을 잃지 마십시오.) Your time is limited, so don't waste it living someone else's life. Don't be trapped by dogma — which is living with the results of other people's thinking. Don't let the noise of others' opinions drown out your own inner voice. And most important, have the courage to follow your heart and intuition. They somehow already know what you truly want to become. Everything else is secondary. (여러분의 시간은 유한합니다. 그래서 남의 인생을 대신 사느라 시간을 허비하지 마십시오. 도그마의 빠지지 마십시오. 그것은 다른 사람의 생각에서 나온 결과에 맞춰 사는 것입니다. 다른 사람의 의견에서 나온 잡음이 여러분의 내면의 소리를 잠재우게 하지 마십시오. 가장 중요한 것은 여러분의 마음과 직관을 따르는 용기를 갖는 것입니다. 마음과 직관은 여러분이 진정으로 원하는 것을 이미 잘 알고 있습니다. 그 밖의 모든 것은 부차적입니다.)"

246.

시가 오면 애인을 맞이하듯 버선발로 뛰어나가야 한다. 신발 신고 어쩌고 하다 보면 시는 달아난다. 시는 말을 잘 듣는 범생이가 아니다. 시는 얌전하거나 모범적이지 않다. 시는 충성 서약 같은 것도 하지 않겠지만 또한 전향 각서 같은 것도 하지 않을 것이다.

247.

　마음이 아픈 것도 시가 되지만, 몸이 아픈 것도 시가 된다. 등허리 쪽, 손끝 닿는 곳이 아프다. 한 시간여 손끝으로 문질러보고 꾹꾹 눌러 본다. 손끝이 닿은 그 언저리도 눌러본다. 딱 어떤 포인트만 아프다. 손끝이 그곳을 향하다 보니 팔이 더 아플 정도다.

　어제는 뒷굽이 꽤 닳은 구두를 들고 수선집을 찾아 다녔다. 첫 번째 집에선 퇴짜를 맞았다. 수선할 수 없다고 구두를 거의 던지다시피 내려놓았다. 두 번째 집은 무슨 성자의 집 같았다. 아주 비좁은 곳에서 꼼짝없이, 쭈그리고 앉아 일할 수밖에 없었겠지만 목소리는 정정하고 눈빛도 형형하다. 30분 후에 오라고 한다. 구두는 단숨에 비까 번쩍하게 변신해 있었다. 장인은 이런 것이다. 학교 졸업하고 어쩌다 보니 한 50년 됐다고 한다. 자식들은 자꾸 그만두라고 하는데… 놀면 뭐하냐고 한다. 이 구두를 신고 천하를 주유할 것만 같다. 몇 발짝 걷다 돌아서서 폰카를 켰다. 어느 수행자가 앉아 있을 법한 그곳은 필자의 마음속 성소가 되었다. 수처작주 입처개진(隨處作主 立處皆眞). 시가 태어나는 곳이다. 축!

248.

진실한 삶은 어디 있는지 잘 모르겠지만 삶의 진실은 항상 삶의 언저리에 있는 것 같다. 그리고 좀 조심스럽지만 시는 진실한 삶보다 삶의 진실에 더 가까울 것이다. 삶의 진실은 비록 진실한 삶이 아니어도 진실임에는 틀림없지 않은가.

어떤 삶이든 그 삶에는 나름 엄청난 진실이 있지 않을까. 모든 삶이 진실한 삶이 아니어도 삶의 진실을 살아내는 것이다. 시는 진실한 삶에 주목하는 게 아니라, 시는 삶의 진실에 주목해야 하는 것 아닐까. 그런 것이 시의 진실일 것이다.

시는 어쩌면 삶의 진실을 통해 진실한 삶을 향해 가는 돛단배와 같을 것이다. 시는 진실한 삶을 찾아 떠도는 떠돌이가 아니라 삶의 진실을 찾아 떠도는 떠돌이일 것이다. 삶의 진실은 진실한 삶보다 복잡하고 복합적일 것이다. 삶의 진실 앞에서 진실한 삶은 사치일 수도 있다.

거듭 말하지만 시는 삶의 진실을 기록하는 것이다. 진실한 삶 운운하면 삶의 진실이 읽히지 않는다. 진실한 삶은 눈을 씻고 찾아보아야 하겠지만, 삶의 진실은 눈만 똑바로 뜨면 쉽게 알아볼 수 있다. 보라! 한 발짝 내딛으면 세상 도처에 인생 도처에 삶의 도처에 삶의 진실이 널려 있지 않은가.

249.

시가 인식이다 존재다 대상이다 언어다 픽션이다 현실이다 뭐다 해도, 가장 정직한 것은 경험일 것이다. 정신적 경험이든 육체적 경험이든 시는 비로소 경험에서부터 비롯된 것이다. 시는 시인의 머리도 아니고 그렇다고 시인의 책상머리도 아니다. 시는 몸에서 나온다.

250.

시적 정서 중의 하나인 슬픔은 어디서 자라는 것일까. 그 슬픔이란 것도 그냥 타고난 것일까. 아니면 삶에서 묻어나온 것일까. 몸에 밴 것인가. 슬픔의 세계도 존재론적 세계인가. 아님 인식론적 세계인가. 슬픔은 그냥 좋은 것도 아니고 나쁜 것도 아닌가. 슬픔이라고 하여 힘이 빠지는 것도 아니고 힘을 북돋아주는 것도 아니다. 슬픔도 그냥 하나의 사물이 된 걸까. 탁자 위의 사과 같은 것 말이다. 슬픔을 꼭 관념으로 취급해야 할까. 어떤 슬픔은 어떤 코멘트나 메시지를 당당히 물리칠 수 있을까. 어떤 슬픔은 어떤 이미지나 묘사를 당당히 물리칠 수 있을까. 슬픔은 어떤 것도 간섭할 수 없는 슬픔일까. 슬픔은 그 어떤 위장된 혹은 정치적인 슬픔을 물리칠 수 있을까. 슬픔은 어떤 슬픔조차 간섭할 수 없는 곳에 있을까.

　시는 어디서 자라는 것일까. 시는 메시지도 비유도 설명도 심상도 다 뛰어넘는 곳에 있는가. 시는 어디서 살고 있는가. 시는 돌아갈 고향도 없는 것인가. 시는 뜬구름 잡는 것인가. 시는 길 위의 보헤미안인가. 시는 슬픔인가 또는 기쁨인가. 시는 꼭 무엇이 되어야 하는가.

251.

　시는 마냥 앉아 있다고 되는 것도 아니지만 그래도 이 산문집은 앉아 있으면 한 줄 한 줄 꼬리를 물고 나온다. 시는 또 시의 특별한 매력이 있지만 이 산문집도 앉아 있다 보면 어느새 그 나름 독특한 산문의 매력에 빠져든다. 개인적으론 이 즐거운 느낌이야말로 이 산문집의 가장 큰 소득일 것이다. 약간의 즐거움만으로도 밤낮으로 매달릴 수 있었다. 약간의 즐거움은 그 무엇보다 먼저 자기만족일 수밖에 없다. 자기만족도 없이 어떻게 남을 만족시키겠는가.

좀 상투적인 발언이지만 제 가슴에 닿지 않는다면 어떻게 또 남의 가슴에 닿겠는가. 아무튼 위에서 말한 것처럼 필자는 이 산문집에 매료되었고 이 산문집은 충분히 필자를 들뜨게 하였다. 그리고 이 산문집은 시에 관한 것은 맞지만, 어쩌면 시를 위한 것이기보다 산문을 위한 것이었다.

252.

삶은 딱히 무슨 포인트가 있는 게 아니다. 어떻게 보면 그럭저럭 살아가는 게 삶이지 무슨 포인트를 찍어가면서 살아가는 게 아니다. 그저 또 그러려니 하고 살아가는 것이다. 그렇게 살아가는 게 곧 삶을 살아내는 것이며 삶을 살아지게 하는 것이다. 걱정하지 마라. 그만하면 훌륭하게 살아지는 것이다. 현실에서의 삶이란 앞의 김준오 책 어느 구절처럼 '치밀한 형식을 갖춘 예술작품과는 달리 조잡하고 무절제하여 악센트가 없는 것이 보통'일 것이다. 무대 위에 선 뭇 배우들처럼 무대 위의 삶을 살아내는 것이다. 악센트나 포인트가 없다고 또 이벤트가 없다고 자책할 일이 아니다. 누구나 무료한 삶을 달래며 살아가고, 살아내고, 살아지는 것이다. 악센트가 없어도 이벤트가 없어도 밋밋하게 살면 또 밋밋하게 살면 된다. 밋밋한 것도 드라마가 될 수 있고 단편소설이 될 수 있고 드디어 시가 될 수 있다. 시를 어느 삶에서든 뚝 떼어놓지 말자.

  비유가 적절할지 모르겠으나 시는 바람 부는 언덕 위에서 줄을 꼭 쥐고 있는 풍선과 같은 것이다. 아님 그 줄을 놓쳐버린 저 풍선 같은 것이다. 잘 모르겠다. 시가 비록 허구적인 세계라 해도 허공 속으로 놓쳐버린 저 풍선이 될 수 있을까. 풍선 줄을 꼭 잡고 있을 때, 시의 화자가 시를 꼭 잡고 있다는 것 아닐까. 줄을 놓으면 시를 놓치는 것과 다름없지 않을까. 정말 그럴까. 그렇다면 풍선 줄은 놓고 시를 잡는 것은 없을까. 그렇다면 줄도 놓고 시도 놓는 것은 없을까. 줄도 잡지 않고 시도 잡지 않은 것도 있을까. 줄도 끊고 시도 끊은 것은 있을까. 혹시 풍선 줄만 잡고 풍선을 놓친 게, 시 아닐까. 시는 풍선도 없는 빈 줄 같은 것 아닐까. 빈 줄조차 다 놓아/처버린 것 아닐까. 빈손만 움켜쥐고 있는 거 아닐까. 시는 빈손만 움켜쥐고 있던 자의 옆에서 지켜보던 그러니까 견자(見者) 아닐까. 결국 시는 시의 화자도 견자도 다 놓아버린 것 아닐까. 그리고 무엇보다 시는 과거가 아니라 지금 눈앞에 있는 풍선 아닌가.

253.

시는 결코 편한 것이 아니다. 시의 화자도 시의 독자도 결코 편하지 않다. 시는 오히려 편한 것을 불편하게 한다. 시는 멀쩡한 것도 뒤집어보게 한다. 시는 이른바 저 기득권의 논리를 따르지 않는다. 시는 저 기성의 논리에 반대한다. 시는 저 주류의 일부를 거부한다. 시는 저 관습적 인식으로부터 이탈하는 것이다. 시는 저기 고속도로보다 국도를 선택하는 것이다. 시는 통째로 상실한 저 시의 담론을 혼자서 중얼거리는 것이다.

시는 도덕군자가 아니지만, 공적 영역에서의 그 상실한 도덕성에 분노하며 그 도덕적 상실감을 혼자 또 씹고 살 때가 많다. (여담이지만 도덕성을 상실한 것이 문제지, 상실한 그 도덕성 자체는 문제가 아니지 않은가.) 시가 도덕성을 상실한 것도 아니지만 어떤 도덕적 상실감을 하루하루 겪고 산다. 시는 또 그 상실감과 패배감을 기꺼이 감수한다. 기꺼이 또 감당하고자 한다.

시는 그 어떤 제 마음조차 갖고 있지 않다. 시가 마음이 넓기 때문이 아니다. 시가 무슨 큰 공덕을 쌓은 것도 아니다. 비록 개뿔도 아니고 개떡같이 살고 있지만, 시는 쩨쩨

하게 살고 싶지 않은 것이다. 또 아무리 가난해도 시는 시와 살을 맞대고 살아야지 철학이나 역사와 손을 맞잡을 수 없다. 시는 시를 떠날 수 없고, 시도 시를 떠날 수 없다. 결코 말장난 하자는 게 아니다.

254.

시는 어디선가 대놓고 말하지 못한 것을, 제대로 말할 수 없었던 것을, 꼭 하고 싶은 말이 있었지만 말할 수 없었던 것을, 펜을 들고 빈 종이에다 끄적거리는 것 아닌가. 또 돌아앉아서 그 시를 꺼내보는 것 아닌가. 어디서든 할 말 다 할 수 있다면, 시는 설 자리가 없을 것이다. 그러나 시는 할 말을 다 했다 해도 또 다 말할 수 있는 것도 아니다. 시는 어차피 시의 행간에 못 다한 말을 구겨 넣을 수밖에 없다.

그러나 시 뒤에는 어떤 말이 남는지, 또 어떤 시가 남아 있는지 알 수 없다. 시의 이면이든 생의 이면이든 다 알 수 있는 것은 없다. 그런 것도 시의 행간에 끼어 있는 어떤 텐션과 같을 것이다. 그리고 말 속에도 뼈가 있고, 시 속에도 뼈가 있다. 물론 뼈 없는 시도 있다.

255.

시를 쓰는 순간, 시의 화자는 시인의 무릎에서 떨어지지 않는다. 때론 화자의 무릎에 시인이 앉아 있을 때도 있지만 아예 자리를 바꿔 앉을 때도 있다. 그러나 화자의 자리는 마치 일회용 편도 좌석 같은 것이다. 시적 화자도 일종의 단역이다. 비록 서러운 단역이지만 그 순간은 어떤 주역 못지않다. 시의 화자는 또 어떤 배역을 마다하지 않는 생계형 연기자일 것 같다. 주연의 삶이나 단역의 삶이나 화자의 삶이나 시인의 삶이나 독자의 삶이나, 시 앞에선 다 평등하고 공평하다. 시는 계급장 같은 것 다 떼어놓고 평등한 관계 속에서 이루어지는 **평등한 대화**와 같은 것이다. 시 앞에선 어떤 불평등도 없다. 누구나 시 앞에선 잠시 오롯이 시인이 되는 것이다. 굳이 고개를 숙일 까닭도 없고 고개를 들 까닭도 없다. 시는 그대 눈높이에서 그대를 바라볼 뿐이다. 그대는 그대의 선한 눈으로 시의 눈을 바라보라. 물론 시는 바위 같을 때도 있지만 구름 같을 때도 있다. 시는 꽃 같을 때도 나무나 풀과 같을 때도 있다. 말하자면 인연 따라 왔다가 인연 따라 또 떠나는 것이다. 그 모든 것은 환상이었다가 현실이었다가 또 결국 허상이 되는 것이다. (無相無住)

256.

　시는 또 무엇보다 우연히 지나가는 것이다. 아! 런던에서도 스코틀랜드에서도 파리에서도 우연히 지나가는 것이 많았다. 딱히 말할 수 없는 것도 우연히 지나가고 말았다. 어디선가 말 한 마디 하지 못한 것도, 제때 제대로 말할 수 없었던 것도, 우연히 지나가는 것 아니었던가. 꼭 하고 싶은 말이 있었지만 말할 수 없었던 것을, 굳이 펜을 들고 빈 종이에다 끄적거리는 것도 우연히 지나가는 것 아니었던가. 또 돌아앉아서 그 시를 꺼내보는 것도 우연히 지나가는 것 아니었던가.

257.

　시를 쓰는 데도 많은 세월이 필요하다. 물론 천재나 고수는 뚝딱뚝딱 하고 일어서겠지만 천재나 고수가 아닌 자들은 오랜 세월이 흘러도 천재나 고수가 될 수 없다. 오랜 세월 동안 고개를 처박고 살아도 될까 말까 하리라. 머릴 깎았다고 다 득도하고 부처가 되는 것도 아니듯 말이다. 갑자기 시가 낮은 것이 아니라 높아지는 것 같다. 그러나 아무리 높은 곳에 시가 있다고 해도, 그가 있는 곳은 가장 낮은 곳이리라. 시는 더 낮은 곳에 있으리라. 머릴 길렀어도 머리 깎은 출가자와 다름없을 때가 많다. 머릴 기른 세월이나 머릴 깎은 세월이나, 시/부처 앞에선 다 거기서 거긴 것도 같다. 어느 해 늦가을 원통사 오르던 길, 조용히 혼자 작명해 두었던 중바위가 보고 싶다. (强大處下 柔弱處上)

258.

시를 다 버릴 자신은 없고 한 행 두 행… 좀 지난 다음엔 버릴 줄도 안다. 한 두어 행 버리고 나면 시가 더 좋아지는 것 같다. 그럴 때마다 시는 버리는 장르인가 하고 돌아본다. 돌아보면 또 아무것도 없는 시가 보일 때도 있다. 아무것도 없는 시? 이것은 또 무슨 말인가. 정말 아무것도 없는 시가 있기는 할까. 시를 어디까지 버려야 할까. 이를 테면 거두절미도 해봤고, 통째 다 버려봤고, 반쯤도 버려봤는데, 글쎄 다 버릴 자신은 없다. 다 버리면 득도할 수 있다 해도 득도를 하지 않을 것 같다. 아무것도 득도하지 않고 시의 바다에서 그냥 헤매고 싶다. 시는 결코 부처의 세계가 아니라 말하자면 소월의 세계다. 그곳은 '불러도 주인 없는' 곳이며 '불러도 대답 없는' 미궁의 세계일 것이다. 소월이 득도하지 않고 남겨둔 도의 세계이며 소월이 건설한 딴 세상 같은 판타지일 것이다.

그곳엔 소월의 서자들이 세운 다 무너진 성전이 있고, 수영의 이복동생들이 다니다 만 수영학교가 있다. 물론 인근엔 춘수학교도 있고 백석학교도 있고 종삼학교도 있다. 목월학교도 있고 미당학교도 있고 임화학교도 있다. 최근에 병설학교로 인가 받은 임화학교 부설 카프학교도 있다. 소수 정예 이상학교도 있고 무시험 전형 경림학교도 생겼다. 관식학교는 부지가 마땅치 않아 온라인 사이버학곤데 매 학기 완판이라고 한다. 지난 학기에 문을 연 동엽학교는 탈북민 전담 전문학교, 남주학교는 이주민 대상 대안학교 그리고 태일학교 지하학교….

  다시, 모름지기 시의 세계는 다 털리거나 다 털어야 할 곳이다. 실오라기 하나 걸친 것 없이, 남김없이 다 털려야 겨우 눈 뜰 수 있는 곳이다. 그리고 아름다운 것보다 슬픈 것을 보아야 하고, 기쁜 것보다 서러운 것을 보아야 하는 곳이다. 누가 시커면 동굴 같은, 누가 암흑 같은 시의 세계에 발을 들여놓겠는가. 하여 그곳은 폐광이나 다름없다. 아니면 사막 같거나 바다 같은 곳이다. 그런 곳에서 고작 페이스메이커 노릇이나 하면서 살 수 있겠는가. 그때 청마가 주장자를 탁 내려쳤다. 할(喝)!

"파도야 어쩌란 말이냐/ 파도야 어쩌란 말이냐/ 님은 물 같이 까닥 않는데/ 파도야 어쩌란 말이냐/ 날 어쩌란 말이냐"(「그리움」전문)

259.

시는 시인의 손을 떠나는 순간, 자유의 몸이다. 그 자유의 몸은 시인도 아니고 소위 시적 자아도 아니다. 그냥 자유다. 그냥 해방이다. 자유의 몸은 그냥 몸의 자유를 즐기면 되는 것이다. 자유의 몸에 독자가 들어가 살기도 하고 가끔 독자도 자유의 몸이 되곤 한다. 그런 것도 시의 자유고 시의 몸이다. 여기서 자유는 시의 내용도 되겠지만 시의 형식도 될 것이다. 시는 의외로 엉뚱한 데가 많고 빈 구석도 많다. 구멍이 많다는 뜻이다. 시를 자꾸 어떤 틀에 가두려고 하지 마라. 그런 짓은 이제 구시대 유물이다. 예컨대 주제니 소재니 구성이니 표현기교니 또 연구자들에 의해 내려진 어떤 결론 같은 것 말이다. 시는 그런 시적 정보와 해제, 연구서지 등에 의해 움직이지 않는다. 시는 오히려 그런 촘촘한 그물에 걸리지 않는, 어떤 바람과 같은 것이다. (시는 바람이 잔뜩 든 자유의 몸이다. 시여 더 자유하리라. 시는 더 자유 할수록 시는 더 자유로울 것이다.) 시는 시인의 손에도 시적 자아의 손에도 독자의 손에

도 그 어떤 그물에도 잘 잡히지 않는 미꾸라지 같은 것이
다. 시야말로 불특정 다수가 조금씩 향유할 수 있는 소량
의 자유다. 시는 혼자 꼬박 밤을 새울 수 있는 자유의 몸
이다.

시는 집도 절도 없다. 시/인한테 시적 화자와의 관계 같
은 것 묻는다면 결례가 아니라 자칫 하면 쓰레기 같은 질
문이 될 수 있다. 지뢰밭처럼 매우 조심스러운 부분이다.
삶이든 시든 인생사든 전후 문맥, 즉 맥락이 중요하다. 맥
이 중요하다. 시적 진실도 그런 맥락 속에 그만큼 예민하
고 깊은 곳에 서식한다. 갑자기 진실의 생태계가 어둡고
또 음습하다. 그럼에도 불구하고 진실을 향한 시의 통찰
력은 멈추지 않을 것이다. 그 통찰력도 결국 몸과 몸이 만
나는 곳이다. 다만, 어떤 이데올로기도 어떤 '관습적 인식'
도 버리고 시의 몸으로 다시 시의 맨몸으로 만나는 것이
다. 그 시의 맨몸, 가슴 한복판엔 그 무엇보다 또 자유가
꿈틀거려야 한다. 그것도 아니면 욕실 바닥에 앉아 플라
스틱 바가지로 뜨거운 물을 가슴에 끼얹고 또 끼얹어야
한다. 그러나 아무리 뜨거운 물을 끼얹어도 가슴이 뜨거
워도 가슴을 쥐어뜯어도 시는 끝내 말하지 않을 것이다.
왜냐하면 시도 어떨 땐 시를 잘 모르기 때문이다. 알면 못

한다. 문을 열고 들어가야 할까 문을 열고 나가야 할까.

시뿐만 아니라 어디서든 공감하거나 감동하지 마라. 감동이나 공감도 주체적이기 보다 상대적인 심리일 것이다. 일종의 비위 맞추기일 것이다. 그런 면에서 시는 결코 타협하지 않는다. 시가 스스로 혼자가 된 것도 다 이유가 있을 것이다. 시는 오로지 제 가슴을 쓰다듬을 뿐이다. 그것도 오로지 정확히 제 가슴 한복판을 말이다. 여기서 가슴 한복판은 또 가슴 언저리까지 이르는 말이다. 젊은 날엔 가슴 한복판이 아팠었는데, 나이 먹으면 가슴 언저리가 유난히 아플 때가 많다. 너무 정색한 것 같다. 시는 정색하면 끝이다. 일상사에서도 정색하면 끝이다. 정색하지 않는 게, 시에 이르는 길이다. 힘 다 빼고, 힘 다 빠지고 마지막에 겨우 남은 것이 시라고 할 수 있다. 아닌가. 그렇다면 그곳은 어딘가. 그곳은 있는 힘을 다 썼지만(있는 힘을 다 써도 안 되겠지만) 결국 구멍투성이인 공(空)의 세계일 것이다. 허허. 하하. 여기서 백지영의 노래를 한 번 불러보자.

"구멍 난 가슴에 우리의 추억이 흘러 넘쳐/ 잡아보려 해도/ 가슴을 막아도… 이러다 내 가슴 다 망가져/ 총 맞은 것처럼/

정말 가슴이 너무 아파… 가슴이 뻥 뚫려 채울 수 없어서/ 죽을 만큼 아프기만 해/ 총 맞은 것처럼"(〈총 맞은 것처럼〉 부분)

260.

정치권력이든 문학권력이든 자본권력이든 시는 그런 권력으로부터 멀리 떨어져 있다. 시가 어떻게 그런 권력과 가까이 할 수 있을까. 시는 오랫동안 아싸이며 언더일 것이다. 시가 어떻게 힘이나 칼을 갖고 있을까. 그냥 풀이나 움켜쥐었다 놓고 살자. 시는 풀이나 풀씨일 것이다. 시는 잔칫집에 앉아 있다가 고작 술 한 잔 얻어 마시고 일어서는 것 아닐까. 그리고 상갓집에선 자리를 좀 지켜야 하지 않을까. 시도 목이 메일 때가 있는 걸까.

"진정한 언더그라운드는 주류의 일부가 될 수 없으며, 교회 근처에서 적선을 구하는 바보 예언자와 같은 존재인 작가는 결코 사제직에 오를 수 없는 운명을 타고났다."(블라디미르 마카닌) (동아일보, 2012. 9. 12)

러시아 소설가의 말이지만 여기서 언더그라운드를 아웃사이더로 잠시 바꾸어도 좋다. 또 그냥 시로 바꾸어도 괜찮다. 작가도 그냥 시로 바꾸어 읽고 싶다. 그리고 누군가 주류의 일부가 되지 않은 자들의 최후의 일전을 기록해야 하지 않을까.

261.

수락산역 하이마트 앞에 키다리 아저씨가 있었다. 키가 하도 커서 고개를 뒤로 두 번이나 꺾어야 그의 얼굴을 볼 수 있었다. 하 그는 어릿광대 피에로였다. 알바 피에로였다. 절대로 웃어선 안 된다는 슬픈 피에로였다. 그의 눈은 퉁퉁 부은 눈물 모양이었다. 헐렁한 옷을 입고 성큼성큼 걷고 있었지만 매우 조심스러운 걸음이었다. 그러나 그는 기우뚱기우뚱하면서 하이마트 매장 쪽으로 긴 팔을 쭉 뻗고 있었다. 봄맞이 행사장 쪽으로 손을 내밀고 있었다. 조금만 더 내밀면 휴대폰 매장에 손이 거의 닿을 것만 같았다. 그때 누군가 툭 떨어뜨린 피에로의 손을 잡아주었다. 그리고 그의 손을 흔들어주었다. 피에로의 온몸이 흔들렸다. 하이마트 건물 전체가 흔들리는 것 같았다. 수락산도 흔들리는 것 같았다. 수락산 일대가 낮술 한잔 걸친 것 같았다. 피에로든 하이마트든 수락산이든 흔들릴 땐 흔들릴 줄 알아야 한다. 갑자기 피에로가 시의 첫 줄 같다. 아니다. 이 단락이 마치 미발표 신작시 한 편 같다.

피에로의 손에 시의 뒷덜미가 잡힌 것 같다. 시와 산문의 어중간한 자리에 걸터앉은 것 같다. 이 산문집의 어느 심경과도 닮았다. 그러나 피에로 청년의 심경은 알지 못했다. 그 청년의 이면도 알지 못했다. 그 청년의 알바비나 소속 업체에 대해선 알지 못했다. 그가 신었던 긴 장화 같은 신발의 높이나 크기에 대해선 알지 못했다. 그의 경력이나 그의 직업 만족도에 대해선 알지 못했다. 그가 혹시 밤에는 대리를 하는지 묻지도 못했다. 물론 그는 그의 길을 가고 필자는 7호선을 타야 한다. 그러나 시는 시적 대상에 쫓기다 보면 시에서 멀어진다. 시는 고슴도치처럼 온몸에 가시를 곤두세우고 살아야 한다. 그럼에도 불구하고 시는 시간에 쫓겨 뛰어가면서 또 돌아서서 시를 향해 또 마지막 한 발을 장전하는 것 아니겠는가.

262.

이십일 세기 들어서서 시는 완전 달라졌다. 이십 세기 시의 연속성이 아니라 이십 세기 시와의 단호한 단절이 더 강한 것 같다. 개인적 편견이지만, 가령 집단적 사회적 경향이 개별적 개인적 성향으로 확 바뀐 것 같고, 시의 스펙트럼이 무슨 할당량처럼 크고 넓었다면, 지금은 좀 더 좁혀지고 훨씬 간결해진 것 같다. 바뀐 것은 어쨌든 바뀐 것이다. 새로운 종이 나타났다. 수긍한다. 이십일 세기 시에 대해선 다른 지면이 필요할 것 같고, 지금은 이십 세기 텍스트에 대해 좀 더 치중할 것이다. 그나마 산문집이기 때문에 가능한 일이다. 장르에 구속 받지 않고 시의성에 위축되지 않기 때문이다. 암튼 사회 관계망 서비스나 유튜브나 다양한 인터넷 매체 등으로 인해 앞 세대와의 성격이나 형태면에서도 크게 달라질 수밖에 없었으리라. 시도 다 자기 시대의 정서와 양식과 배경에 의해 형성되는 것이다.

이를 테면 통기타 하나만으로도 노래를 부르고 노래를 따라 부를 수 있었던 시대가 있었다면, 지금은 각종 음향과 난도 높은 춤과 깨끗한 무대와 공개적인 팬덤 그리고 또 많은 자본도 있어야 하고 대형 기획사나 언론사에 의지하지 않을 수 없다. 노래만 가지고 팬들을 들뜨게 할 수도 없는 노릇이다. 그러나 돌아보지 않겠지만 낡은 통기타 하나만 있어도 청춘이 무너지고 장벽이 무너지던 시절이 있었다. 여기선 그 시대를 1970년대라고 부르겠다. 1980년대라고 부르겠다. 그 시대를 자의반 타의반 '음울했던 청년' 같다고 명명하겠다. 그리고 그 시대는 비록 거울 앞이나 어느 신전이 아니더라도 속죄할 일이 많다. (누군가 아직도 그 거울 속에 있다고 한다.) 그러나 다시 시대가 바뀌었고 관객도 바뀌었다. 꼰대 같다고 할 것 같아 차라리 침묵하리라. 그러나 또 침묵보다 시 앞에서 노래 앞에서 정직해라. 한국 시는 김수영이 이미 무너뜨린 그 어떤 선이나 장벽을 더 무너뜨리지 못한 것 같다. 용기도 없고 겨우 자리만 지키고 있는 것 같다. 그러나 또 시가 어떻게 무엇을 대속(代贖)할 수 있겠는가. 시가 한없이 나약하고 약할 때가 있다.

263.

오래 전 내몽골 밤하늘에서 봤던 **별똥별**을 생각한다. 어느 별에서 툭 떨어진 것도 모른 채, 그냥 번갯불 같던 그 선이 무진장 아름다웠다. 그것은 또 하늘보다 더 높은 곳에 있는 별도 떨어질 수 있다는 상징과 같았다. 하늘의 별도 똥별이 될 수 있다는 것이다. 하늘의 섭리보다 이 세상의 순리와 같았다. 하늘만큼 넓은 초원 위에서 잠시 생각했던 그날 밤은 좀처럼 지워지지 않았다. 주위엔 어둠 밖에 없었지만 날카로운 칼끝으로 한쪽 가슴에 한 획을 긋던 밤이었다.

다음 날 또 일정을 따라다니고 있었지만 지난 밤 별똥별에 관한 대화를 나눌 수 있는 일행은 없었다. 별똥별은 필자의 마음속에서 또 한 획을 긋고 말았다. 시도 그럴 것이다. 시를 논할 수 있는 동무는 그렇게 많지 않을 것이다. 더구나 동종 업계 종사자라 해도 늙어가면서 시를 논할 수 있는 시우는 줄어들기 마련이다. 끝까지 붓을 놓지 않고 별똥별처럼 한 획 한 획 그을 수 있는 필력은 내공보다 내면의 힘도 있어야 한다. 내면의 힘은 교과서나 경전이나 출신대학이나 스승에 의해 이루어지지 않는다. 어렵겠지만 시도 자수성가에 가깝다. 시는 독수공방에 가깝다. 시는 또 스스로 고립무원이 되어야 한다.

264.

지금은 뜸하지만 한때 문학 행사나 문단 모임에 성실히 드나들었다. 드나들다 보면 어느새 물도 든다. 어쩌면 등단 직후엔 어딘가 빨리 물들기 위해 뛰어다녔을 것이다. 마치 뭔가 물들기 위해 등단한 것만 같았다. 때론 정말 총알택시를 타고 날아다녔다. 정말 검정색이든 흰색이든 물이 빨리 드는 것 같았다. 그러나 물이 드는 것은 시나브로 기성 시인이 되는 것이다. 그럼에도 불구하고 그런 기성 시인이 되고 싶었을 것이다. 그러던 어느 날 문득 필자 앞에는 비록 술에 취한 모습이었지만, 아주 낯설고 낯익은 기성 시인이 서 있었다. 문단엔 어느새 문우들도 많아졌고 문학 행사장에 가면 모르는 얼굴보다 아는 얼굴이 훨씬 더 많아졌는데도 말이다.

늦은 밤 차창 밖의 풍경이 눈에 들어오고, 차창에 비친 얼굴도 자꾸 쳐다보는 일이 잦아졌다. 한 번도 그런 적이 없었는데, 존경해 마지않던 이 문단이란 곳을 한 번 더 바라보는 날도 있었다. 그런 날은 전향은 아니겠지만 마치 몰래 숨어서 전향서를 쓴 날 같았다. 그런 복잡한 심경의 변화를 겪으면서도 하루아침에 또 어떻게 뒤바뀔 수도 없는 노릇이었다. 그러나 그보다 더 중요한 것은 문단이나 전향 같은 헛소리보다 시를 잘 못 쓰고 있었기 때문에 겪는 불편한 심사가 컸을 것이다. 그땐 또 어느 장벽에 툭 부딪친 것 같았다. 다시 문청이 된 것 같았다.

또, 문학상을 받지 않아도 문학상 뒤풀이 자리에 앉아 있으면 더구나 수상자 옆에라도 앉게 되면 공연히 수상자 반열에 오른 것처럼 목에 힘도 주게 되고, 어깨도 좀 무겁게 하고 싶었다. 수상자와 가까이 앉다 보면 차차기 혹은 차차차기 정도 수상자가 될 것도 같았다. 지금 생각하면 우습고 쪽 팔릴 것 같지만, 그땐 그런 생각이 들었고 또 속으로 그런 생각을 했었다. 그땐 또 문학이나 문학상이 한

순간도 허망하다고 생각할 사이가 없었다. 오죽하면 술만 조금 더 많이 마시면 뭔가 곧 희망이 다가올 것 같았다.

그러나 문학은 시는 그렇게 하는 게 아니었다. 특히 문학청년 시절에 그렇게 겪고 또 겪었으면서도 문청시절을 까맣게 잊어먹고 있었다. 개구리가 올챙이 적 생각을 못하고 아무것도 못하고 살았다. 특히 시는 외로운 직종이라는 걸 다시 한번 또 천천히 깨달았다. 외로움아! 그대는 그동안 어디 있었더냐. 그대를 어디 두고 어디서 무슨 바람에 미쳤다는 것이냐. 시는 술도 아니고 희망도 아니고 문학상도 아니고 문단 인맥도 아니었다. 시는 결국 외로움으로 선회할 수밖에 없었다. 시는 깊은 것도 높은 것도 아니었다. 시는 그저 백면서생 같은 외로운 문학청년 같은 것이었다. 그 이상도 그 이하도 아니었다.

시는 결국 노트북 모니터 속에 있었다. 먼 곳이 아니어서 가슴을 쓸어내렸다. 그가 또 가슴속에도 있었다. 천만다행이었다. 그는 아직도 돌아서지 않았고 그는 아직도 내 곁에 있었다. 매우 상투적이지만 고맙기도 하고 미안하기도 했다. 이젠 그 외로움을 더 외롭지 않게 할 일만 남았다. 그 외로움을 꼭 껴안고 살아야 하겠다. 그대 곁에서 그대를 놓치지 않을 것이다. 오랜 만에 같이 앉아서 시를 읽자. 같이 살자. 같이 놀자. 같이 자자. 낮술도 하자. 산책도 하자. 커피도 하자. 도봉 옛길 둘레길도 같이 걷자. 늦은 밤 산책도 하자. 문자메시지도 주고받자. 주말농장도 가보자. 참고로 카톡은 없다. 외로울 땐 외롭고 공연히 또 기쁠 땐 기뻐할 것이니라. 한 밤에 빗소리 들으며 허한 가슴 벅찰 때처럼 말이다.

265.

방금 시집 『안부』(강송숙, 오비올 프레스)를 받았다. 앞에서부터 그때그때 눈에 들어오는 시어 혹은 심상을 놓치지 않기 위해 타이핑하면서 읽었다. (이 리뷰를 문자로 보낸 그날 밤, 갑자기 이 산문집에 급하게 넣고 싶었다.) (이즈음엔 이 시국 탓인지 오고가는 시집이 하나도 없다. 그렇다고 서점에 들어가 신간 시집을 몇 권씩 들고 나오던 그런 시절도 아니다. 암튼 이 산문집 도중에 모처럼 받은 시집에 관한 단상이 급하게 또 쏟아졌다. 손에 닿은 시절과 인연은 또 이렇게 소중한 것이다.)

'낡고 오래된' 그만큼 또 '오래된 영화' 같은 기억이 있다. '삼 년 전' 그보다 훨씬 '더 오래 전'의 기억도 있다. 이제부터 마치 괄호 속에 갇혀 있는 안부를 풀어놓아야 하겠다. 그래야 오래 전 기억도 안부도, 낡고 오래된 기억도 안부도, 숨을 쉴 것 아닌가. '이미 죽어'서 '상처 받지 않은 영혼'도 숨을 쉴 것 아닌가. '악몽에 시달리'던 그 악몽도 '당신'도 좀 쉬어야 하지 않을까. 그러나 '악몽'은 또 '생존'이며 생존의 '확인'일 것이다. 아주 오래되었고 이미 낡은 기억 같은 악몽이지만 악몽은 결코 '밤잠 없는' 깊은 밤에도 지워지지 않는다.

그러나 아무리 무겁고 힘겨운 악몽이라 해도 '죽음'보다 '삶의 순간'일 것이다. 죽어서 꿀 수 있는 악몽이 어디 있겠는가. 살아서 꾸어야 악몽도 비로소 안부가 되어 먼 곳에 이를 수 있다. 아아! 산 자의 악몽은 죽은 자의 안부일 수도 있다. 비록 악몽에 시달리는 꿈속에서라도, 악몽은 살아있으므로 '통풍'처럼 '만감이 교차'할 수도 있는 것이다. 밤에 일어나 어둠 속에서도 홀로 외롭고 쓸쓸한 시가 될 수 있다. 그럴 땐 무당이 된 것도 같고 곡비가 된 것도 같다. 그런 날이면 굳이 누가 '떠나지 않'았다 해도 그냥 '쓸쓸한' 밤이 되는 것이다. 시가 되는 것이다.

시는 또 당신보다 '당신의 부재'가 더 절실할 것만 같다.

그러나 또 '당신은 밖에 계시렵니까?' 아니다. 시는 '달'보다 '행성'보다 '너를 만나지 못하고' 돌아오는 '그믐밤'에 씌여질 것 같다. 아니다. '저 지팡이 끝'에 모여 있는 '설움'이 시가 될 것 같다. 아니다. 냉장고 바닥 '어딘가 믿는 구석 하나 남겨둔' 것이, 혹은 '꿈속'이 혹은 '공란'이 또 시가 될 것 같다. 아니다. 아니다. 드디어, 악몽도 아니고, 안부도 아니고, '대낮에도 캄캄한 반 지하 술집에 문만 열어놓은 채 잠든 주인'이 시가 되고 시가 되었다. 그런 날은 낮술 한 잔에 '어디든지 가겠다'고 한다.

그러나 또 '너는 오지 않았'고 '말의 목을 끌어안고 통곡했다는 니체를 생각'하는 날이다. 그럴 때 시가 올 것이다. 또 '그 모든 것이 잘린' 혹은 '등지고' 있는 그 모든 것들이 한꺼번에 '온몸으로' 시가 될 것이다. '씨발' 어느 때 한 번이라도 '먼저 끊지도 못하'는 소리가, 오히려 '더 작은 것을 지키려는 소리'가 시가 되어 누군가의 육성으로 읽어야 할 것이다. '어둠과 어둠 사이/ 죽음과 죽음 사이'에서도 삶의 '마지막과 시의 운명'은 도무지 또 알 수 없으리라. 그리고 시가 돌아왔다. '어둠 속으로' '화르르 날리는 꽃잎 사이로' '낡고 해진 오색의 깃발들'처럼 죽은 자도 돌아왔다.

이 시집 어디선가 눈여겨보았던 구절을 옮겨본다. "시와 훈화는 짧아야 좋답니다/ 건투를 빕니다" 그리고 또 어느 구절도 기억한다. "나와 당신에게 심심한 위로를". 그리고 끝으로 시가 '안부'인 이 땅의 모든 시인 동지들에게 특히 나보다 당신보다 더 젊은 혹은 더 늙은 시인들에게 안부 삼아 전해주길 바라마지 않는다. 꼭 건필하기를! 그리고 차마 기약할 순 없지만 영월이나 원주쯤에서 시인 동지들과 함께 또 만나기를….

266.

시는 무엇인가. 좋은 시는 어떤 것일까. 낯선 시는 어떤 것일까. 잘 쓴 시보다 좋은 시는 어떤 것일까. 어떤 의미를 발견하고 또 어떤 의미를 부여해놓은 시가 좋은 시일까. 좋은 시는 뭘까. 좋은 시라는 게 어디 있는 걸까. 삶은 무엇인가. 좋은 삶은 어떤 것일까. 좋은 삶이라는 게 있을까. 잘 살았다는 삶이라는 게 또 뭘까. 그냥 가슴에 툭 닿는 시가 있을까. 가슴 언저리가 복잡해지는 시가 있을까. 오래도록 마음에 남는 시가 있을까. 오래도록 마음에 남는 삶이 있을까. 오래도록 마음에 남는 사람이 있을까. 잊힌 삶도 있고 잊힌 시도 있을까. 잊힌 사람도 있을까. 좋은 시는 다 잊힌 시 아닐까. 한 번 읽고 싹 잊힌 시 아닐까. 그래도 조금 남겨놓은 시 아닐까. 시는 어디서 살고 있을까. 시가 뭘까. 그래도 잘 쓴 시보다 좋은 시에 자꾸 이끌리는 것은 또 무엇 때문일까.

267.

두 달여 만에 노트북을 떠나 양평에서 1박 2일했다. 와인 딱 반 모금 마시고 줄곧 모닥불 앞에 있었다. 와인은 돌고 있었지만 와인 마실 것도 아니고 그렇다고 텔레비전도 아니고 담소에 낄 것도 아니었다. 한국 시의 현황에 대해 토론할 것도 아니고 대통령 인수위 활동이나 대선 결과에 대해 평가할 것도 아니었다. 와인에서 모닥불 쪽으로 담소 장소가 이동할 것 같아 잠자리에 들 시간도 아닌데 숙소에 먼저 들어가 누웠다.

시가 앉아 있을 곳이 없었다. 그렇다고 시가 서 있을 곳도 없었다. 다만 시는 모닥불 앞에서도 집에 두고 온 노트북 키보드를 또 생각해내곤 했다. 키보드 음운을 조합하여 또 한 음절 한 음절 불러내곤 했다. 노트북 없는 곳에선 좀 놀자. 다시 몸을 일으켜 모닥불 앞으로 갈까. 불멍 때릴까. 모닥불에 잡다한 생각을 불살라 버릴까. 그러나 시는 잡다한 생각의 조합일 것이다. 모닥불 연기가 코를 찔러도 코를 틀어막진 않았다. 이미 긴 팔 재킷의 소매 끝에는 모닥불 그을음 냄새가 밴 것 같다. 모닥불 앞에서 마스크를 쓰는 것도 아닌 것 같아 연기 방향만 피해 가면서 한 발짝 한 발짝 옆으로 자리만 옮겨 다녔다. 모닥불 타닥타닥 소리 내는 걸 듣다 보면 마치 노트북 키보드 타닥타닥 두드리는 소리 같다고 생각했다. 너무 과장하는 것도 같고 티를 내는 것도 같아 지워야 할 것 같다.

좀 전엔 중2가 된 조카와 교과서에서 요새 배웠다는 윤동주와 이육사와 신동엽의 시에 대해 잠시 얘기를 나누었다. 조카가 한두 마디 꺼냈고 필자도 조카 앞에 두어 마디 꺼냈다. 아님 칠판을 등 뒤에 두고 50분 정도 수업을 하고 싶었지만 1박 2일 일정표에 그런 것은 없었다. 그렇다고 김영태와 이승훈과 김남주와 1980년대 시인 동지들의 근황에 대해 말할 수도 없었다. 산책도 할 수 없고 노트북도 할 수 없고 그냥 누워서 이미 어두워진 창밖을 내다보았다. 이름을 알 수 없는 새소리도 끊겼고, 어둠은 더 가까이 다가올 것만 같았다. 어둠은 이미 지붕을 다 덮었을 것이다. 가만히 누워 귀를 기울이면 모닥불 타닥타닥 타는 소리가 들릴 것 같고 또 지붕 위엔 벚꽃이 첫눈처럼 흩날릴 것 같은 소리가 들릴 것만 같았다. 돌아보면 모닥불 옆에서 담소를 나누거나 노래를 부른 적은 있었어도 시를 낭독한 적은 없었다.

중2 조카한테 근작 시에 대해 시작 노트처럼 한 줄 말하고 나니 더 할 말이 없었다. 그때 갑자기 이 깊은 산중에 불청객처럼 이상(李箱) 선생이 등장했다. 어떻게 어려운 걸음 하셨나요? 모닥불 냄새가 하도 코를 찔러서… 경성을 떠나 잠시 몸을 의탁했던 그 평안도 성천 같다는 말도 하는 것 같았지만 잘 들리진 않았다. 이상은 어둠 속으로 몸을 숨겼다. 내일 아침에 모닝커피 하자는 말을 남긴 것 같았는데 뒷모습은 또 올 것 같지 않았다. 이왕 말이 나온 김에 오죽하면 이 산문에 소제목 하나 붙인다면 '산촌여정─양평 1박'이라고 정할까 했었다. 아님 휴대폰으로 「산촌여정」을 검색해서 몇 줄 더 읽어야만 이 밤 견딜 수 있을 것 같았다. 낮은 그럭저럭 견뎠지만 밤을 견디는 것은 쉽지 않다. 어둠 속에선 몸은 또 새우처럼 웅크리고 마음은 또 옹졸할 것만 같다. (어떻게 문학만 입에 달고 살 수 있나. 그러면 입에 무얼 달고 살아야 하나. 은퇴 후 이 입이 더 빠르게 그렇게 되고 말았다. 그럼, 어떡하란 말이냐.)

다리 쭉 뻗고 누웠지만 머리맡 쪽 현관문 열고 나서면,

두어 집 지나 길 건너 언덕배기에 큰 기와집 차림의 요양원이 있다. 몸이 아주 힘든 이들이 한 달씩 두 달씩 들어와 머무는 곳이라고 한다. 해 떨어지자 요양원 오르는 길 가로등 여섯 개가 불을 밝혀놓는다. 아픈 이들 곁에는 불이 있어야 한다. 두어 시간 지나자 불빛 새나오던 창문 두어 개만 남겨놓고 죄다 캄캄하다. 촛불만 한 불이라도 하나 켜두면 어떨. 몸이 아픈 이들은 밤도 일찍 시작되는가 보다. 잠이 들면 아픔도 잠들 텐가. 가로등이 저들의 밤을 밝히고 있을 것 같다. 어디선가 불을 밝히는 이들이 있고 어디선가 불을 붙이는 이들도 있다. 일행 중에도 몸이 아팠던 이가 있었다. "아픈 몸이/ 아프지 않을 때까지 가자"(김수영).

아침 공기는 "수정처럼 맑아서"(이상) 비염이 다 나을 것만 같았다. 마치 옛 시골집 뒷산 오르는 길 같던, 그 길목 잣나무 곁에서 심호흡 십여 차례 하고 다시 또 십여 차례 더 했다. 그리곤 바닥에 떨어진 나뭇가지 끝에 힘을 주어 십 포인트 크기로 몇 글자 썼다가 급 지웠다. (첫째, 친인척 앞에서 시 얘기 꺼내지 마라. 둘째, 어디서든 시 썼다는 또는 시 쓴다는 말 꺼내지 마라. 셋째, 이 일련의 산문집 연속 기획에 대해선 한 마디도 하지 마라. 중2 조카야!

오해하지 마라. 그대에게 한 말은 아니고 혼자 면벽하듯한 독백이거늘 신경 쓰지 마라. 이것은 무슨 함구 사항도 아니고 그저 혼자 내규를 정해 보았다.)

길 건너 오르막길로 승용차가 한 대 올라가고 또 한 대가 올라간다. 휴일이라 가족들이 면회 오는 것 같다. 그렇게 급경사도 아닌데 차량의 속도가 더딘 것 같다. 하룻밤 사이에 벚꽃이 더 많이 피었고 꽃잎도 그만큼 더 많이 떨어져 있다. 이런 편안한 자리에선 잡담도 하고 농담도 하면 좋겠는데 잡담도 농담도 부족한 것 같다. 가령, 손흥민 해트트릭 축구도 꺼내고 최근 영화 얘기도 하고 카드도 하고 그래야 하는 것 아닌가. 그래도 술자리, 밥자리 등등 그렇게 많이 앉아보았지만 갈수록 문학 이외 자리는 어색하기만 한 걸 어떡하나. 그럼, 시 이외 영역에선 입을 굳게 다물 것인가. 넵!

268.

엊저녁 모닥불은 조금씩, 조금씩 재가 되어 재만 남았다. 그러나 모닥불은 많은 이야기를 재생산하였다. 기껏 잡목 부스러기 모아 불을 피웠던 모닥불이었지만 많은 추억이 되었고 깊은 밤이 되었다. 모닥불도 묘한 집중력을 도모하는 것이다. 누구나 모닥불 앞에선 모닥불을 외면할 수 없다. 모닥불의 위력은 그런 것이었다. 그리고 모닥불 앞에선 모닥불에 관해 최소한의 담소를 나누어야 하고 모닥불에 얽힌 추억도 하나씩 내놓아야 한다. 모닥불을 피워놓은 이유가 또 있다. 모닥불 주위에 모인 이들을 결코 서먹하게 하지 않는다. 모닥불 주위에선 옆 사람 얼굴보다 모닥불만 쳐다보아도 크게 나무랄 일이 아니다. 모닥불은 그만큼은 깊은 아량도 가지고 있고 생각보다 도량도 크다. 그런 것도 모닥불의 배려심이라고 하면 어떨까. 이쯤 되면 모닥불도 한 편의 사가 되고 하룻밤의 친구가 될 수가 있다. 모닥불 곁을 좀 일찍 벗어났기 때문에 오히려 모닥불을 한 번 더 생각할 수 있었던 것 같다. 1박 후 아침에 먹었던 숭늉이나 믹스커피나 점심에 먹었던 카레라이스나 찹쌀 도넛보다 재만 남은 모닥불에 뭐가 남았다고 또 이렇게 쳐다보고 있는 것인가. 모닥불은 이미 지난밤에 꺼졌고 모닥불 곁에 있는 친지들도 자리를 옮겼는데 말이다. 시가 쓸데없고, 시인의 생각이 쓸데없다는 핀잔을 들을 것만 같다. 뭔가 또 들킨 것도 같고 털린 것도 같다. 모닥불처럼 남은 것은 재밖에 없는데, 아무것도 한 것이 없는데도 말이다.

269.

매우 사적이지만 과거 직장에 있을 땐 시와 직장을 최대한 떼어놓으려고 했었다. 직장은 직장이고 시는 시라는 생각을 수시로 강조하고 다짐했다. 그러다 갑자기 시상이 떠오르면 뒤 베란다 쪽으로 뛰어나가 급하게 몇 글자 메모해놓곤 했다. 그래도 말년 병장 시절엔 직장 노트북 신세를 많이 지곤 했다. 특히 프린터기와 A4를 사적으로 많이 썼다. A4 몇 권 들여놓고 나왔어야 했는데, 빚만 남겨놓고 온 것 같다.

시는 직장이든 뭐든 떼어놓을 수 있는 게 아니다. 시는 어디서든 시가 될 수 있고 시는 어디서든 시가 되어야 한다. 시의 자리가 따로 있는 게 아니다. 굳이 떼어놓고 붙여놓고 할 것도 아니다. 다만 체류기간에 비해 직장 관련 시가 부족한 것은 앞에 밝힌 일련의 행동과 관련이 있을 것이다. 그래도 시인의 삶과 시적 화자의 삶을 따로 떼어놓고 생각할 순 없다. 그렇다고 늘 붙여놓고 생각할 것도 아니지만 말이다. 여하간 막역지간은 아니어도 그렇다고 생판 처음 보는 남남도 아니다. 아니면 피를 못 속이듯 그들도 그런 혈연 관계일 수 있다. 아무튼 형제처럼 살 순 없어도 어디서든 상호간의 씹지 말고 살아라. 다들 독립적인 존재라는 것도 잊지 마라.

270.

본인만 의식하는 시가 있고, 타인도 의식하는 시가 있다. 또 본인도 의식하지 않고 타인도 의식하지 않는 시가 있다. 시가 어디로 가는지 본인도 모르고 타인도 모를 때가 많다. 다 알고 가는 시는 없다. 하나 더 추가하면 공동체의 당면 문제에 대해 고뇌하는 시가 있고, 개인의 현안 문제에 대해서만 고뇌하는 시가 있다.

방금 올라온 기사를 우연히 휴대폰으로 읽었다. 볼로디미르 젤렌스키 우크라이나 대통령이 한국 국회도서관 대강당에서 화상 연설했다고 한다. 유럽연합을 시작으로 24번째 국가라고 한다. 다른 나라는 빈자리가 없다고 하는데 한국은 여야 지도부와 일부 의원들만 참석해 곳곳에 빈자리가 보였다.

그런데 한 단락 더 내려가면 젤렌스키 대통령이 화상을 통해 캐나다 하원 의회 연설을 마치자 의원들이 일제히 일어나서 박수를 치는 사진이 실렸고 바로 아래 사진엔 젤렌스키 대통령이 화상을 통해 미국 의회에서 화상 연설하는 사진이 걸렸다. 자국민의 공포를 미국의 9.11 사태에 비유했다고 한다. 빈자리가 보이지 않았다. 또 그 아래엔 젤렌스키 대통령이 화상을 통해 일본 의회에서 연설하는 모습을 지켜보던 일본 의원들이 박수를 치고 있는 사진을 올려놓았다. 사진을 확대해서 보면 어깨가 맞닿을 만큼 빼곡하게 앉았다. 한 장 더 내려가면 지난달 30일 노르웨이 총리가 의회에서 의원들과 함께 젤렌스키 대통령의 화상 연설 후 일어나서 박수를 치는 사진이 걸렸다. '우리는 아무것도 내주지 않겠다'고 했다. 스페인 의회에서 의원들이 젤렌스키 대통령의 화상 연설을 지켜보며 박수를 치고 있는 사진도 올라왔다. 빈자리도 없고 모두 일어나서 박수를 치는 모습이었다. 위와 관련된 국회 화상 연설을 찾아보았고 전문을 읽어보았다.

"러시아가 점령한 우크라이나 지역들에서 가장 먼저 찾아내는 사람들은 민족운동가와 우크라이나의 역사, 우크라이나어를 가르치는 선생님들입니다. 이런 사람들부터 찾아내서 학살합니다. (…중략…) 모든 나라가 독립을 가질 권리가 있습니다. 모든 도시들은 평화롭게 살 권리가 있고 모든 사람들은 전쟁으로 죽지 않을 권리가 있습니다. 우리는 바로 이런 것을 위해 싸우고 있습니다. 이를 위해 우리와 함께 서서 러시아에 맞서주시기를 부탁드립니다."(볼로디미르 젤렌스키 대통령 여의도 국회도서관 대강당 화상 연설 부분)

이 산문집이 너무 멀리 간 것 같아 좀 이상한 것 아닌가. 이 산문집도 이른바 콘셉트라는 것이 있을 텐데 너무 많이 나간 것 같다. 한 번 읽고 다 잊어 먹고 있다가 다시 이 기사(뉴시스, 2022. 4. 12; 헤럴드경제, 2022. 4. 11)를 찾아 몇 바퀴나 돌아다녔다. 다시 찾아다닌 것은 또 무엇 때문이었을까. 또 위의 우크라이나와 관련된 인터뷰이기에 급히 일부를 덧붙이고자 한다. 그리고 핫한 현안도 눈에 띄어 한 두어 줄 더 달아둔다.

Q. 우크라이나의 예상 밖 선전, 비결은 뭘까.

A. 결국 우크라이나 국민들과 젤렌스키 대통령의 항전 의지가 러시아군이 지불할 비용을 초과하게 만들었던 걸로 보인다. 적절한 소화기(小火器)로 대군(大軍)에 맞섰다. 외적 요인을 보자면, EU(유럽연합), NATO(북대서양조약기구) 등이 전향적으로 무기를 제공한 것도 한몫했다. '우크라이나는 도와줄 만한 나라'라는 인상을 심어줬다. 특히 젤렌스키 대통

령은 각국에 직접 호소했다. 독일, 스웨덴 같은 곳이 우크라이나에 무기를 주는 건 쉬운 일이 아닌데, 이런 게 시너지를 냈다.

Q. 병사 월급 200만원 공약 나왔다.

A. (…) 병사들의 평일 외출도 허용해야 한다. 카투사는 평일에 외출한다. 우리 병사들은 왜 안 되나. 훈련은 일과시간에 열심히 받고, 전투력은 그때 키우면 된다. 다만 비무장지대 같은 격오지는 외출이 힘들다. 그런 곳은 복무 기간을 6개월 정도 과감히 줄여야 한다.

Q. 집무실 용산 이전 '안보 공백' 우려 나온다.

A. (…) 이런 것보다 군인과 정치인이 한 공간에 있는 게 더 문제다. 정치색을 띤 군인이 많다. 철저히 차단해야 한다. 군인과 정치인 접촉은 법·규정을 만들어 보고하게 해야 한다. (전인범, 예비역 중장, 전 육군 특수전 사령부 사령관) (중앙일보, 2022. 4. 11)

271.

빈집 마당이나 한낮의 심심한 평상이 유독 시 한 줄 같을 때가 있다. 오후 세시쯤 시가 왔다가 밤 열한 시쯤 시가 돌아갈 것 같다. 사람을 기다릴 때도 있지만, 기다리는 사람이 없을 때도 있다. 불쌍한 사람도 있지만 행복한 사람도 있다. 불운한 사람도 있다. 농담만 하던 친구도 있었다. 잊을 수 있는 친구도 있고 잊을 수 없는 친구도 있다. 옷을 벗은 친구도 있었다. 젊은 날에 미 대륙을 횡단했던 친구도 있었고 중동에 가서 돈을 벌던 친구도 있었다. 오랫동안 공직생활을 한 친구도 있고 세상을 등진 친구도 있었다.

배를 만드는 친구도 있었고 말을 타는 친구도 있었다. 공수부대였던 친구도 있고 운동권 친구도 있었다. 동사무소에 근무하던 친구도 있었고 시멘트 회사에 다니던 친구도 있었다. 친구의 친구와 결혼한 친구도 있었고 친구의 친구와 이혼한 친구도 있었다. 테니스를 치는 친구도 있고 골프에 빠진 친구도 있다. 커피에 빠진 친구도 있다. 술에 빠진 친구도 있고 술에서 빠져나온 친구도 있었다. 에베레스트를 올랐다는 친구는 없고 금괴를 밀수하던 친구도 없었다.

이민 간 친구도 없고 일본 교토에 사는 친구도 없다. 횟집 하는 친구도 없고 룸살롱 하는 친구도 없었다. 지역구 국회의원이 된 친구도 없고 재벌이 된 친구도 없다. 중소기업 운영하는 친구는 있고 편의점 하는 친구도 있다. 한때는 시를 썼지만 지금은 시를 쓰지 않는 친구도 있다. 그는 시인일까 아닐까. 골동품 수집하는 친구는 없고 골동품에 관심을 갖는 친구도 없었다. 술 마시면 전화하는 친구는 있어도 술 마시자고 전화하는 친구는 없었다. 아쉽지만 음성 통화보다 문자메시지를 선호하는 친구는 없었다. 페이스북 하는 친구는 있었다.

272.

근자, 길에서 **동전**을 줍거나 동정을 본 적 없다. 동전을 들고 다니는 세상도 아니고 동전이 유통되는 세상도 아니다. 동전을 호주머니에 넣고 다니는 행인도 없고 동전을 마트나 편의점에서 사용하는 고객도 없다. 동전만 사라진 것은 아니겠지만 동전은 사라졌다. 돼지저금통도 사라졌다. 돼지저금통만 사라진 것도 아니다. 구멍가게도 사라졌다. 시도 사라졌다. 시만 사라진 것도 아니다. 시의 독자도 사라졌다. 시의 독자만 사라진 것도 아니다.

오히려 아직도 사라지지 않은 것은 있다. 시는 사라지지 않았다. 문학 계간지도 사라지지 않았다. 시집 뒤표지도 시인의 말도 사라지지 않았다. 신춘문예도 국문과도 사라지지 않았다. 시집 코너도 사라지지 않았고 시집 리뷰도 사라지지 않았다. 문학 동호회나 문학 동인도 사라지지 않는다. 왜 사라지지 않았는지 그런 것은 도저히 알 수 없고, 사라진 것은 왜 또 사라졌는지 차마 알 수 없다. 아직도 사라지지 않았지만, 사라지지 않은 것은 뭔가 큰 뜻이 있는 것 같다. 어떤 국가보다 어떤 조직보다 더 큰 어떤 큰 제도도 남아 있는 것 같다. 어떤 제도든 생겨났으면 쉽게 사라지지 않는다.

끝내 사라지지 않는 것은 또 있었다. 반갑다. 한때 유행했으나 이젠 다 사라진 줄 알았는데, 살아있었다. 신작 시집에서 뽑은 신작시 한 편을 리뷰하는 코너였다. 그동안 엉뚱한 데 한눈팔았던 것 같다. 1시간 전 휴대폰 포털에 뜬 〈유희경의 시:선(詩:選)〉이다. '꽃들 터지는 계절', 권민경의 「불꽃축제」 시와 '꽃들이 팡팡 터지고 있다'는 서점지기, 유희경 시인의 산문이었다. 시는 시인이 읽을 때, 시가 더 팡팡 터지는 것 같다. 시인 동지들이여 시를 누가 읽어야 하겠는가. 오늘 시 한 편 못 썼다 해도, 시 읽을 힘은 남아 있지 않은가. 꼼짝 할 수 없는 병상에서도 시집 읽기를 멈추지 않았던, 어느 평론가의 생전 모습도 뚜렷하게 남아 있지 않던가. 잘 쓴 시보다 좋은 시 앞에서 가끔 주눅 들 때도 있지만 기죽지 말고 시를 읽자. 차 한 잔 마실 여유만 있으면 될 텐데 말이다.

273.

연전에 적벽강 가는 길에 씨감자보다 작은 쪼그만 돌 하나 들고 왔다. 책상 위 손닿는 곳보다 눈 닿는 곳에 두었다. 손때조차 묻히고 싶지 않았다. 돌의 표면엔 마치 시커먼 하늘에 아주 쪼그만 눈송이 몇이서 내리는 것 같고, 아주 먼 곳에서 반짝이는 별 몇이서 사이좋게 빛나는 것 같은 그런 문양이었다. 일 년 지나자 겨우 조금씩, 조금씩 눈에 더 익어가는 것 같았다. 부드럽고 매끄럽고 모난 곳 하나 없는 저 것, 일 년에 모난 것 하나씩 다듬다 보면 도대체 몇 해가 지나야 저렇게 된다는 걸까.

그러나 또 한편 시는 수행이나 수도의 길이 아니다. 모난 것 하나 다듬지 못해도 모난 시 몇 개라도 옆에 두고 싶다. 문득 모난 시가 읽고 싶다. 좀 이상한 생각인지 모르겠지만 좋은 시는 적어도 당대에 모난 시가 아니었을까.

좋은 시는 모난 시 아니었을까. 아주 꺼칠꺼칠하고 또 까칠까칠한 시 아니었을까. 좋은 시는 눈에 거슬리고 손에 닿지 않은 시가 아니었을까. 눈에 닿지 않고 손에 닿지 않은 시는 또 어디 있을까. 좋은 시는 아직 오지 않은 걸까. 이미 땅속에 묻혀버렸을까. 좋은 시는 끝내 오지 않는 걸까. 좋은 시는 아직 씌여지지 않았다는 걸까. 무엇이 또 좋은 시라는 걸까.

274.

93.9 FM에서 〈봄비〉 흘러나온다. 지금 이 시각 예고 없이 찾아온 이 산문집의 배경 음악이다. 결코 돌아오지 않았지만 이 노래의 가사처럼 봄비 속에 떠난 사람은 있을 것이다. "봄비 속에 떠난 사람/ 봄비 맞으며 돌아왔네/ 그때 그날은, 그때 그날은 (…하략…)"(이은하).

앞에서도 언급한 바 있지만 이 산문집은 음악을 듣고 쓰는 것도 아니고 시를 읽고 나서 쓰는 것도 아니다. 또 무슨 날씨나 계절을 타는 것도 아니다. 다만, 노트북 앞에 일정 시간 동안, 성실히 앉아 있어야 한다. 그래도 조금만 앉아 있으면 산문은 조금씩 봄비처럼 내렸다. 때론 노트북 앞에서 쏟아지는 말을 주워 담느라 정신이 없었다. 오랜만에 시만큼 집중할 수 있는 게 생겼다. 굳이 이 길은 가지 않아도 되는 길인 줄 알았다. 그러나 이 길도 가야 할 길이었다. 이 길에서 저 길을 바라보고 있다.

여담이지만 시의 정서와 산문의 정서가 어떻게 다른지, 또 시를 쓸 때와 산문을 쓸 때의 감정이 어떻게 달라지는지 몸으로 그 느낌을 느끼는 것도 이 산문집에서 덤으로 얻은 매력이며 쾌락이다. 숫제 어느 늦바람 같다. 무엇보다 먼저 몸이 다르다. 고맙다. 산문의 몸과 시의 몸이 이렇게 다르다는 것도 몸으로 여실히 느끼고 있다. 이렇게 다르다는 것을 늦었지만 이 나이에 깨달았다. 이를 테면 시의 몸은 몸을 조이는 것 같고 또 꽉 조여야 하는데, 산문의 몸은 몸을 풀어놓는 것 같고 또 좀 풀어놓아야 하는 것 같다. (잠깐, 반대로 말해야 하는 것 아닌가. 시는 풀어놓고 산문은 바짝 조여야 하는 것 아닌가.) 그러고 보니 산문의 산(散)에 이미 그런 뜻이 들어 있었다. 사전에 보면 흩다. 흩어지다, 따로따로 떨어지다, 놓아놓다, 풀어놓다, 갈라지다, 쓸모없다, 한가하다, 엉성하다, 뒤범벅되다, 달아나다, 편하다, 속되다 등등이었다. 이 산문집의 성격이나 방향을 잘 보여주는 것 같다. 고마운 일이다. 오다 보니, 쓰다 보니, 하다 보니 결국 그런 글이 되고 말았다.

시 못지않게 기쁨도 있고 뜨거움도 있다. 또 허전함도 있다. 시처럼 가슴을 움켜쥘 때도 있다.

275.

시는 시인을 드러내는 것도 아니고, 시는 시적 화자를 드러내는 것도 아니다. 시는 오로지 시를 드러내는 것이지 다른 무엇이 아니다. 시는 시 이외 그 무엇을 드러내기 위한 것이 아니다. 때로는 시가 아닌 것을 드러내기도 한다. 때로는 시가 없는 것을 드러내기도 한다. 때로는 시가 생각하지 못한 것을 드러내기도 한다. 때로는 시도 모르는 것을 드러내기도 한다. 때로는 시가 침묵 하는 사이, 시를 드러내기도 한다. 시도 시의 끝을 모르고, 시의 끝도 끝을 모른다. 시의 끝은 시인도 화자도 모르고 무당도 모르고 뮤즈도 모르고 주신(酒神)도 모른다. 시는 끝을 알 수 없는 슬픔 같은 것이다. 슬픔을 방황이라는 말로 바꿀 수도 있고 자존심이라는 말로 바꿀 수도 있다. 시는 허전함이나 엎질러진 물 같은 것이다. 화투판이 아니더라도 자기 패를 버릴 줄도 알아야 하고 비록 『삼국지』의 제갈량이 아니더라도 읍참마속(泣斬馬謖)할 줄도 알아야 한다. (특히 공적 시스템에서는 한 치의 망설임도 없어야 한다. 고전의 교훈 중에서 빼놓을 수 없는 것 중 하나 아닌가.)

276.

　아무리 야트막한 강줄기라 해도 대륙을 적시며 가로지른다. 대륙을 적시던 그 작은 강줄기가 모여 역사가 되고, 그 역사가 모여 인류의 역사가 된다. 큰 강줄기만 역사가 되는 것도 아니다. 높고 큰 강줄기만 대륙을 가로지르는 것은 아니다. 시가 높은 것 혹은 깊은 것만 쳐다볼 일도 아니다. 시가 깊어졌다거나 혹은 시가 성숙해졌다고 입에 담을 일도 아니다. 그런 것은 처음부터 없는 것이나 마찬가지다. 시는 세월이 흘러도 대륙을 한 번 더 가로지른다 해도 결코 깊어지거나 성숙해지는 게 아니다. 시는 이미 깊고 성숙하기 때문이다. 또 이미 무겁고 엄격한 시도 많다. 잘 쓴 시도 많고 어렵게 쓴 시도 많다. 더 깊어질 것도 없고 더 성숙할 것도 없고 더 높아질 것도 없다. 더 잘 쓸 것도 아니고 더 어렵게 쓸 것도 아니다. 시는 심오한 철학이나 높은 사상을 지향하는 것도 아니다. 다만, 몸이 늙어도 시를 붙잡고 있어야 한다. 시를 놓으면 확 늙어 버릴 것이다. 머리가 편하면 몸이 어떻게 되는 것처럼 시를 놓으면 몸이 어떻게 될 것 같다. 같이 가자.

　차라리 더 정직하거나 더 허구화하거나 아니면 메시지를 더 쏟아내든가. 이도저도 아니면 시와 삶의 경계석을 확 뽑아 던지든가. 어떤 이데올로기를 확 벗어던지든가. 어떤 형식도 어떤 내용도 다 내려놓든가. 그것도 아니면 그대 뺨이라도 한 대 후려치든가. 그러나 그대 설 자리가 없어졌다. 그대 앉을 자리도 없어졌다. 계간지 신작시 청탁 받은 지 얼마나 되었을라나. 이쯤 되면 어느 앤솔러지처럼 각자 십시일반 출판비용 부담해서 아예 정기적으로 간행하면 어떨까. 한 번 고려해 볼 만한 일 아닌가. 아님 예컨대 1편당 한 2만 원씩 갹출해서 소위 원고료 자비 부담 무크지 가칭, 전국 단위 '시인 독립 시 전문 무명 잡지' 하나 만들면 어떨까. (혹시 관심 있는 동도제현 연락 바람 했다가 욕먹을 짓인가.) 쥐도 새도 모르게 한 열 권 내놓고, 또 쥐도 새도 모르게 폐간하면 어떨까.

277.

지하철 역사 계단이나 에스컬레이터 이용하지 않고 엘리베이터 탔다. 참 편한 것보다 갑자기 멍청해지는 것 같았다. 시는 쉬운 길을 두고 어려운 길을 찾아가는 것이다. 아무튼 어떻게 이렇게 쉽게 오를 수 있다는 말인가. 이런 생각조차 하기도 전에 이미 이층 개찰구 앞에 당도했다. 서두르지 않아도 되는데, 몸이 먼저 서두르고 있었다. 어느 선승은 사는 데 너무 서두르지 말라고 당부하였다. 그

당부를 까맣게 잊고 산다. 어느 목회자는 기독교인은 자신을 드러내는 게 아니라 그리스도를 드러내는 삶을 사는 것이라고 했다. (조정민 목사, 서울 베이직 교회) 또 까맣게 잊어먹을 것이다. 누구는 네 생각이 틀릴 수 있다고 주기적으로 반복해서 말한다. 돌아서면 또 잊어먹을 것이다. 또 수락산 성당 김일영 신부님은 강론 중 아주 명쾌하게, 힘 빼고 살라고 했다.

오래 전 김규동 선생 옆에 바짝 붙어 앉아 담소를 나누었다. 담소라기보다 주로 듣는 자리였다. 특히 김수영이나 박인환 회상 대목에선 조금이라도 그들을 홀대하지 않았다. 비록 새카만 후배 시인 한 명을 옆에 앉혀뒀지만, 두 시간여 동안 그들을 지극히 소중하게 대하는 모습에 심쿵했었다. 시인의 품격이나 인격은 그런 것이었다. 흔들리는 버스 안이었지만 무릎을 모으고 앉아 있었다. 그 장면을 스케치한 졸시가 있어 추억삼아 잠깐 혼자 읽어본다.

"서울로 되돌아오는 버스에서도/ 나는 선생의 옆에 앉았다/ "김수영은 왜 박인환의 장례식에 불참했나요?"/ "수영이가 바빴을 거야! 양계 했잖아! 번역도 했고!"/ "인환이는 친구가 없었어!"/ "수영이는 내 봉급날 가끔 찾아왔어!"/ "수영이는 두뇌가 비상했어!"/ "인환이는 남자다웠어!"/ "좀 더 살았으면 문단이 달라졌을 거야!"/ 평양의 어느 대학을 다녔던 시절도/ 함경북도 경성고보 은사 김기림 선생도…"(「김규동을 생각하다」 부분)

278.

먼 곳을 바라볼 때가 있다. 먼 곳에 뭐가 있어서가 아니라 지금 여기, 말고 그냥 먼 곳을 바라보고 싶은 것이다. 딱히 무슨 사정이 있는 것도 아니다. 아니다, 딱히 무슨 사정이 있는 게 틀림없을 것이다. 아무 까닭 없이 먼 곳을 바라보는 사람은 없을 것이다. 먼 곳에 그냥 눈을 두고 싶고 먼 곳에 그냥 마음을 두고 싶을 때가 있다. 지금 여기서, 저기 먼 곳으로 잠깐 이동하고 싶을 때도 있다. 가지도 못하고, 가지도 않을 그 먼 곳을 말이다. 먼 곳은 그냥 먼 곳인가 보다. 먼 곳은 가고 오는 곳이 아니라 그냥 바라보는 곳인가 보다.

그런 곳을 그런 먼 곳을 희망이나 꿈이나 환상이나 유토피아나 낙원이나 아픔이나 과정이나 통과의례나 연대(連帶)나 기도나 공론화나 더구나 치유나… 그런 말로 헷갈리게 하지 마라. 그런 것도 일종의 가스라이팅이다. 먼 곳은 지금 여기로 다가오지도 않고 가까워질 수도 없다. 먼 곳은 먼 곳이고, 지금 여기는 지금 여기일 뿐이다. 먼 곳에 마음을 두고 먼 곳에 눈을 두고 산다고 해도 먼 곳에 마음을 둘 수도 없고, 먼 곳에 눈을 둘 수도 없다. 그런 것도 먼 곳을 바라보는 사람의 습성일 것이다. 먼 곳보다 지금 여기서 어떻게든 살아야만 먼 곳도 갈 수 있고 먼 곳도 바라볼 수 있다. 그런 것도 혜안이며 통찰일 것이다. 시는 그럴 때마다 또 그 어디쯤 있을 것이다. 시도 먼 곳을 바라보거나 먼 곳에 마음을 둘 때가 있다. 그렇다면 또 그 먼 곳도, 지금 여기, 가까운 곳도 부디 만화방창(萬化方暢)하라. 봄밤이다.

279.

수락산 커피나무, 나무커피였던가. 토마토 주스를 마시면서 시를 얘기했다. 황동규의 시와 이승훈의 시를 얘기했다. 스마트폰으로 이승훈의 「늦은 밤」을 검색하려다, 검색되지 않아 기억나는 대로 읊조렸다. 그전에 김수영의 「죄와 벌」을 또 읊조렸다. 마스크도 벗지 않고 이 산문집 거의 다 썼다는 말도 읊조리듯 말한 것 같다. 김선우 시, 제목은 생각나지 않았지만 그 시도 드문드문 읊조린 것 같다. 시의 풍경은 생생한데 제목은 글쎄 끝내 떠오르

지 않았다. 시의 풍경만 주고받았다. 아 무슨 나무였는데,
도무지 더 이상 그 나무는 손을 흔들어주지 않았다. 왜
검색하는 것도 잊고 생각만 했을까. 나무도 팔을 쭉 뻗고
싶을 때가 있었을 것이다. 나무도 남의 집 담장을 뛰어넘
고 싶을 때가 있었을 것이다. 나무도 다리를 쭉 뻗고 길게
눕고 싶을 때가 있었을 것이다. 나무도 똑바로 서 있는 제
체위를 한 번쯤 바꾸고 싶을 때가 있었을 것이다. 나무도
남의 집 나무를 뿌리 채 뽑아 한 번쯤 야반도주하고 싶을
때가 있었을 것이다.

　암튼 시도 저 먼 곳에 있는 게 아니고 더구나 저 높은
곳에 있는 것도 아니다. 각자 마음속에 담아두었고, 각자
손에 들고 있다는 말을 지껄인 것도 같다. 손끝에 묻어나
는 게, 시라는 말도 뱉은 것 같다. 정말 두서없이 쏟아놓
은 것 같다. 시도 말하는 순간, 시는 시가 아니다. 이런 말
도 안 되는 소리도 마구 지껄인 것 같다. 오후 3시에서 6
시 사이, 시를 얘기하기엔 적절한 시간대가 아니었던 것
같다. 아님 소맥 한 잔 해야 하는데, 술 없는 시의 자리는
서먹할 수밖에 없어 말이 먹튀한 것 같다. 술 없는 곳에
서 시를 말하지 말자. 시도 술자리가 생각났을 것이다. 돌
아보니 시 없는 술자리도 그렇고, 술 없는 시의 자리도 좀

그렇더라. 그리고 시간대도 좀 살펴야 하는가. 시를 쓸 때와 시를 말할 때는 분명히 다르다는 것도 알았다. 아닌가. 아, 상대적인가. 시 쓰는 자리는 딱히 시간대가 없는데, 그이외 시의 자리는 시간대가 있다는 것인가. 이것도 상대적인가. 시도 상대적인가. 시가 상대적인가. 안토니오 비발디의 바이올린 협주곡 〈사계〉 중 〈여름〉 전 악장이 흘러나온다. 아 봄이 지나가고 있다는 말인가. 이 봄을 등에 등짐처럼 지고 살았다. 이 산문집은 이 봄과 또 깊은 관계가 있을 것이다. 적어도 내연 관계였을 것이다.

280.

시가 떠나고 시가 오듯이, 이 자전적 산문집이 떠나고 나면 이 자전적 산문집 시즌 2가 올 것 같다. 이 산문집 제1권은 나름 풀스윙한 전작의 결과물이다. 그러나 과거는 과거, 지나간 것은 지나간 것, 옛사랑은 옛사랑, 산문집 제1권은 산문집 제1권일 뿐이다. 시와 산문집을 헷갈리면 산문집은 그래도 살아남지만 시는 상처를 받는다. 산문집은 망해도 시는 망하면 안 된다. 시를 쓸 땐 굳이 말하지 않아도 되는데, 산문집을 쓸 땐 조심해야 할 일이 많아졌다.

산문집도 시 못지않게 매우 독립적이며 또 허탈하다. 물론 이 산문집도 아무 대가가 없을 것이다. 별의 순간은 결코 오지 않을 것이다. 시는 시의 길을 가고, 산문집은 산문집의 길을 간다. 이 길 끝에도 시처럼 역시 허하고 공할 뿐이다. 아주 깨끗한 A4 같은 공백뿐이다. 시가 끝까지 가야 할 곳도 그곳이고, 산문집이 끝까지 도착해야 할 곳도 그곳이다. 헛헛한 것은 또 헛헛한 것이다. 헛걸음은 또 헛걸음, 봄밤은 또 봄밤, 덧없음은 또 덧없음, 생각보다 어떤 의미가 있는 것도 아니고 그냥 시의 자존심만 조금 남았을 뿐이다.

아무튼 시는 어떤 레시피를 따라가는 게 아니다. 결국 시도 삶을 다 뛰어넘을 수 없는 어떤 지점이 있다. 시는 또 시 아닌 곳에 있을 것만 같고, 시 없는 곳에 있을 것만 같다. 시는 또 결국 그 무엇보다 손끝에 의해 시작하고 그 손끝에 의해 마무리된다. 우스갯소리 같지만 문단 말석에 겨우 앉아 있다가 어느덧 세월이 또 흘러 필자더러 형과 같이 앉아 있어야 문단에 온 것 같다는 말을 들은 적도 있었다. 민망했지만 돌아보면 또 그만큼 그런 삶을 살아냈다고 혼자 생각해본다.

다시, 지난 해 느닷없이 싹둑싹둑, 싹 다 잘라낸 아파트
베란다 앞의 목련나무에서 목련 한 송이가 불쑥 솟아났
다. 꽃 한 송이가 굳게 침묵하고 있던 목련나무 가슴께에
서 툭 터져 나왔다. '세계일화'(滿空). 자축!

石 달 동안 시보다 이 산문집에 빠져 있었다. 직업이 없
는 한남처럼 혹은 중년 여자처럼 노트북 앞에 앉아 있던
당신에게 양다리 걸친 당신에게 마치 불륜에 빠진 당신에
게 이 봄에 딴 살림 차린 것 같은 당신에게 이 봄밤, 늦은
산책길에 나서던 당신에게 하릴없이 중랑천 물소리나 듣
던 당신에게 대선 정국을 주목하던 당신에게 이 봄밤에
얌전하게 또 외롭게 살아낸 당신에게 아주 젊은 날 단축
마라톤에 참가했던 일화를 재구성한 당신에게 그 마라톤
에서 마지막 주자로 골인했던 변방 같은 당신에게 석 달
동안 술자리에 한 번 앉지 않은 당신에게 기(旗)가 꺾여
도 또 깃발 일으켜 세우려는 당신에게 '장수가 전쟁터에
서 쓰러진 건 영광'이라는 당신과 당신의 친구에게 이 모
든 것이 좀 싱거울 것 같은 이 봄밤에 또 좀도둑이라도
돌아다닐 것 같은 이 봄밤에 당신에게 이 봄밤에 모든 걸
용서할 것 같은 당신에게 이 산문집의 근황을 알고 있을
당신에게 과거 한때의 시인이 아니라 이 봄밤에도 시 앞

에 앉아 있는 당신에게 1982년 안동 하숙집을 방문했던 당신에게 나의 성실한 타이피스트인 당신에게 그리고 이 산문집 제목을 리뷰해준 당신에게…. □

시의 첫 줄은 신들이 준다 **(제1권)**

ⓒ강세환, 2022

1판 1쇄 인쇄__2022년 12월 20일
1판 1쇄 발행__2022년 12월 30일

지은이__강세환
펴낸이__양정섭

펴낸곳__예서
　　　등록__제2019-000020호

제작·공급__경진출판
　　　사업장주소__서울특별시 금천구 시흥대로 57길 17(시흥동), 영광빌딩 203호
　　　전화__070-7550-7776 팩스__02-806-7282
　　　홈페이지__https://mykyungjin.tistory.com
　　　이메일__mykyungjin@daum.net

값 20,000원
ISBN 979-11-91938-43-2 03810